# 閨房の哲学

マルキ・ド・サド
秋吉良人 訳



講談社学術文庫

# 目次

閨房の哲学

すべてのリベルタンへ …… 9
第一の対話 …… 15
第二の対話 …… 27
第三の対話 …… 31
第四の対話 …… 135
第五の対話 …… 147
第六の対話 …… 291
第七にして最後の対話 …… 295
訳者解説 …… 319

# 凡例

・本書は、マルキ・ド・サド『閨房の哲学』（一七九五年）の全訳である。底本としては、最新のプレイヤード版を用いた。ただし、明らかな誤植などは断りなく訂正した。
Marquis de Sade, *La philosophie dans le boudoir*, texte établi, présenté et annoté par Jean Deprun, in *Œuvres*, tome III, édition établie par Michel Delon, Gallimard (Bibliothèque de la Pléiade), 1998.
・原注は（1）、（2）の形で、訳注は＊1、＊2の形で示し、注本文は各対話の末尾に置いた。
・訳注には、訳者によるもののほか、底本に所収の注釈に依拠したものがある。後者については、「プレイヤード版」の表示をした。
・原文におけるイタリック体の箇所には、傍点を付した。ただし、読みやすさに配慮して傍点を付した箇所もある。
・〔　〕は訳者による補足・注記である。
・本書の初版に収録されている扉絵および挿絵を掲載した。これらは底本にも収録されているが、掲載位置を間違えているものが一点、および本書とは関係なく、初版にも収録されていないものが一点、含まれている。前者は、初版では二巻本の第二巻冒頭に扉絵として置かれ、左肩に内容上対応する頁が記されている。本の体裁が異なる本書では、この指示に従って当該の頁に置き直した。また、後者は削除したことをお断りしておく。

・本書には、猥褻な表現のほか、今日では差別的とされる表現が多数出てくる。可能なかぎり配慮して訳文を作成したが、本書のもつ性格と歴史的背景に鑑み、ご理解を賜りたい。

# 閨房の哲学

『ジュスティーヌ』の著者の遺稿

母親は娘にこれを読むよう命じるでしょう[*1]

世の慣習が束の間、私たちをおののかせる。
しかし、程なく理性を取り戻した心のうちで、
快楽が至高の声をあげ、人はただそれだけに聞き従う。

# すべてのリベルタンへ[*2]

男女年齢を問わず、快楽を求めるすべての人へ、私はこの書物をあなたがただけに贈ろう。この書の諸原理を糧《かて》としてほしい、それがあなたがたの情欲を育《はぐく》むのだ。情欲というものは、かつて冷たく凡庸な道学者たちがあなたがたを怯《おび》えさせたものだが、それは自然が人間について有する意図へと人間を至らせるために用いる方法でしかない。この甘美な情欲にのみ聞き従おう、その声だけがあなたがたを幸福に導いてくれるはずなのだから。

淫蕩な女たちよ、悦楽の人サン・タンジュをあなたがたの手本とするがよい。生涯を快楽の聖なる法に従い通した彼女に倣って、この法に抗《あらが》うすべてのものを軽蔑するのだ。

若い娘たちよ、ありもしない美徳と胸の悪くなるような宗教の愚かで危険な鎖に長く束縛されてきたあなたがたには、情熱に燃えるウージェニーが手本となる。馬鹿な両親に叩き込まれた愚にもつかぬ教えの数々を、ウージェニーに負けず劣らず速やかに粉砕し、足元に踏みにじるのだ。

そして、あなたがた、愛すべき放蕩の徒よ、若き頃より、束縛するものといえば欲望のみ、気まぐれだけが法であったあなたがたには、良俗の敵ドルマンセが手本となろう。淫欲が切り開く華々しい数多《あまた》の道を彼のように進みたいと思うなら、彼に倣って行きつくところまで行かねばならない。ドルマンセの薫陶を受けて心得るがよい、心ならずもこの悲痛な地上に投げ出された、人間《おとこ》という名で知られる不幸な輩にとって、人生の茨《いばら》の道にわずかなりとも薔薇の花の種を蒔くことは、ただ己の趣味と気まぐれの世界を押し広げ、すべてを悦楽に捧げることで初めて可能になることを。

訳注

＊1　これは一八世紀、モリエール以来最高の戯曲とされたアレクシス・ピロンの『作詩狂あるいは詩人』（一七三八年初演）の中で、みずからの徳をパリ中に知らしめるつもりだという若い詩人ダミスが、その方法を問われて答える言葉である。「バリヴォー　いったいどうやって、教えてくれたまえ。――ダミス　どうやって、ですって？　作品によって、ですよ。そこにはエスプリ以上に徳が輝いてる、そんなふうにしたいものです。母親は娘にこれを読むよう命じるでしょう」。サドは徳ならぬ背徳を世に知らしめる教育書のエピグラフとして、これを選んだ（しかも、この小説での「母親」の扱われ方を知ったら、残酷さも極まれり、といった観がある）。ちなみに、この句はその後さまざまな形に姿を変えて（例えば「母親は息子にこれを読むのを禁じるでしょう」など）エピグラフとして大流行したが、主人公ダミスと同様、ひたすら作品によって名を残すことを願っていたピロンにとっては気の毒なことに、サドのオリジナルとみなされることがほとんどである。

＊2　「リベルティナージュ」は、一八世紀には「感覚の快楽にわれわれを向かわせる本能に屈する習慣。良俗を尊重せず〔…〕」（『百科全書』）といったことを意味していた（澁澤龍彥訳では、そのため「放蕩」、「道楽」と訳されている）。しかし、一七世紀までは「自由思想」（反宗教思想）をも意味していた語である。信仰をもたない者は素行も悪い、という連想で、いわば十把一絡げ的に実にさまざまな人々の行

状・思想を括った語であった。このリベルティナージュに携わる人が「リベルタン」である（「リベルタン」は他に形容詞としても用いられる）。一八世紀の哲学者たちは、この語についてまわる悪い印象を避けるべく、リベルティナージュからその「哲学」性を抹消して、ただ良俗に反する放蕩の意味に限り、ドルバックのような無神論者たちも自分を「リベルタン」ではなく「哲学者」と呼んだ。しかし、サドはこれを旧に復す。すなわち、反キリスト教的な「哲学」に基礎づけられ、それと一体になった「リベルティナージュ」である。

# 閨房の哲学あるいは背徳の教師たち

若い娘たちの教育のための対話

# 第一の対話

## サン・タンジュ夫人、ミルヴェル騎士

サン・タンジュ夫人　いらっしゃい、それでドルマンセさんは？

騎士　四時きっかりに来るはずです、姉さん、夕食は七時ですから、おしゃべりする時間はたっぷりありますね。

サン・タンジュ夫人　ねえ、あなた、実はあたし、少し後悔しているの。あたしったら、もの好きにも程があるし、今日の計画はどれもこれも淫《みだ》らなことばかり。それというのも、あなたがあたしを甘やかしすぎるからよ。あたしの頭ときたら、分別を弁《わきま》えなければっていう時に、逆にかっとなってふしだら《リベルタン》になってしまう。ほんと困ったものよ。なのに、あなたがなんでもかなえてくれるんですもの、あたし、ますますだめになってしまうわ……。あたしもう二六歳、本当なら信心家にでもなっていなくちゃいけない歳よ。だのにあたしときたら、いまだに女の中でも指折りの自堕落ぶりなんですからね……。あたしが頭の中で何を考えているか、何をしたいと思っているか、誰にも想像がつかないわ。女だけ相手にしてい

れば貞淑ぶっていられると思ってたんだけど……。欲望は同性にだけ注いでいれば、殿方に向かって発散することもなくなるだろう、ってね。でも、そんなの夢物語だったわ。断とうとしたばかりに、男との悦楽事がかえって強く頭に浮かぶようになる始末。それで気がついたの、リベルティナージュのために生まれてきたあたしのような女は、自分を抑えようと思ってもしょせん無駄だ、ってね。激しい欲望は、そんな歯止めをすぐに断ち切ってしまう。結局、あたしは両生動物《りょうとうづかい》なのよ。男も女もすべて好き。すべてを楽しみ、あらゆる種類のものをひとまとめにしたいの。でも、あなた、正直に言ってみて、あの一風変わったドルマンセさんにお近づき願おうなんて、むちゃもいいところだ、って。あなた言ってたわよね、今までのあのかた、慣習が命じるようには一人の女とも関係できなかった、って。主義として肛門性交《ソドミット》を行う人で、あくまで同性を好むけど、男とのあいだでいつも使っているお楽しみの美所が供されるという特別な条件が満たされれば女を受け入れることもある、ってね。ねえ、あたしね、思いっきり変なこと想像しているの。あの人はユッピテルの生まれ変わりで、あたしは彼のガニュメデス《ちご》になる、ってね。あたし、ドルマンセさんの趣味や乱行をこの身で味わってみたい。あの人の放蕩の犠牲者になりたい。知ってるでしょ、あたしが今までこの仕方で身を任せたのはあなただけ。あなたの気持ちを汲んでそうしてあげたのよ。あとはあたしの召使いの一人とだけど、金を払ってそうさせたんだし、向こうも金欲しさに応じただけだわ。でも、今日は違う。もうそんな親切心や気まぐれからじゃなく、ただ自分の趣味でそう決めたのよ……。これまでこの奇癖《ソドミー》のためにあたしがなにされてきたやり方と、これからしてもらおうとしていることのあいだには、想像もつかないほどの違いがあるんじゃないかしら。あたしが知りたいのは、そのことよ。お願いよ、あなたの知っているドルマンセさんのこと、詳しく教えてちょうだい。いらしてお会いする前に、どんなかただか頭に入れておきたいの。あなたも知ってるでしょ、面識があるといっても、先だって、よそのお宅でお会いして、ほんの数分ご一緒しただけなんですから。

騎士　ドルマンセはね、姉さん、三六歳になったばかりですよ。背は高くて、顔はたいそう美しく、目はとても潑剌として才気にあふれています。でも、表情には何か少し陰険で意地の悪いところが出ていますよ。世界でもいちばんと言える美しい歯をもち、体つきや物腰には少しばかりなよっとしたところがありますが、それはもちろん、いつも女のようにしているという習慣によるものです。優美この上なく、美しい声でいくつもの才能に恵まれ、そして何といっても頭には多くの哲学が詰まっています。

サン・タンジュ夫人　まさか、神なんか信じていらっしゃらないわよね？

騎士　まったく、何を言ってるんです。ドルマンセの無神論者ぶりといったら知らない人はいません、極めつきの背徳者ですよ……非の打ちどころのない腐敗そのもの、危険で極悪なこと世界屈指の男ですよ。

サン・タンジュ夫人　聞いただけで身体が熱くなってくるわ。虜《とりこ》になってしまいそう。それで、ご趣味は？

騎士　ご存じのとおりです。ソドムのお楽しみでは、やる側も受ける側もどちらも好きですよ。快楽の相手としては男しか愛せませんが、それでも時には頼まれて女を試してみることもあります。ただ、それも条件があってのことで、その女が彼の意を汲んで男役をしてくれるなら、です。ドルマンセには姉さんのことを話して、何をしたいのかも伝えました。承知してくれたんですが、取引はやはり条件つきだそうです。あらかじめ言っておきますが、姉さん、もしその条件を破って彼を他のことに誘ったりしたら、すげなく断られますからね。彼はこう言っています。「君の姉上とはいえ、女を相手にするのは自分にとっては一つの放埒《ほうらつ》……いや、ちょっとした過ちであって、身を汚すに等しいことだよ。そういうことはめったにやらないものだし、用心にも用心を重ねなくっちゃならんね」ってね。

サン・タンジュ夫人　身を汚す……用心、ですって！　あたし、そういう愛すべき殿方の言葉遣いって、たまらなく好きよ。女のあいだでも、そんな特別な言い方をすることがあるわ。あたしたちだって、自分が認めた信条にそぐわないあらゆるものに対して嫌悪の気持ちが深くしみ込んでるんですから、それを言い表すためにね……。それはそうと、あなた、ドルマンセさんのものになったの？　そんなきれいな顔をしていて、二〇歳という若さだったら、きっとああいう人の心も捕えてしまったんではなくって？

騎士　彼と一緒にとんでもないことをしました。姉さんに隠す気は毛頭ありません、姉さんほどの頭の持ち主なら非難なんかしないでしょうからね。率直なところ、僕は女のほうが好きなので、そんな常軌を逸した趣味に身を委ねるのは、愛らしい男に迫られた時だけです。そういう時は、何だってしてしまいますよ。そんな誘いにはステッキの殴打《おうだ》で応えるべきだ、なんて信じ込んでいる軽薄な若造がいますが、そんなあきれた横柄さは僕には無縁ですからね。そもそも、人は自分の趣味の主人なんですかね？　変わった趣味をもっている人のことはかわいそうだと思うべきで、決して辱《はずかし》めてはいけない。その人たちの過ちは自然の過ちなんです。人と違った趣味をもってこの世に生まれてきたのは、彼らの責任ではありません。がに股で生まれるか、そうでないかを僕らが決定できないのと同じことですよ。それに、一人の男からあなたの身体を享楽したいと告げられたら、それは何か不快なことを言われたことになるんでしょうか？　いいえ、間違いなくその人は賞賛してくれているんです。ならば、なぜそれに対して侮辱や嘲《あざけ》りで応じるのか。そんなことを考えつくのは馬鹿者だけです。分別のある男なら、このことに関して僕と違ったことは言わないはずです。ところが、この世にはつまらない阿呆ばかり多くて、あなたは自分の快楽にふさわしい人だ、と打ち明けられるのを無礼なことだと思い込んでいますからね。そういう阿呆っていうのは、自分たちの専売特許を侵害しかねないものにいつも目を光らせている女に毒されてるんですよ。そして、自分をそんな手垢のついた女の権利を守るドン・キホーテであるかのように想像して、その重大さを認めない者にひどいことをする、というわけです。

**サン・タンジュ夫人**　あぁ！　キスしておくれ、もし違ったふうに考えていたら、あたしの弟ではないわ。でも、お願い、あの人のこと、もう少し細かく教えてちょうだい。どんな体つきなのか、一緒にどんな快楽に耽《ふけ》ったのか。

**騎士**　ご存じのとおり、僕は立派な男根をもっていますがね、ドルマンセ氏は、そのことを僕の友人から聞いてV…侯爵[*1]に勧めて自分と僕を夜食に招いてもらうようにしたんです。屋敷に到着するや、僕は自分の持ち物を公開しなければなりませんでした。最初はただ好奇心から見たがっているのかと思ったんですが、見事な尻が僕に向けられ、どうか楽しんでくれ、と懇願されるに及んで、この検分の真の動機はもっぱら趣味を満たすことにあると気がついた次第です。ドルマンセに、それはどうにも難しい、と言ったんですが、それでひるむような相手ではありません。「私はね、破城槌〔城壁を破壊するための羊頭様の杭打機〕にだって耐えられるよ。これまでずいぶんと男たちにこの尻を貫かれてきたけどね、それに比べれば、お気の毒だけど、あなたのはそれほど手強い部類には入らないね」と彼は言うんです。侯爵はその場にいて、僕たち二人が互いにあらわにしている部位をまんべんなくなでたり、いじくりまわしたり、キスをしたりして、僕たちを煽っていました。それで僕は陰茎を差し出しました……。せめて何か潤滑剤のようなものが欲しかったんですが、侯爵は「やめときなさい。そんなことをしたら、ドルマンセがあなたに期待している快楽の半分が失われることになる。彼が望んでいるのは、一刀両断にされ、引き裂かれることなんですよ……」と言うんです。それで僕は「お望みのとおりに」と答えて、えいとばかりにわが身を深みに突き刺しました……。たぶん姉さんは僕がひどく苦労したと思うでしょう。それが、まったくそうじゃなかったんです。僕の男根は並外れて大きいっていうのに、そうと気がつかないうちに中に消えてしまい、彼の臓腑のいちばん奥に触っていたはずなのに、この男色家ときたら、それを感じてもいないようでした。僕が愛人のようにやさしくすると、彼は激しくよがって、小刻みに身体を震わせ、甘い言葉を吐くんです。それで今度は僕も気持ちよくなってきて、彼にたっぷり注ぎ込んだ、というわけです。僕が身体を離すや、ドルマンセが僕のほうに向き直ったんですが、その様子たるや、髪をふり乱し、真っ赤になって、狂乱した淫婦のようでした。そして、僕に長くて周囲は優に六プース〔約一六・二センチ。一プースは約二・七ミリ〕はある、ごつごつして、いたずらっ子そうな陰茎を差し出し、「君のおかげで私はすっかりできあがってしまったよ、騎士君。私の情夫を楽しんだあとは、どうだろう、恋人よ、私に女として仕えてもらえないだろうか。そして、私がこの上なく愛する趣味を騎士君の神々しい腕の中で満喫できた、と言えるように、一つ協力してくれないか」って言うんです。どちらも訳ないことでしたので、僕は同意しました。すると、侯爵のほうが、僕の目の前でズボンを脱ぎながら、ドルマンセの女になっているあいだ、自分に対してはもうしばらく男でいてはもらえないだろうか、と懇願するんです。それで僕はドルマンセにしたように侯爵を扱ったんですが、ドルマンセときたら、僕が侯爵に浴びせる衝撃を一〇〇倍にもしたようなお返しを僕にするんです。そして、まもなく彼は僕の尻の奥に、僕はそれとほとんど同時にV…の尻に、それぞれ極上の液体を発して注ぎ込んだ、というわけです。

**サン・タンジュ夫人**　きっと、あなたがいちばん大きな快楽を味わったのね、そんなふうに二人のあいだに挟まれて。それって、ずいぶん素敵だ、という話だわ。

**騎士**　確かに、そこがいちばんいい場所なんでしょうけれど、何と言っても、こんなことまともじゃないですし、女性相手の快楽のほうがずっといいですよ。

サン・タンジュ夫人　だから、今日はね、あなたのいつもの細やかな思いやりに対する御礼のつもりでね、処女で、しかも愛の女神より美しい娘を一人、あなたの好きにさせてあげようと思っているの。

騎士　何だってそんなこと。ドルマンセが来るっていうのに……女性を呼んでるんですか？

サン・タンジュ夫人　教育のためなの。去年の秋、主人が湯治に行っているあいだに修道院で知り合った娘よ。その時は人目があったので何もできなかったし、する勇気もなかった。でも、約束したの、機会ができ次第、落ち合いましょう、ってね。それで、あの娘への思いでもう頭がいっぱいになってしまって、何とかしようと、あたし、家族に近づいたのよ。父親はリベルタンでね……抱き込んだ、ってわけ。それで、ついにあの子が来られることになって、こうして待ってるのよ。二日間、一緒に過ごすの……悦楽づくしの二日間、その大部分をあの娘の教育に費やすつもり。ドルマンセさんとあたしで、あの子のかわいらしい小さな頭の中に、途轍もないリベルティナージュの原理を一つ残らず叩き込んでやるわ。あたしたちの炎で彼女を燃え上がらせ、あたしたちの哲学で彼女を育て、あたしたちの欲望を彼女に吹き込む。理論には実践も少し加えたいし、議論と並行して実地訓練もしていきたい。それで、あの子のミルトの刈り取り役をあなたに振り分けた、というわけ。ドルマンセさんには、ソドムの薔薇のほうをお願いするわ。そうすれば、あたしは一時に二つの快楽を得ることができるでしょ？　罪悪に満ちた悦楽を堪能しながら、あたしの網にかかったこの愛すべき純な娘に、そうした道ならぬ悦楽について講義したり、趣味を吹き込んだりする、ってわけよ。どう、騎士さん、いかにもあたしが思いつきそうな計画じゃない？

騎士　姉さんでなければ、そんなこと想像もできませんよ。実にお見事な計画です。僕に割り振っていただいたけっこうな役どころは、見事にやり遂げてみせますよ。しかし、姉さんにも困ったものだ、そんな子供を教育するのが快楽だなんて、お楽しみもほどほどにしたらどうです？　子供を腐敗させて、これまで教師役の修道尼が彼女の若い心の中に植えつけた美徳と信心の種を一つ残らず台なしにしてやろうだなんて、それこそあなたにとっては無上の喜びでしょうがね。正直なところ、僕にはやりすぎに見えます。車裂きの刑にも値するね。

サン・タンジュ夫人　言うまでもないけど、あの子を堕落させ、腐敗させるためだったら何だってやってやる。あいつら偽りの道徳原理であの子を惑わせてきたんだろうから、それを根こそぎにしてやるわ。二日間の授業で、彼女をあたしにひけをとらないほどの悪人に……不信心者に……ふしだらに仕立て上げてやるのよ。ドルマンセさんにも前もって知らせておいてちょうだい、着いたらすぐに事情を説明してね。あのかたの背徳の毒があたしの放つ毒と一緒になって、あの子の若い心の中を経めぐり、あたしたちがいなかったら芽を出しかねない美徳の種を一つ残らず瞬殺できるようにね。

騎士　ドルマンセ以上に姉さんのお望みにぴったりの男を見つけるのは不可能というものです。昔カンブレーの有名な大司教〔フェヌロン〕の口から神秘かぶれの甘言が流れ出たように、ドルマンセの口を突いて出てくるのは、ひたすら無宗教、不信心、瀆神《とくしん》、非道、リベルティナージュの言葉ですからね。彼は根っからの誘惑者で、心底腐りきった、危険きわまりない男ですよ。ですから、姉さん、あなたの生徒がこの教師の教えに素直に従うなら、あっというまに身を持ち崩しますよ。間違いなくね。

サン・タンジュ夫人　確かに、そんなに手間はかからないでしょう。あたしが見抜いたあの子の素質ならね。

騎士　とはいえ、姉さん、親のほうは全然心配ないんですか？　娘が家に帰って秘密を漏らしてしまったら、どうするんです？

サン・タンジュ夫人　心配には及ばないわよ。父親は誘惑済みで……あたしのもの。さっきは言わなかったけど、目をつぶってもらうために、あたし、彼に身を任せたのよ。計画のことは何も言ってないけど、詮索しようなんて気は起こさないはず……あたしの言いなりですからね。

騎士　姉さんのやり口ときたら、背筋が寒くなりますね。

サン・タンジュ夫人　確実にやるためには、そうでなきゃだめよ。

騎士　それじゃ、お願いですから、その娘がどんなだか、教えてください。

サン・タンジュ夫人　名前はウージェニー、ミスティヴァルという人の娘よ。ミスティヴァルは、パリでいちばんお金をもっている徴税請負人の一人で、歳は三六くらい。母親はせいぜい三二といったところで、娘は一五よ。母親はひどく信心に凝り固まっているんだけど、そのぶんミスティヴァルがリベルタンとして精進している、というわけ。ウージェニーについてはね、言葉で伝えようとするだけ無駄というものよ。あたしの筆舌の及ぶところではとうていないわ。間違いなく、あなたもあたしも今までこの世で見たことがないほど魅力的な子だと信じてもらうしかないわね。

騎士　そんなに細かくなくていいですから、教えてくださいよ。僕がこれから相手にするのがどんな人なのか、だいたいのところが分かれば、あとは自分が捧げものをする偶像の姿をじっくり想像してみますよ。

サン・タンジュ夫人　そうね。髪は栗色で、お尻の下まで届くほどよ。顔はまばゆいばかりの白さで、鼻は少し鷲鼻だけど、瞳は黒檀《こくたん》のようで、とても情熱的……彼女の目の力に抗《あらが》おうなんて、とうてい無理よ……そのおかげで、あたしがどれだけ馬鹿をしたか、あなたには想像もつかないでしょうね……両の目を飾るまつ毛はそれはきれいなもので、あなたが見たらなんて言うかしら……愛らしいまぶたが目を覆い、口はとても小さく、歯はそれは見事なものよ、こうした何もかもが本当にみずみずしいの……彼女の美しいところはいくつもあるけれど、その一つはね、首から肩にかけての線が実に味わい深いことよ。顔を横に向けて傾けた時の風情ときたら、気品があってたまらないわ。ウージェニーは歳の割には背が大きいわね、一七歳に見えたとしても不思議はないわ。体つきはしとやかさと細さの手本にもなりそうなほど、胸元は美しくて……二つの乳房は、それはかわいいわ……手の中にすっぽり収まるくらいだけど……やわらかくて……みずみずしくて……本当に真っ白。おかげで、あたし、何度も我を忘れたわ。あたしの愛撫で、あの娘が紅潮していくところ、あなたに見せたかったたわ。両の目が、あの娘の気分の高まりに従って変化していくさまといったら、それは見物よ……あの娘の身体の他の部分は、あたし知らないの。でも、あたしが知っているところだけから判断しても、あの娘ほどきれいなのはオリュンポスの山の女神の中にもいないわね……。あら、あの子が着いたようだわ。二人だけにしてちょうだい。出くわさないように庭を通って外に出て。時間に遅れずにおいでなさいよ。

**騎士**　今、姉さんが描いてくれたその娘の姿を想像したら、遅れるわけにはいきませんよ……。でも、ひどいな、出ていけなんて。こんな状態にさせられて一人で行けなんて……。ええ、行きますとも……でも、キスを……キスだけでも、姉さん、その時まで何とか我慢できるように。

（夫人は弟にキスし、キュロットの上から彼の男根に触れる。若者は慌ただしく出ていく）

訳注

＊1　（プレイヤード版）ヴィレット（侯爵）(Charles-Michel du Plessis, marquis de Villette)（一七三六―一九三年）か。サドの妻のいとこで、有名な同性愛者。ヴォルテールに庇護された文人であり、革命期には代議士にも選出されている。サド本人とも交友があり、ここで騎士が語っていることが拘禁以前のサドと彼のあいだにあった出来事だった可能性も否定できない。一七八三年一一月、サドは「一週間でいいので、それ〔ドルバック『自然の体系』一七七〇年〕を貸してくれるようヴィレットに頼んでほしい」と獄中から妻に宛てて書いている。

# 第二の対話

サン・タンジュ夫人、ウージェニー

サン・タンジュ夫人　まあ！　よくいらしたわね、かわいい子、どれだけ待ちかねたことか、あなたにあたしの心の中が読めたら、よく分かってもらえるんですけど。

ウージェニー　ああ！　お姉さま、あたしだって、いつになればお姉さまのもとにたどりつけるのかしら、って思ったわ。早くお姉さまの胸に飛び込みたくて、気ばかりあせってしまったの。家を出る一時間前に急に様子がおかしくなって、あたし、心臓が止まるかと思ったのよ。あの母親ったら、この素晴らしいご招待に何が何でも反対で、おまえのような年頃の娘が一人で出かけるものではありません、なんて言い出すの。でも、ミスティヴァル夫人はね、一昨日《おととい》お父さまにずいぶんと痛めつけられたらしくって、お父さまにひとにらみされて、ぐうの音も出なくなっちゃったわ。お父さまがあたしにお約束なさったことなんですから、だめだなんて言えっこないのよ。それであたし、駆けつけてきた、ってわけ。二日もらったわ。だから、どうしても明後日には、お宅の女中さんをつけていただいて、車で家に送っていただかなくてはならないわ。

サン・タンジュ夫人　二日なんて短すぎるわよ、天使さん。あなたといれば、いろいろ刺激されてあれこれ思いつくでしょうけど、それっぽっちの時間で、それを全部伝えるなんて、とうてい無理……それにあたしたち、話さなくちゃならないことが山ほどあるんですもの。ご存じのとおり、今日の集まりは、あなたにウェヌスの秘技中の秘技を伝授するためだっていうのに、二日じゃ、まるで時間が足りないわ。

ウージェニー　それじゃだめよ！　すべてを知り尽くすまで、あたし帰りませんことよ……。こちらにうかがったのは学ぶためなんですもの、いい加減な知識で帰るわけにはいかないわ。

サン・タンジュ夫人　（彼女に口づけしながら）まあ！　なんてかわいい子なの、一緒にいろんなことをして、いろんなことを語り合いましょうね。それはそうと、授業は長引くかもしれないわよ、あたしの王女さま、その前に何か召し上がっておく？

ウージェニー　いいえ、あたしに必要なのは、お姉さまのお話をうかがうことだけ。お食事はこちらから一里ほどのところで済ませてきましたから、夜の八時までお腹が空く心配はありませんわ。

サン・タンジュ夫人　それなら、あたしの閨房に行きましょう。向こうのほうが、ずっとくつろげますからね。家の者には、もう伝えてあります。あたしたちの邪魔をしようなどと考える者は誰もいないから、安心してちょうだい。

（二人は腕を取り合って閨房に移る）

# 第三の対話

舞台は淫靡な閨房[*1]の中

サン・タンジュ夫人、ウージェニー、ドルマンセ

ウージェニー　（思ってもいなかった男が一人小部屋にいるのを見て、ひどく驚き）ひどい、なんてこと。お姉さま、あたしのこと裏切ったのね？

サン・タンジュ夫人　（同様に驚いて）どうしてここにおいでなんです？　四時にいらっしゃるはずだったと思いますけど。

ドルマンセ　誰だって、あなたにお会いできるとなれば、一刻でもその幸運を早めたいと思うものです、マダム。先ほど弟君に出くわしましてね、あなたがこのお嬢さんに施すことになっている授業に私が立ち会う必要があるとお考えで、講義はこちらのリセ[*2]で行われると知っておられたので、私をここにこっそり引き入れた、という次第です。まさかあなたに咎《とが》められるとは思ってもいないようでしたね。ご当人はのちほど見えるはずです、ご自分の実

演が必要になるのは理論上の議論のあとであることをご承知ですから。

サン・タンジュ夫人　まったく、ドルマンセさん、こんないたずらをなさって……

ウージェニー　いたずらですって、あたしは騙されませんわ。お姉さま、これはみんなあなたの仕業でしょう？……せめて一言おっしゃっておいていただければ……いっぺんに恥ずかしくなってしまったわ。こんなことじゃ、あたしたちの計画、もうだめね。

サン・タンジュ夫人　何を言ってるの、ウージェニー、こんないたずらして人を驚かせようなんていうのは、あたしの弟だけよ。でも、怖がることはないの。あたしの存じ上げているドルマンセさんは、それはおやさしくって、あなたの教育には欠かせない哲学をたんと身につけていらっしゃる、あたしたちの計画にとってなくてはならない殿方なんですよ。それに、言っておきますけど、このかた、あたしと同じくらい口が堅いの。だから、何も気兼ねすることはないのよ。この世慣れた殿方が、あなたをしっかり教育して、幸福と快楽に満ちた人生に導いてくれるわ。それこそ、あたしたちが望んでいる人生でなくって？

ウージェニー　（赤くなりながら）ええ、でもあたし、やっぱり恥ずかしいわ……

ドルマンセ　ほら、もっと身体の力を抜いて、ウージェニー……恥じらいなんて古臭い美徳ですよ。そんなものきっぱり捨てて、すましていればいいんです。

ウージェニー　でも、はしたないわ……

ドルマンセ　慎みなんてものも、今じゃ誰も見向きもしない時代遅れの習慣ですよ。自然に背《そむ》くこと、はなはだしい代物だ。

（ドルマンセ、ウージェニーをつかみ、両腕で抱きしめて、キスする）

ウージェニー　（抗《あらが》いながら）おやめになって……本当にひどいことをなさるのね。

サン・タンジュ夫人　ねえ、ウージェニー、こんな素敵なかたの前で、あたしたち、上品ぶってなんていられないわ。あたしだって、あなたよりこのかたのことを知っているわけではないの。でも、よく見てて、あたしがどんなふうにこのかたに身を任せるかね（と彼女は淫《みだ》らに彼の口を吸う）。ほら、あたしの真似をしてごらん。

ウージェニー　ええ！　そうさせていただくわ。お姉さまほど素晴らしいお手本はどこにもないもの。

（彼女がドルマンセに身を任せると、ドルマンセは彼女の口中を舌でまさぐる）

ドルマンセ　あぁ！　ほんとにかわいらしい娘だね。うっとりするよ。

サン・タンジュ夫人　（同じくウージェニーにキスしながら）ほら、いたずらっ子さん、あたしには順番をまわしていただけないのかしら？

（ここでドルマンセは二人を腕に抱え、一五分ほど激しく口を吸う。彼女たちも互いに口を貪《むさぼ》り合い、またドルマンセの口を吸う）

ドルマンセ　ああ、本題に入る前だっていうのに、我を忘れそうな気分になりましたよ。しかし、ここは本当に暑いですね。お二人とも、悪いことは言いませんから、もっとゆっくりできる格好になりませんか。そのほうが話もずっとはずみますよ。

サン・タンジュ夫人　ええ、そうね。あたしたちはこの薄手のガウンを羽織りましょう。

このガウンはね、あたしたちの身体の魅力の中で、欲望の目から隠しておくべきものだけを覆ってくれるのよ。

ウージェニー　本当にお姉さまの注文ときたら……

サン・タンジュ夫人　（ウージェニーの着替えを手伝いながら）ふざけすぎ、って言いたいんでしょ？

ウージェニー　まあ淫らなことは確かね。……いや、また、そんなにキスされたら……

サン・タンジュ夫人　きれいな胸……まだ開ききっていない薔薇のよう。

ドルマンセ　（触れずにただウージェニーの乳房をじっと見ながら）これなら期待できそうですよ、あそこの魅力もね。乳房なんかより、はるかに敬うべきところです。

サン・タンジュ夫人　敬うべきところ、ですって？

ドルマンセ　ええ、ええ、そうです、名誉に値するね。

（そう言いながら、ドルマンセはウージェニーの身体の向きを変えて、彼女の尻を吟味するそぶりをする）

ウージェニー　あぁ、嫌です。お願いですから、やめて。

サン・タンジュ夫人　およしなさい、ドルマンセさん……まだ見てはだめよ。あなたったら、本当にそこに弱いんだから。見たら最後、頭に血がのぼって冷静に議論できなくなってしまうわ。あたしたち、あなたの授業が必要なの。だから、まず授業をしてちょうだい。ご褒美はそのあと、好きなだけミルトを摘《つ》むがいいわ。

ドルマンセ　仕方ありませんね。しかし、このお嬢さんにリベルティナージュの初歩を授けるのに、実物教授をお望みなら、マダムにはぜひとも身体をお貸しいただかなくてはなりません。
サン・タンジュ夫人　お好きになさればいいわ……さあ、ほら裸になりましたわよ。あたしの身体について好きなだけご論じなさい。
ドルマンセ　いやあ、実に美しい身体ですね……。美の三女神たちに磨き上げられたウェヌスを目の当たりにしているようだ！
ウージェニー　すごいわ！　本当にきれい、お姉さまの身体。すみずみまでよく見たいわ。好きにしていいでしょ？　キスさせてちょうだい。
（ウージェニー、実行する）
ドルマンセ　いや、実に筋がいい！　だが、熱くなってはだめだ、ウージェニー。今はひたすら授業に注意を集中してほしい。それだけは頼むよ。
ウージェニー　分かりましたわ。じゃ、お話しなさって。拝聴いたしますわ……でも、こうなったのもみんな、お姉さまがきれいすぎるからよ。すごくもちもちしてて、すべすべなんですもの。もうなんて素敵なんでしょう。そうじゃなくって、先生？
ドルマンセ　もちろん美しいよ……文句なしに美しい。しかし、ウージェニーだって、まったくひけをとっていないと思うがね……では、聞いていただきましょう、かわいい生徒さん。もっとも、あなたが言うことを聞かない時には教師の権限を存分に行使させてもらいますよ。覚悟しておくんだよ。

サン・タンジュ夫人　ええ、そうよ、そうよ、ドルマンセさん、この子はあなたにすっかりお預けしますから、聞き分けが悪い時は、こっぴどく叱りつけていただかなくては。

ドルマンセ　口で叱るだけでは済まないかもしれませんがね。

ウージェニー　まあ、なんてことを！　脅かさないで……いったい何を企《たくら》んでいらっしゃるんですの、先生？

ドルマンセ　（ウージェニーの唇に口をあて、口ごもりながら）おしおきだよ、折檻さ。このかわいい小さなお尻が、おつむが犯した過ちを償《つぐな》うことになるかも、ってことさ。

（ドルマンセ、ウージェニーが着ている薄地のガウンの上から彼女の尻を叩く）

サン・タンジュ夫人　ええ、ご計画はけっこうですけど、実行は遠慮していただきたいわ。ねえ、授業を始めましょうよ。ウージェニーと楽しめる時間は短いんですから、こんなんじゃ本題に入る前に時間切れ。教育なんてとてもできないわ。

ドルマンセ　（以下、サン・タンジュ夫人の身体に触れながら、部位を一つ一つ説明していく）では、始めましょうか。まず、この丸い肉の塊、等しく乳房、胸、乳などと呼ばれているものですが、このことはあなたも私と同様よくご存じでしょうから、私の説明は要りますまい。これを用いると効果絶大、大きな快楽を得ることができます。男はこれを目の前にして愛《め》で、なで、いじくりまわしながら、情交を楽しむんです。中には、ここを享楽の頂点として選ぶ者さえあります。そうした男たちは、このウェヌスの谷間に陰茎を差し入れ、女にこれを挟んで締めつけさせ、そこで何度か往復運動をして、香り豊かな命の香を恍惚として放つんです。リベルタンの幸福は、すべてこの放出にかかっています……陰茎についてはこれからも論じていくわけですから、マダム、われわれの生徒に少し教えておいたほうがよくはないですかね？

**サン・タンジュ夫人**　お願いしますわ。

**ドルマンセ**　それなら、私はこのソファーの上に横になりましょう。マダム、こちらに来て、私の陰茎を手にとって、話の続きをお願いします。あなたご自身で陰茎の特性について若い生徒さんに説明なさってください。

（ドルマンセは位置につき、サン・タンジュ夫人が実演指導する）

**サン・タンジュ夫人**　あなたの目の前にあるこのウェヌスの笏《しゃく》はね、ウージェニー、肉の快楽を引き起こすものの中で第一に挙げるべきもので、主に陰茎と呼ばれているの。これが入り込めないところは人間の身体には一つもないわ。いつだって持ち主の情欲に従順に動くのよ。こちら（とウージェニーの陰部に触れる）に潜り込んだりもするけれど、ここはお決まりのコース……最もよく使われてはいるものの、最も気持ちがいいところ、というわけではないわ。リベルタンはね、もっと神秘的なお社《やしろ》を求めて、それでよくこちら（と言って彼女の尻たぶを開き、尻の穴を示す）を使って楽しもうとするわ。この快楽より甘美なものは他にないのよ。でも、これについてはまたあとで論じましょう。それから、リベルタンは、口、胸、腋《わき》もよくお香《こう》を焚く祭壇として用いるわ。でも、お気に入りがどこであるかに関係なく、しばらくせわしなく動いたあと、決まって白くて粘っこい液体を放出するの。この液が流れ出ると、激しい錯乱状態に陥って、人生でこれ以上望めないってほどの快楽に身を貫かれるのよ。

**ウージェニー**　ああ、そんな液体が出るところ、あたし、ぜひ見てみたいわ。

**サン・タンジュ夫人**　そんなの、ただ手を振って動かせば出てくるわ。ね、あたしの手の上下運動に合わせて、ほら、だんだん高ぶってきたでしょ？　この運動は手淫と呼ばれてますけどね、リベルティナージュの用語では、せんずるという行為よ。

**ウージェニー**　まあ！　お姉さま、この素晴らしい陰茎、あたしにせんずらせてちょうだい。

**ドルマンセ**　そうしてもらいましょう。マダム、やらせてみましょうよ、この娘の初々しさったら、おかげでこんなに勃起してしまいましたよ。

**サン・タンジュ夫人**　何です、そんなに興奮して。ドルマンセさん、しっかりなさいな。種液が出てしまったら、動物精気の活動が弱まって、議論の熱が下がってしまうじゃないですか。

**ウージェニー**　(ドルマンセの睾丸をいじりながら) 本当に残念だわ、お姉さま、こんなにお願いしてるのに反対なさるなんて……。それじゃ、この玉ですけど、何の役に立つのかしら？　何て名前ですの？

**サン・タンジュ夫人**　俗には金玉、上品に言えば睾丸よ……。今言った繁殖用の種はね、この玉の中に貯蔵されているのよ。それが女の子宮に放たれて、人間が作り出されるの。でも、このことにはあまり詳しくは触れずにおきましょう、ウージェニー、リベルティナージュより医学に関わることですからね。かわいい娘さんがすべきことはね、ただやることであって、産むことじゃないんですよ。繁殖の仕組みなんて味も素っ気もないものに首を突っ込むのはよしにしましょう。あたしたちに必要なのは何といっても淫《リベルタン》らな悦楽だけであって、悦楽の真髄ほど出産奨励主義者からかけ離れたものはないんですからね。

**ウージェニー**　でも、この陰茎、大きすぎてあたしの手のひらに入りきらないのよ。それをあなたのお尻の穴みたいな小さなところに入れるなんて、お姉さまはできるっておっしゃってるけど、女からしたら、それはもう痛いんじゃないかしら。

**サン・タンジュ夫人**　前に入れようが、後ろに入れようが、痛いものは痛いですよ、慣れないうちはね。自然は、あたしたちが苦しみを経て初めて幸福に至るように、と望んだのよ。でも、一度克服してしまえば、言葉では言い表せないほどの快楽を体験できるし、前部に陰茎を挿入した時に得られる快楽に比べて、尻に挿入した時のほうが文句なくいいってことが分かるようになるわ。それに、そのほうが、どれだけ危険を回避できることか！　健康への害は少なくなるし、妊娠に至ってはもうまったく心配ありませんからね。でも、この悦楽については、今はこれくらいにしておきましょう、ウージェニー。あたしたち二人の先生が、あとでたっぷり分析してくれるし、理論に実践も加えてくださるから、肉体の快楽がさまざまある中で、選ぶべきなのはこれだけだってことを、あなたもきっと分かってくれるはずだもの。

**ドルマンセ**　実演指導は早く済ませてください。マダム、お願いしますよ、もうこれ以上は耐えられません。思わず出してしまいそうです。そうなったら、今はこんな恐ろしげな陰茎ですがね、すっかりしぼみきって、もう授業の役に立たなくなってしまいますよ。

**ウージェニー**　何ですって！　お姉さまがお話しになってる種が出ちゃうと陰茎ってしぼんじゃうの？……そういうことなら、ぜひあたしが絞り出してさしあげますわ。陰茎がどうなるか、見物だわ……種が流れ出るところも見られたら、ほんとにうれしいわ。

**サン・タンジュ夫人**　だめ、だめよ、ドルマンセさん、もう起きてちょうだい。忘れちゃだめよ、それはあなたの労働に対して支払われるものなんですからね。お手当てというのは、それに値することをして初めてもらえるものなんです。

**ドルマンセ**　分かりましたよ。しかし、快楽についていろいろ話して聞かせるんでしたら、ウージェニーが理解しやすいように、例えばあなたが私の前で彼女をせんずるというのはどうです？　何か不都合がありますかね？

**サン・タンジュ夫人**　まったくないわね。淫らなエピソードが授業に役に立つというなら、なおさらのこと、喜んでそうさせていただくわ。そこの長椅子に来て、お嬢ちゃん。

**ウージェニー**　まあ！　刺激的なアルコーヴね！　ずいぶんたくさん鏡があること。何のためですの？

**サン・タンジュ夫人**　この長椅子の上で享楽している人たちがね、そこに自分たちの姿が無数に反射するのを見て、享楽を無限に増幅させるためよ。この仕掛けだと、お互いの身体のどの部分も丸見えですからね。何もかもが見えるっていうことが、いちばん大事なの。そうすれば、肉欲で結ばれている当人のまわりに何組もカップルが集まって、彼らの真似をして同じ快楽に耽《ふけ》っているような、淫靡な光景がいくつもできあがるでしょう？　当人たちはそれを眺めて酔いしれ、淫欲がいや増す、っていう寸法よ[*3]。

**ウージェニー**　まあ、気持ちよさそうな工夫だこと！

**サン・タンジュ夫人**　さあ、ドルマンセさん、この犠牲者の服を脱がせてあげて。

**ドルマンセ**　お安い御用です、この薄地一枚とるだけで、素敵なお宝を直に拝めるんですからね。（ドルマンセ、彼女を裸にする。彼の目は真っ先に尻に向かう）待ち焦がれていた、あの尊く気高いお尻に、やっとお目にかかれる……。神さまの畜生！　この肉づきの見事なこと、この初々しさ、目が眩《くら》むような上品さ！……これほど美しい尻にはお目にかかったことがない。

**サン・タンジュ夫人**　もう、いやらしい人ね。最初にそこを褒めるなんて、あなたのお楽しみやらお好みがもろに出てるわ。

**ドルマンセ**　ですが、尻にまさるものが、この世にありますか？　愛の神にとって、これにまさる祭壇があるでしょうか？……ウージェニー……崇高なるウージェニー、お尻にとろけるような愛撫をお見舞いしてあげよう。

（ドルマンセ、我を忘れて尻をいじくり、キスする）

サン・タンジュ夫人　いい加減になさいよ、このリベルタンたら、お忘れなの？　ウージェニーはあたしのもの、あなたにはお手当てとしてさしあげるんです。この子がどれほどあなたの授業に期待していることか。授業を受けられないなら、ウージェニーはあなたの報酬にはならないわ。だから、そんなにかっかなさらないで。さもないと、あたし怒りますわよ。

ドルマンセ　あれ、好き者さん、嫉妬なさってるんですね。そういうことなら、あなた、ご自分の尻をお出しなさい。同じくらい褒めてあげますよ。（ドルマンセ、サン・タンジュ夫人のガウンを剝ぎ取り、尻を愛撫する）あぁ、実に見事……実に好色な尻だ。お二人を比べさせてください……尻を近づけ合って、じっくり鑑賞させてください。これはこれは、ウエヌスの傍らに佇《たたず》むガニュメデスの風情ですね。（ドルマンセ、二つの尻に愛撫を浴びせる）絶景です。ほれぼれしますよ。ずっと見ていたいものだ。恐縮ですが、マダム、お二人絡み合って、見目麗《みめうるわ》しいお尻二つ、間近でとっぷり拝ませていただけませんか？

サン・タンジュ夫人　けっこうよ。どう、これでご満足？

（二人は二つの尻がドルマンセのほうに向くように抱き合う）

ドルマンセ　最高ですね。これですよこれ、私が求めていたのは。今度は淫蕩の火で焦げるほど、その美しい尻を動かしてごらんなさい。上げて、下げて、リズムよく互いにすり合わせて、快楽に突き動かされるままに。そう、そう、いや素晴らしい！

ウージェニー　お姉さまったら、もうあたし、たまらないわ……あたしたちがしていることと、何て言うんですの？

サン・タンジュ夫人　せんずり合う、と言うのよ。互いをよがらせる、ということね。でも、ほら、位置を変えましょう。よく見てね、あたしの女陰……ウェヌスの社は、そう呼ばれてるのよ。あなたが手を置いている洞《ほら》をじっくり見てごらんなさい、開いてあげるから。どう？　この洞を囲んで高くなっているところが恥丘よ。ふつう、十四、五歳で生理が始まる頃、毛で覆われるわ。その上のちっちゃな舌のようなのは、クリトリスと言うの。女の急所よ。あたしもここがいちばんの感じどころ。ここを触られると、いつも気持ちよすぎて血の気が失せてしまうの……やってみて。そうよ！　この子ったら、とても上手ね……まさか今までこんなことばかりしてきたんじゃなくって？……やめて……やめて……だめ、って言ってるでしょ。まだいきたくないのよ……あぁ、あたしを何とかして、ドルマンセさん。このお嬢さんの魔法の指にかかったら、頭が変になりそうよ。

　ドルマンセ　できたら頭を切り替えて、興奮を冷ますんですよ。今度はあなたがウージェニーをせんずってみてはどうです？　あなたはご自分を抑えて、身を委ねるのはもっぱらウージェニーのほうということで。そう、それでいい、その格好です。これなら、ウージェニーのかわいい尻に手が届く。指でそっと手淫してあげよう。快楽に身を委ねて、ウージェニー、すべての感覚を快楽に集中して、快楽があなたの存在を司る唯一の神になるようにね。若い娘は快楽に、ただそれだけにすべてを捧げなくてはならない。目に映る何ものも、快楽以上に神聖なものであってはならないのだ。

ウージェニー　あぁ！　神聖かどうかは分からないけれど、快楽ほど素晴らしいものはない、ってことだけは、あたし、分かってよ……我を忘れるって、こういうことね……もう自分で何を言っているのかも、何をしているのかも分からなくなってきた……気持ちよくて朦《もう》朧《ろう》としてきたわ。

ドルマンセ　このやんちゃ娘の射精[*4]ぶりはすごいな……肛門が指を引きちぎるほど締めつけてくるよ。今、尻をものしたら最高にいいんだがなあ！

（ドルマンセ、立ち上がり、娘の尻の穴に男根を差し向ける）

サン・タンジュ夫人　もうちょっと我慢なさい、って。今はこのかわいい子の教育が先決よ……この子を育て上げることだって、とてもいいわよ。

ドルマンセ　仕方がない。ウージェニー、分かるかい？　ある程度手淫を続けると、精液腺が膨《ふく》れて最後に液体が排出され、この流出によって女は快楽の頂点に至るんだ。これが射精するということだよ。サン・タンジュ夫人がいいと言ってくれたら、男の場合はどんなだか、見せてあげられるんだがね。同じ行為とはいえ、ずっとエネルギッシュで圧巻だよ。

サン・タンジュ夫人　待ちなさい、ウージェニー。次はね、女が絶頂に至るための別のやり方を学んでもらうわ。さあ、足をきちんと開いて……。ドルマンセ、ね？　この体勢なら尻はまるまるあなたのものよ。後門を舐めてあげなさいな。前門のほうはあたしが舌でやってあげますから。二人がかりで悶絶させましょうよ。できれば三、四回、続けていかせてみたいわ。素敵な小丘ね、ウージェニー。それにかわいい産毛、唇と舌で整えてあげるわ……

クリトリスも、こうすればよく見える。まだ未熟なのに、ずいぶん感じやすいのね……そんなに身をよじって……中を見せてちょうだい……ああ、正真正銘の処女ね。どんなふうに感じるか、ちゃんと言うのよ。あたしたち二人で二つの穴に同時に舌を入れていきますからね。

ウージェニー　あぁ！　お姉さま。すごくいいわ。言葉にできないわ、この感じ。お二人のどちらの舌のほうが興奮するか言うなんて、とても無理よ。

ドルマンセ　私の身体の位置からすると、私の男根はあなたの手のすぐそばにあります

ね。マダム、どうかしごいていただけませんか？　私はこの神々しいお尻を吸っていますから。マダム、舌をもっと奥にお入れなさい、そんなにクリトリスばかり舐めていないで、子宮に届くまで舌を入れて、よがらせてあげなさい。それが精液を射精させるいちばん手早いやり方というものですよ。

ウージェニー　（硬直しながら）あぁ！　もうだめです。死んじゃうわ。離さないで、気を失いそうよ。

（ウージェニー、二人の教師のあいだで射精する）

サン・タンジュ夫人　どう、お嬢さん、あたしたちが提供した快楽はいかがだった？

ウージェニー　もう死んだわ。身体がばらばらよ……ふわふわするわ……でも、説明してくださらない？　お二人が口にした言葉が二つ、よく分からなかったの。まず、子宮って何を意味するんですの？

サン・タンジュ夫人　それは瓶状の壺のようなものなんだけど、その口の部分で男の陰茎をくわえ込んで、女と男の精液を受け入れるのよ。精液はね、女の場合は生殖腺から流れ出てくるし、男の場合はこれからお目にかけるけど、吹き出てくるの。それで、この二つの液体が混ざると胚というものができ、そこから男やら女やらが生じるんですよ。

ウージェニー　まあ、よく分かったわ。今の定義で、さっきよく分からなかった精液っていう言葉の説明もついたわ。それで、二つの種液が合わさらないと胎児はできないの？

サン・タンジュ夫人　そのとおりよ。[*5] ただね、今では証明されていることだけど、胎児ができるのは、もっぱら男の精液のおかげなのよ。もっとも、男だけ射精して女の精液と混ざらない場合は、そうはいきませんけどね。でも、女が提供する精液は何も生み出しはしない。ただ仕上げに役立つだけ。創造の手助けをするだけで、その原因ではないのですよ。現代の博物学者の中には、女の精液は役に立たない、とまで言う人もいるわ。[*6] こうした博物学者の発見に常々追随してるモラリストたちは、だったら子供は父親の血からできているのだから、父親にだけ愛情を抱けばよい、と結論しているわ。そう主張しても、あながち間違いではないでしょう。あたしは女だけど、反論はしないでおくわ。

ウージェニー　お姉さまのおっしゃってることが正しいことは、あたしの心が証人になるわ。だって、あたし、お父さまは大好きだけど、母親のことは大嫌い、って感じているんですもの。

ドルマンセ　愛情が偏るのは驚くことじゃない。私も同じように思ったものだよ。今でも死んだ父のことは忘れられないのに、母親が死んだ時は、うれしくてしょうがなかった……心底、嫌っていたんだな。そうした感情はすんなり受け入れてしまえばいいんだ、ウージェニー、それは自然の中に存在するものなんだからね。われわれは父親の血だけからできているのだから、母親にはまったく何も負っていない。それに、母親がしたことといえば、行為に自分の身を差し出しただけ。その行為を望み、促したのは父親だ。われわれの誕生を望んだのは父親であって、母親はただそれに同意したにすぎない。親とはいえ、これだけ違うんだから、それぞれに抱く感情も違って当然さ！

サン・タンジュ夫人　ウージェニー、あなたが正しい理由は、まだあるわ。だって、もしこの世で嫌悪すべき母親が一人いるとしたら、あなたの母親がまさにそれだわ。気難しくって、迷信家で、こちこちの信心家で、口うるさくって……それに、あのことは何も知りません、って顔してるでしょ？　ほんとに気に障《さわ》るわ。お上品ぶって、きっと生まれてこのかた、過ちの一つも犯してこなかったんでしょうよ。ああ！　貞節な女ほど嫌なものはないわ……でも、この話はまたあとにしましょう。

ドルマンセ　では、今度はウージェニーは、私の指導のもと、マダムにしてもらったことをお返しするのを学ぶべきかと思われるのですが。この子が私の目の前であなたをせんずるんですよ。

サン・タンジュ夫人　賛成ですわ。ためになることですしね。きっと、あなたのことだから、仕事の最中、あたしの肛門も見ていたいんでしょ、ドルマンセさん。

ドルマンセ　あなたのお尻に甘美なオマージュを捧げるのがどれほどの快楽か、お分かりでしょう、マダム。

サン・タンジュ夫人　（ドルマンセに尻を差し出して）では、あたしはこれでよろしいかしら？

ドルマンセ　大変けっこう。そうしていただければ、私もウージェニーと同じお勤めを存分にしてさしあげられますよ。さあ、かわいいお馬鹿さんも、頭をマダムの股間に置いて、今自分がしてもらったのと同じことを、かわいい舌を使って、ていねいにしてあげるんだよ。さあ！　その格好をしてくれたら、尻は二つながら私のもの。ウージェニーの麗しき恋人の尻を舐めながら、本人の尻をうっとりいじくっていられる、って寸法だ……そう、そこでいい。ご覧なさい、素晴らしいアンサンブルができあがりましたよ。

サン・タンジュ夫人　（恍惚となって）死んでしまう、神さまの畜生！……ドルマンセ、いく時は、あなたのご立派なものを握っていたいわ。あたしを精液まみれにしてほしいの……もっとせんずって……舐めてちょうだい。畜生、神さま！　あたしのスペルマが流れ出てる、こんなに。あぁ！　あたし売女になりたい……終わったわ、もう動けない。二人がかりで来るんですもの。今までこれほどの快楽を味わったことはないわ。

ウージェニー　そんなに感じてもらえたなんて、うれしい。でも、また一つ分からなかったわ。今、お姉さまが口になさった言葉なんですけど。「売女《ばいた》」とおっしゃっていたのは何のことなの？　しつこくてごめんなさい。でも、あたし、ここに教育を受けに来たんですもの。

サン・タンジュ夫人　それはね、男の放蕩の慰み者になる女のことよ。誰でも利用できて、男のさまざまな好みや興味にいつでも身を任せることができる女をそう呼ぶの。尊敬に値する幸福な女たちよ。世論は非難していますがね。悦楽の世界では女王さまよ。かまととぶった女なんかより、よっぽど社会に必要なのに、社会には蔑《ないがし》ろにされているわ。なのに、けなげにも社会の役に立つならと、世に認められたいなんて気持ちははなから捨ててかかる、そんな気概をもった女たちよ。売女と呼ばれることをみずから誇りとする者、万歳、だわ。彼女たちこそ、真に愛すべき女、真の哲学者よ。あたしはね、一二の歳から売女の名に恥じないよう努めてきたの。だから、そう呼ばれても気に障らないどころか、逆に楽しいのよ。それだけじゃないわ。あたしね、されている最中に相手からそう呼ばれるのが好きなのよ。売女って罵《ののし》られると、頭がかっとなるわ。

ウージェニー　まあ、よく理解できてよ、お姉さま。あたしも人にそう罵られても腹を立てないことにします。まだまだその名にはふさわしくありませんけれど。でも、美徳はこうした不品行に反対してはいないかしら？　あたしたちがしているようなふるまいは美徳に反するんではなくって？

ドルマンセ　何てことを！　美徳なんかとは縁を切りなさい、ウージェニー。そんなけちなものをありがたがって何かを犠牲にしたところで、美徳を犯すことで味わえる一瞬の快楽に匹敵することが一度でもあるっていうのかい？　ないだろ？　美徳なんて絵空事にすぎないんだから、そんなものを崇《あが》めるのは、絶えず自分を犠牲にし、自分の体質の促しに逆らい続けるのと同じことだ。そんな行動が、はたして自然なことだろうか？　自然は自分に逆らうようなことを人間にそそのかすだろうか？　美徳の鏡だなんて言われている女どもを信じてはいけないよ、ウージェニー。確かにそいつらは、われわれと同じ情欲《パッシオン》に仕えてはいない。だけど、やはりやつらも情念《パッシオン》をもっていることに変わりはないし、しかもそれは往々にしてわれわれの情欲よりずっと軽蔑に値するものだ……野心だったり、うぬぼれだったり、個人的な利害関心だったりね。あるいは、ただ体質上、冷えきっていて、何もする気になれない、ってやつらもよくいるがね。そんなやつらに何を恩義に感じろっていうんだ。そうだろう？　やつら、ただ自己愛の促すままになっているだけだ。そんなエゴイズムのために何かを犠牲にするほうが、情欲に身を捧げるよりも賢明だ、適切だ、とでもいうのだろうか。私からすれば、情欲もエゴイズムも大差ないが、もっぱら情欲の声に聞き従うほうがずっと理にかなっていることは間違いない。なぜなら、それだけが自然の声であり、他方は愚かさと偏見の声にすぎないからだ。ウージェニー、私には、どんな崇高きわまりない美徳の行いも馬鹿馬鹿しい。そんなものより、男根から放たれるたった一滴の精液のほうが貴重なのさ。

ウージェニー　（この議論のあいだに少し落ち着きが戻り、二人の女は再びガウンをはおって、ソファーの上に半ば横になる。ドルマンセは、彼女たちの近くの大きな肘掛け椅子に座る）でも、美徳といっても、いろいろあるじゃありませんか。例えば、信心なんて、どうお考えになるんですの？

ドルマンセ　宗教を信じない者にとって、そんな徳がいったい何だというんだい？　それに、誰が宗教なんて信じることができるっていうんだい？　よろしい、順を追って考えていこう。ウージェニー、宗教と呼ばれるものは、人間を創造主に結びつける契約のことではないかね？　そして、この契約によって人間は、礼拝を通して、崇高なる創造者から生命をいただいたことに感謝の意を示す義務を負うのではないかね？

ウージェニー　それ以上の定義はございませんわ。

ドルマンセ　よろしい！　さて、人間は、ひとえに自然が抱いた抗しがたい計画の賜物として、地球上に地球そのものと同じくらい古くから存在し、樫の木や、ライオンや、地球の奥深くにある鉱物と同様、地球の存在によって必然的に生じたものにすぎず、〔自然以外の〕いかなるものにもその存在を負ってはいない、ということが証明されているとしたらどうだい？　そして、神は、愚か者たちによって、われわれが目にするものすべての唯一の作者、創造者とみなされているが、実は人間理性の限界〔*nec plus ultra*〕を意味するにすぎず、〔自然の因果関係をたどり尽くした〕理性がもはや何も見出せなくなったまさにそのとき、何とか己が務めを続けられるようにと捏造した幻想にすぎない、ということも証明されているとしたら。また、神が存在するということは不可能であり、愚か者たちが根拠もないのに神に帰したがっているものは、どれもこれも、絶えず活動し、絶えず運動する自然が自分自身から得たものであるということも立証されているとしたら。また、あえてそんなやる気のない神が存在すると仮定したら、確かにそんな神こそ、あらゆる存在の中でも最も滑稽なんじゃないかい？　なぜなら、この神はたった一日働いただけで、その後、何百万世紀ものあいだ、軽蔑すべき無活動状態にあるんだからね。あるいは、さまざまな宗教が描いているような神が存在すると仮定しても、それはあらゆる存在の中で最も憎むべきであるということも確かではないだろうか。なぜなら、全能なら悪を阻むことができるだろうに、悪が地上に存在することを許しているんだからね。さて、これらすべてのことが立証されたとしたら——実は疑問の余地なく立証されているんだがね——、ウージェニー、どうだい？　こんな愚かで、無能で、残忍で、唾棄すべき創造主に人間を結びつけるとかいう信心が、必要不可欠な美徳だなんて信じられるかい？

**ウージェニー**　（サン・タンジュ夫人に向かって）まあ！　本当なんですの？　お姉さま、神さまって架空の存在ですの？

**サン・タンジュ夫人**　そのとおりよ。それも最も軽蔑に値する、ね。

**ドルマンセ**　分別があったら、そんなもの信じることはできないよ。ある者は恐怖から、ある者は己の弱さから、こんな唾棄すべき幻を作り出してしまった。だが、この地球系には無用な、というより間違いなく害をなすものだ。神の意志というのは絶対に正しいとされているが、元来不正を必要とする自然の法にうまくなじむはずもないからね。それに、神はいつも決まって善を望むものとされているが、自然が善を欲するのは、己の法の維持に役立つ悪の埋め合わせをしなくてはならない時だけだ。神は常に万有に働きかけていなくてはならないが、自然はといえば、絶え間なく活動することを己の法の一つとしている。つまり、自然は神と永久に張り合い、反目していなくてはならないことになるんだ。あるいは、それに対して、神と自然は同じ一つのものだと言う者もあるだろう。しかし、そんな馬鹿なことがあるもんか。創造されたものが創造者と同じなんてことはありえない。時計が実は時計職人だった、なんて話があるかい？　こう言うと、いや、そうじゃない、自然は無であり、神こそすべてだ、と反論されることだろう。馬鹿も休み休み言ってほしい。宇宙には必然的に二つのものが存在する。生み動かす大本と、それによって創造された個体だ。さて、この大本とは何だろうか？　これこそが、解くべき唯一の問題、解答しなければならない、ただ一つの問いだ。さて、もし物質がわれわれには知られていない仕方で結合し、みずから動いているなら、もし運動がはなから物質にそなわっているとしたら、どうだろう？　われわれは、この宇宙の広大な海原の星々を見上げて驚嘆し、その一定不変の運行に崇敬と感嘆の念を抱く。しかし、もし物質だけが己がエネルギーによって、こうした天体すべてを創り、生み、守り、維持し、均整をとっているとしたら、どうだろう？　これらすべてに無縁な、そんな大本などというものを見繕う必要がどこにあるだろうか？　そうした活動的な力は、実は自然そのものの中に元からあるというのにさ。自然は活動する物質以外の何ものでもないんだからね。神学なんて、いくら絵空事を唱えても何も解明できないよ。できるんだったら、ちゃんと証明してみてほしいものだ。仮に私が間違っていて、物質がそうした力を内にもたないとしても、少なくとも私に残された問題は一つだけだ。それに比べて神なんぞを持ち出すやつらときたらどうだ。問題をもう一つ増やしてるじゃないか。私が物質の運動の原因が理解できないからといって、なおさら理解しがたい神なんぞを引っ張り出して、認めさせようなんて、まったくどうかしてるよ〔ドルバック『自然の体系』第二部第六章〕。お望みなら、ここで一つ、キリスト教の教義を取り上げて、検討してもいい……やつらのおぞましい神の姿を拝んでやろうじゃないか。キリスト教がこいつをどんなふうに描いているかを少し見てみれば、どうだい、この忌むべき宗教の神さまは実に支離滅裂で残酷なやつだと分かる。今日世界を創造したと思ったら、次の日にはもうそれを後悔しているんだからね。それに、神さま、お望みどおりの良俗を人間に植えつけることがどうしてもできないんだから、無力な存在でもある。人間は神から発生した被造物であるにもかかわらず、神を凌いでしまっているんだね。人間には神に背いて、地獄の責め苦をわが身に招くことだってできるんだからね。神さまっていうのは、よくよく弱いものなのさ。いやはや、人間が目にするすべてを創造できたっていうのに、その人間一人さえ意のままに作ることができない、ときた。こんなことを言うと、いや、神さまが自分の言いなりになるように人間を作っていたら、人間には徳を積んで神にふさわしくなることができなくなっていただろう、と反論されるはずだ。いかにも陳腐な言い草だね。人間は何が悲しくって、神なんかにふさわしくなるために徳を積まなきゃいけないんだ。まったくもって善なる者として作られていれば、人間は決して悪いことなどできなかったはずだ。そして、その場合にのみ、人間という作品は神にふさわしいと言える。なのに神は人間に選択の自由を残した。人間を試したんだな。しかし、神はこの世の出来事をすべて予知できるんだから、そんなことをしたらどうなるか、よく分かっていたはずだ。だとすれば、神は、ただの気まぐれで、自分が作った人間を堕落させていることになる。これはまた何とも恐ろしい神さまじゃないか。なんて残忍な怪物だ。神以上に、われわれの憎しみと復讐にふさわしい悪人がいるだろうか。しかも、神さまときたら、この崇高なる創造の仕事だけでは満足せず、人間を改心させるために、洪水で溺れさせ、焼き殺し、永劫の罰を下したりする。だが、何をしようと人間が変わることはない。こんなけちくさい神よりずっと力をもった悪魔という存在が依然として権勢を保ち、自分の創造主を嘲《あざけ》っては、神が己にあつらえた人羊の群れを誘惑して、うまいこと堕落させ続けているからね。われわれに対する悪魔の力《エネルギー》ときたら、実に強大なものだ。[*7] さあ、そこでやつらの述べ伝えるこの恐ろしい神がいったい何を思いついたか？　やつらによれば、こいつには息子が一人いるそうだ。私には神が何をどうしてこの一人っ子を手に入れたのか、見当もつかない——人間は自分が女とやるように、神さまもなにしたんだと思いたかったようだからね——。さて、神はこのご立派な自分の片割れを天から派遣することにした。それで、この崇高な御子さん、誰もが想像するように、天上の光に乗ったり、大勢の天使をお供に従えたりして、全世界が見守る中、地上に姿を見せたのか……。とんでもない。そいつはユダヤの淫売の腹の中から現れたんだ。しかも、この世を救いに来たはずの神さまが産声をあげるのは豚小屋ときた。これが、世が伝えるやつのごたいそうな素性だよ。じゃあ、こいつのご立派な使命とやらはどうだ？　われわれの労苦に報いてくれるというのか？　この男がその後どうなったか、少したどってみようじゃないか。やつは何を言い、何をしたのか？　われわれにどんな崇高な使命を与えるのか？　どのような神秘を告げようというのか？　どのような教義をわれわれに課そうというのか？　その偉大さは、どのような行いにおいて、ついに明らかになるのか？　まず目につくのは杳《よう》として知れない子供時代のことだが、この悪ガキがイェルサレム神殿の坊主どもに猥褻な勤めを果たしたことは疑いない。次いで一五年間の出奔、その間、この悪童はエジプトの学派が唱える愚かな思想のことごとくに毒された挙げ句、それをユダヤに持ち帰る。郷に戻るや気がふれて、自分は神の子だとか、父に等しい者だと言い出す始末。この父と子の結託に聖霊とか呼ぶまた別の幻想を付け加え、このペルソナの三位は一体だ、とのたまった。理性はこんな滑稽な神秘には啞然とするばかりだが、このげす野郎ときたら、だからこそこれを受け入れることにはご利益がある……それを蔑ろにすれば危険が待ち受けている、などとぬかしたのだ。この抜け作ときたら、神である自分が肉体をまとって人の子の腹の中から現れたのは、われわれすべてを救うためだ、これから華々しい奇跡をいくつも起こしてやるから、世界もすぐに悟るだろう、とほざいている。なるほど、このペテン師は、のんべえどもの宴会〔「カナでの婚礼」〕で水をワインに変えたそうだし、砂漠では悪人どもに食べ物を与えたそうだが、それもはじめから自分の信者たちに仕込ませて隠しもっていたんだろう。この詐欺師、仲間の一人〔ラザロ〕に死んだふりをさせて、生き返らせる。山のてっぺんに登って、わずか二、三人の仲間を相手に手品をして見せたが、その出来ときたら、今時のへっぽこ大道芸人でも赤面してしまうおそまつさ。そればかりか、このげす野郎、神がかっては、自分を信じない人間に片っ端から地獄行きを宣告し、馬鹿どもには自分の言うことを聞いていれば天国に入れるぞ、と空約束をする。学がないので何も書かず、阿呆ぶりを隠すためにほとんど口を開かず、非力ゆえ、ますます何もしなくなる。しまいには国のお偉がたも、このイカサマ師め、めったに口をきかないが、きけば物騒なことばかり、もう我慢ならん、と磔《はりつけ》にすることにした。先生、死ぬ間際、自分についてまわるごろつきどもに向かって、呼ばれればいつでも天から降りてきて、自分の身体を食べさせてあげよう、と請け合った。さて、刑は実にひどいものだったが、なすがまま。

お父ちゃんたる崇高な神さまも、自分の子だと名乗るこのあつかましい男のために何一つしてやらなかった。こうして、この穀潰《ごくつぶ》し、実に悪人ばらの頭目にこそふさわしい男だったのに、最下等の悪人として処分された。そのあと、やつの取り巻きが集まって、こんな話をした。「このままだと破滅だ。お先真っ暗だぞ。みんながあっと驚くことをしてだな、何とかこの場を乗りきらにゃいかん。どうだ、あそこにいる見張りを酔わせて、その隙にイエスの死体をかっさらう、っていうのは？　それでイエスが蘇ったと吹いてまわるのさ。うまくいくさ。このペテンにみんながひっかかってくれたら、俺たちの新宗教の基礎は盤石。あとは世に広めて、全世界をたらし込むまでだ……さあ、ひと働きしよう」。この企み、まんまと成功するわけだが、才能がない詐欺師っていうのは、たいていくそ度胸だけで何とかしようとするものさ。さて、やつら、死体を盗み出すと、馬鹿どもや女子供が「奇跡が起きた」と、あらんかぎりの声で叫び出す。だが、こんなどえらい驚異がなされたというのに、神の血に染まったこの街に、そんな神を信じる者は一人もいなかったし、改心する者もまったく出ない。それればかりか、こんなことは後世に伝えるほどのことでもなかったので、歴史家も誰一人として取り上げなかった。詐欺師の弟子たちだけが、このペテンを使って何とか甘い汁を吸いたいと思ったが、それでもあせらず時を待った。この慎重さが、またまた功を奏した。弟子たちは、何年もの間を空けて、初めてこのとんでもないペテンを利用したんだ。やつらはこのペテンの土台の上に唾棄すべき教義の箱物を置いた。今にも倒れそうな代物だったがね。さて、人間というのは誰でも変化が好きだ。当時も人々はローマ皇帝の専制にうんざりしていて、革命も避けられない状況だった。それで、このペテンに耳を傾けたのだが、それが広まるのはあっというまだった。これが間違いの始まりだった。程なくウェヌスとマルスの祭壇が、イエスとマリアの祭壇に取って代わられた。この詐欺師の生涯は本にされ、退屈な作り話に騙される者も出てきた。この本はイエスに多くを語らせているが、それはイエスが考えたこともないことばかりだった。突拍子もない話だったが、そのいくつかに基づいて、さっそくイエスの道徳なるものができあがった。この新手の宗教が布教先に選んだのが貧乏人だったため、隣人愛〔charité.「施し」の意味もある〕が第一の美徳となった。秘跡とか呼ばれる奇妙な儀式がいくつも設けられたが、その中でもとりわけ破廉恥で忌むべきなのは、罪にまみれた坊主が、それにもかかわらず、呪文をいくつか唱えるだけでパンのかけらの中に神を呼び出すことができる、という儀式だ。そうさ、こんな卑しい宗教に対処するには、それにふさわしく、ただ軽蔑するだけでよかったんだ。そうすれば、そんなもの、この世に現れた途端、跡形もなく消え失せていたはずだ。ところが、迫害しようなんて気になったばかりに、かえって勢いをつけさせた。迫害が逆効果になる、というのは世の常だ。今だって同じことさ。試しにやつらを笑いものにしてみろ。すぐ失脚しちまうさ。抜け目がないヴォルテールが決まって使ったのも、この手だよ。この手で実にたくさんの改宗者を出した。だから、この点でヴォルテールが並みいる作家連中を抑えて自分こそがいちばんだと自賛しても、彼なら許されるってもんさ。ざっとだけど、ウージェニー、これが神とキリスト教の歴史だ。こんな作り話にどれだけの価値があるか、よく考えて、心を決めてみるんだね。

ウージェニー　そんなの、ひと思いに決められるわ。あたしだって軽蔑しますわ、こんなむかつく妄想。今までは神から離れられなかったけど、それはあたしが弱かったり、無知だったりしたからよ。だけど、今はもうそんなもの、嫌悪の対象でしかないわ。

サン・タンジュ夫人　それじゃ、ここでしっかりお誓いなさい。あたしはもう神のことなんか考えません、金輪際、関心をもちません、どんな時も神の助けなど求めません、一生涯、神に立ち返ることはありません、とね。

ウージェニー　（サン・タンジュ夫人の胸に飛び込みながら）ええ！　あなたの腕に抱かれて宣誓をいたします。よく分かっててよ、お姉さま。そうおっしゃるのはあたしの幸せのため。あたしが神のことを思い起こして心の落ち着きを失うことが二度とないように、って心配してくださっているのよね！

サン・タンジュ夫人　あたしがそれ以外のことを願うはずがないわ。

ウージェニー　でも、ドルマンセさん、宗教というものを検討することになったのって、美徳の分析がきっかけだったんではなくって？　でしたら、話を元に戻しませんこと？　いくら馬鹿馬鹿しいとはいっても、キリスト教の中には、それを信じればあたしたちが幸福になれるような美徳もいくつか定められているんではないの？

ドルマンセ　そういうことなら、一つ検討してみよう。では、女性の純潔から始めようか。君の姿だけ見ると実に純潔そのものだが、君の目にはこんな徳、とっくに反故《ほご》同然だろうね。自然が君の中で引き起こす運動すべてに抗《あらが》わなければならない、などという義務を尊いと思うか。過ちを犯したことがないという空しく滑稽な幸福のために、そうしたものいっさいを犠牲にできるか。偽りなく答えてほしい。こんな馬鹿馬鹿しくて危険な魂の純潔さとかいうものの中に、それとは正反対の悪徳から生じる快楽すべてに匹敵するものを見出せると思うか。

ウージェニー　いいえ、とんでもありませんわ。あたし、そんなものこれっぽっちも望んでいません。純潔でいたいなんて気持ちはさらさらないし、逆に悪徳には何よりも強く惹かれます。でも、ドルマンセさん、施しとか慈善とかいうのは、どうなのかしら？　感じやすい魂の持ち主の中には、それで幸福になれる人もいるんではなくって？

ドルマンセ　とんでもないよ、ウージェニー。そんな美徳は恩知らずばかり生み出すものだ。それに騙されてはいけない。善行というのは、むしろ傲慢という悪徳の一つであって、真の魂の美徳ではないのだ。同胞を助けるのは、他人に見せたいからであって、ただ善い行いをしたいからでは決してない。だから、施しをしても、思ったほど世間の評判にならなかったら、腹も立ち、がっかりもする。それに、覚えておきなさい、ウージェニー、こんな行いは人が思っているほどよい結果にはつながらないのだ。数ある欺瞞の中で、私はこれこそが最たるものだと思っている。というのも、施しを受けると、乞食は助けてもらうことに慣れて、自分のエネルギーを台なしにしてしまうからだ。やつら、施しを期待して働かなくなるし、施しがもらえなくなるや、泥棒や人殺しに早変わりする。物乞いをなくす方策を求める声が至る所から出ているようだが、そう言いながら、人は物乞いを増やすことにひたすら努めているというわけだ。自分の部屋に蝿が入ってくるのが嫌なら、砂糖を撒いて呼び寄せるような真似はやめるべきなのさ。フランスに乞食がいるのが嫌なら、いっさい施しなどしないこと。中でも慈善施設などなくしてしまえばいい。そうなれば、人は逆境に生まれても、そんな有害な支援がないことが分かれば、自然から受け取った力や素質を出しきり、生まれついた境遇から脱出して、人につきまとって困らせることもなくなるはずだ。こんないやらしい施設は情け容赦なく叩き潰すべきなんだ。そんなところに貧乏人がお楽しみ《リベルティナージュ》に耽ってできたガキをかくまってやるなんて、恥を知ってほしいもんだ。この恐ろしい汚水溜は、人の財布の中身ばかりあてにするおぞましい人間の群れを日々新たに社会に吐き出しているんだからね。一つ尋ねたい。こんなやつらをこれほど手厚く大事にして、いったい何の役に立つというんだ？　フランスに人がいなくなることでも恐れているんだろうか。ああ！　そんな心配はまったく無用だ。わが政府が犯した悪徳の筆頭は、人口を増やしすぎたことにある。こんな余分なやつらが国の財産だなどとは、とてもじゃないが言えまい。余計な人間というのは、幹を犠牲にして生長した挙げ句、決まって枯らしてしまう余分な枝のようなものだ。覚えていてほしい。どんな政体でも、人口が生活手段を上まわった時には必ず衰弱するものなんだ。フランスをよく見てみれば、フランスこそまさにそんなありさまを示してることがよく分かるだろう。その結果フランスがどうなっているか、見てみるがいい。[*8]　中国人は、われわれよりよっぽど賢いから、人口が増えすぎて国が傾かないよう、ずいぶん用心している。快楽に耽った挙げ句にできてしまったものを保護する施設など皆無で、そんな忌まわしいガキなんぞ、食べたら排泄物が出るのと同じように、あっさり捨てられてしまうのだ。乞食のための施設も存在しない。中国では、そんなものがあるということすら知られていないのだ。この国では、すべての人が働き、そしてすべての人が幸福であり、乞食のエネルギーを損なうものもなく、誰もがネロのように「貧乏とは、いったい何のことだ〔*Quid est pauper*〕」と言うことができるのだ。

**ウージェニー**　（サン・タンジュ夫人に）お姉さま、あたしの父もドルマンセさんとまったく同じ考えですわ。父は慈善行為なんて一回もしたことがないんですの。母はそんなことで無駄にお金を使うので、お父さまに叱られてばかりいるわ。「母親慈善協会」〔一七八四年、フージュレ夫人によって設立。一七八八年からマリー・アントワネットが会長。身寄りのない妊婦を支援した〕だとか「博愛協会」〔一七八〇年設立。ルイ一六世が後見。老人や子供が多い家庭、盲人の教育を目的とした〕だとかに入っていたのよ。母が関わっていなかった協会って、ないんじゃないかしら。でも、お父さまに全部辞めさせられたのよ。今度またこんな馬鹿なことをするそぶりでも見せたら、余分な金はいっさいやらんからな、って脅かされてね。

**サン・タンジュ夫人**　そういう協会ほど、馬鹿馬鹿しくって、しかも危険なものはないわ、ウージェニー。あたしたちが今陥っているこのひどい大混乱だって、とどのつまりは、そんな協会とか無料の学校の慈善施設のせいなんですからね。あなたもいい子だから、決して施しなんてしないでちょうだいね。お願いするわ。

ウージェニー　ご心配には及ばなくってよ。ずっと前からお父さまにも同じことを言われてますもの。それに、第一、そんな親切心、あたしにはこれっぽっちもないんですから、背《そむ》きようがありませんわ。お父さまのご命令にも……あたしの心の動きにも、それにお姉さまのお望みにもね。

ドルマンセ　われわれが自然から受け取った感受性の一部をそんなことに割いてしまわないようにしないとね。感受性が弱まって、すり減ってしまうからね。他人が不幸だからって、私にどんな関係があるっていうんだい？　見ず知らずの人間のために悲しまなくたって、私はもう十分、不幸を背負《しょ》い込んでるよ。感受性は、われわれに快楽を引き起こすための火床であってくれれば、それでいいんだ。快楽をかき立てるものにはいつだって敏感でなければいけないが、それ以外のものにはいっさい心を頑《かたく》なにすることだ。そんな魂の状態からは一種の残忍さが生じるけれど、それが無上の喜びをもたらしてくれるのも一度や二度のことではない。もちろん、のべつまくなしに悪いことをしているわけにはいかないが、悪事によって快楽が得られない時でも、せめて何としても善いことをしてやらない、というちょっとした悪意がその埋め合わせをしてくれるものだよ。

ウージェニー　素晴らしいわ！　神さま、ご講義を拝聴してたら、こんなに熱くなっちゃったわ。善いことをさせられるくらいなら、今ここで殺されたほうがましですわ。あたし、そう思えるようになりましてよ。

サン・タンジュ夫人　じゃあ、何か悪いことをするように言われたら、すぐにする心づもりはあるのね？

ウージェニー　そんなことおっしゃって、誘いには乗りませんわ。ひととおり教わったあとでないと、ご返事はできません。ねえ、ドルマンセさん、あなたのおっしゃりようですと、この世では善いことをしようが悪いことをしようがどちらでもいい、という印象を受けるんです。大切なのは自分の趣味、自分の気質だけということで、よろしいのかしら？

ドルマンセ　そうとも！　もちろんそうだよ、ウージェニー。悪徳とか美徳という言葉は、まったくもって所変われば品変わる、というやつさ。どんなに常軌を逸しているように見える行為でも、芯から罪に値すると言えるものは一つもないし、本当に美徳の名で呼ぶことができるものだって皆無だよ。すべては自分が住んでいる場所の風俗とか風土次第だ。ここでは何か犯罪になることが、何百里か下ったところでは美徳とみなされる、なんていうのはよくあることだが、どこかさらに遠くの半球では美徳になるものがすべて逆にわれわれのところでは罪になることだってあるだろう。これまでにどこかで賛美されなかったような残虐行為はないし、罪の烙印を捺されなかった美徳だって一つとしてない。そんなに純粋に地理的な違いにすぎないものに従って、人を尊敬したり軽蔑したりするというのは、だから意味がない、ということになる。人の評価などという馬鹿馬鹿しい、うわっつらなものにふりまわされることはやめて、たとえ軽蔑されるような行為でも、自分にいくらかでも悦楽をもたらすならよしとして、恐れずに軽蔑を甘受するくらいのところまでいかなくちゃだめなのさ。

ウージェニー　でも、はなから危険で悪質な行為もあるんではなくって？　誰が考えても罪に値して、だから世界中どこに行っても罰されるようなものがあるように思えるんですの。

サン・タンジュ夫人　そんなものないわ、ウージェニー。一つもない。盗みや近親相姦だって、そればかりか殺人や親殺しだって、そうじゃないのよ。

ウージェニー　まあ、そんなひどいことを許していたところがどこかにあったの？

サン・タンジュ夫人　そういうものこそが非常に立派な行為として、褒め称えられたり、重んじられたりしたところもあるわ。それとは反対に、人類愛とか純真さ、善行や貞潔といった、われわれのところで美徳と呼ばれているものすべてを、ひどく恐ろしいことのように考えていたところもあったのよ。

ウージェニー　今おっしゃったこと、もっと説明していただきたいわ。そうした罪を一つ一つ、簡単でかまいませんから分析していただきたいの。まず最初は若い娘のリベルティナージュについて、次は人妻の不倫について、ご意見をうかがいたいわ。

サン・タンジュ夫人　では、よくお聞きなさい。ウージェニー、娘は母親の腹から出るや両親の意志の犠牲者になり、死ぬまでそうあり続けなくてはならないというのは、ほんとにおかしな言い草ですよ。誰もが一人の人間であり、人権をもっていることがこれほど周到に極められたこの時代に、なぜ若い娘は相も変わらず、自分は家族の奴隷だ、って思わなくちゃならないの？　今や分かりきったことじゃない。家族は娘をどうにでもできるなんて、でたらめもいいところだ、って。でも、こういう興味深い問題については、自然が何て言っているか聞いてみましょうよ。まずあたしたちよりずっと自然に近い動物が従っている法を例にとりましょう。動物のあいだでは、子の最初の世話が必要なくなったあとでも、父親はまだ何か義務を負っているかしら？　雄と雌の享楽の結果として生まれた子供は、自由と権利を欠けるところなくもっているのではないかしら？　子供が歩いて自分で食べ物を見つけることができるようになった瞬間、生みの親は子供のことを忘れてしまうのではないの？　子供のほうはどう？　自分に命を与えたものに感謝しなくちゃならないなんて義務を感じる？絶対にそんなことないわ。じゃあ、どんな法があって、人間の子供はそんな余計な義務に縛られなくてはいけないの？[*9]　こんな義務をこしらえるのは、貪欲で野心に満ちた父親以外にいるかしら？　じゃあ聞くけど、自分なりに感じたり物事を考えたりすることができるようになっても、若い娘は相変わらずそんな束縛に服従すべきだ、というのは本当に正しいことなの？　そんなのただの偏見よ。偏見のために鎖で縛り続けられてるのよ。十五、六歳にもなった娘が欲望に身を焦がされながらそれを抑えることを強いられるなんて、地獄の責め苦よりひどい仕打ちよ。なのに、親を喜ばせようと、じっと待つの。それであたら青春を不幸にしたあと、今度は自分の女盛りを自分のことしか考えない親の欲に捧げて犠牲にしてしまう。愛される価値のまるでない男や、それどころか憎まれてしかるべき男といやいや結婚して台なしにしてしまうのよ。そんな娘の姿ほど滑稽なものはないわ。ああ、虫唾《むしず》が走る。ウージェニー、そんなふうに人を縛りつけるなんてことは、もうじき消えてなくなるはずよ。娘は、学齢期に達したら父親の家から自由にし、国民教育を受けさせたあと、[*10]一五歳で自分の主として自分がなりたいものにならせる。そうすべきなの。自堕落な生活を選んだって構うもんですか。若い娘が自分に声をかけてくる男を片っぱしから幸福にしてやろうと決めて奉仕に明け暮れてるほうが、世から孤立してただ一人の夫にだけ奉仕するのに比べて、どれほど意味があることか。雌犬や雌狼〔それぞれ「淫らな女」、「娼婦」の意味がある〕のようになること、それが女の運命。女は自分を求めるすべての男のものにならなくてはいけないのよ。一夫一婦婚という馬鹿げた絆で女を縛るのは、自然が女に課した使命に明らかに背いているわ。どうか、みんなに目を開いてもらいたい。そして、すべての個人に自由を保障するというのなら、不幸な娘の運命も蔑《ないがし》ろにしないでほしいわ。でも、たとえ蔑ろにされて、憐れむべき境遇にあっても、女たるもの、みずからを高みに置いて慣習や偏見を見下し、自分を縛ろうとする恥ずべき鉄鎖を憚《はばか》ることなく踏みつけにしてやらなくてはだめ。そうすれば、世間の慣習や世論も負けを認めるというものよ。男だって、もっと自由になれば今より賢くなるはずだから、そんなふうに行動する女たちを軽蔑するのがどれだけ不正なことか、また自然の衝迫に身を任せた行為も、とらわれの身の人民のもとでは罪とみなされもするけれど、自由な人民のもとではもはや罪ではありえないということを、ありありと感じるようになるでしょう。こうした原理はどれも自然の法にかなったものよ。そこを出発点にするの、ウージェニー。そして、あなたを縛る鉄鎖をことごとく断ち切るのよ。どんな代償を払っても。馬鹿な母親が無意味な小言をいくら並べても、いっさい無視しておやりなさい。母親に対してあなたが果たすべき法にかなった義務はね、ひたすら憎み、軽蔑すること、それだけなのですよ。もしあなたのリベルタンな父親が望んだら、さっさと楽しませておあげなさい。でも、縛られてはだめ。もしあなたを隷属させるようなそぶりを見せたら、親子の縁など切ってしまいなさい。自分の父親に対してそういうふうに行動した娘は何人もいるわ。やって、やりまくる、それだけのことよ、そのためにこそ、あなたはこの世に生を享けたんですからね。あなたの快楽に限界はないわ。すべてはあなたの力と意志次第。快楽は場所や時、相手を選びません。どこでも、いつでも、どんな男でも、自分の悦楽のために利用しなくてはだめよ。禁欲なんて美徳はありえないわ。そんなことしたら、自然は、よくも自分の権利を侵したなとばかりに、すぐさまあたしたちを罰して、不幸のどん底に突き落とすのよ。もっとも、今ある法律が変わらないかぎりは、隠れてやるがいいわ。人の口は怖いから、しょうがない。つらいけど、人前に出たら純潔を装うようにしなくてはだめ。でも、こっそり埋め合わせればいいのよ。若い娘は社交界につてがあって、そっちのほうでは自由な女と何とかいいお友だちになることよ。それでひそかに快楽を味わわせてもらうのよ。もしそれがだめなら、自分につきまとう監視役たちを誘惑して、淫売させてくれるように頼むの。自分を売って稼いだお金は全部あげる、と約束すれば、その人たちが自分で動くこともあるでしょうし、遣り手ばばあと呼ばれる女を見つけてくる場合もあるでしょうけれど、ともかく望みはすぐかなえられるはず。そうなったら、自分のまわりにいる人、兄弟、いとこ、友だち、両親、とにかく全員の目を欺《あざむ》くことね。自分の行状を隠すのに必要なら、みんなに身を任せればいいのよ。必要とあらば、自分の趣味や好き嫌いを犠牲にしてでも、そうするの。いやいやながら、ただの打算《ポリティック》で身を任せる情事でも、そのうちずっと快いものになってくるわ。そうなればしめたもの。裏の世界に売り出せるというものよ。

さあ、そうなったら、子供の時に植えつけられた偏見に立ち戻ってはだめよ。脅したり、すかしたり、やれ、これが義務だ、徳だ、宗教だと押しつけたり、ああしろこうしろと言ったりされてきたでしょうけれど、そんなものは一切合切、踏みつけにしてやればいいの。またもやあなたをがんじがらめにしようとするもの、何より淫蕩に耽るのを妨げようとするものは、すべてきっぱりはねつけ、無視しなくてはならないのよ。親は、リベルティナージュの道は不幸だらけだぞ、って釘を刺すでしょうが、そんなの戯言《たわごと》よ。確かに、至る所に茨《いばら》はあるわ。でも、そんなものを踏み越えて悪徳の道を進めば、待っているのは薔薇の花園よ。それにひきかえ、どんなことをしたって美徳の小汚い泥道にだけは、自然が花を咲かせることはない。リベルティナージュの道に足を踏み入れたとき、警戒しなければならない障害が一つあるわ。人の口よ。でも、頭のいい娘なら、少し考えただけで、そんなくだらない他人の思惑なんか高みから見下ろしてるでしょうよ。人に尊敬される快楽ってね、ウージェニー、精神的な快楽にすぎないし、それに向いている人って限られているの。だけど、やることは万人向きの快楽よ。世の評判に背を向ければ、どうしてもいわれのない侮蔑を受けるでしょう。でも、そんなもの、このえも言われぬ快楽が瞬時に補ってお釣りがくるわ。それに、分別ある女の中には、世評を馬鹿にしきって、その上それを楽しんじゃう、っていう人もいるのよ。おやりなさい、ウージェニー。ね、やるのよ。あなたの身体はあなたのもの。あなただけのものなのよ。自分の身体を享楽する権利、よかれと思った人に享楽させる権利をもっているのは、この世であなただけなんですからね。今が人生でいちばん楽しい時よ。無駄にしちゃだめ。快楽に満ちて幸せな時期って、それは短いんですからね。この時期に幸運にも快楽を堪能できたら、歳をとっても楽しかったことを思い出して、慰められたり、愉快な気分になったりできるのよ。でも、この時期を無駄に過ごしちゃったら、どうなるかしら……苦々しい思いに苛《さいな》まれ、心底悔やんで、胸が張り裂けそうになる。それに老いの苦労が重なって、死んで棺桶に入るまで、涙と苦痛が絶えないわ……あなた、もしかして自分の名を後世に残したいなんて思ってる？　ウージェニー、だったら、やるだけで人の記憶に残ることができるのよ。ルクレティアのような貞女はすぐ忘れられてしまったけれど、テオドラとかメッサリーナみたいな淫婦は今でも世間の口にのぼる、それは楽しい話の種になっているんですからね。そんな生き方を選べば、この世の人生は薔薇色。その上、お墓に入ったあとも人に崇拝される望みまである。この世で馬鹿馬鹿しくてパッとしない人生を送った上に、死んだあとは蔑ろにされ、忘れられてしまうより、ずっといいんじゃなくって？

ウージェニー　（サン・タンジュ夫人に向かって）素晴らしいわ！　お姉さまのお話、ほんとに魅惑的だわ。あたし、頭は火がついたようだし、魂は魅了させられっぱなし。ちょっと言葉では表せないような感じよ……それでね、その女の人なんだけど、何人か紹介していただけませんこと?……(恥ずかしそうに) お願いすれば売春させてくれる、っていう人よ。

サン・タンジュ夫人　あなたがうんと経験を積むまで、そういうことはあたしにだけ頼みなさい。ウージェニー、あたしに任せて。ちゃんとお世話してあげますよ。あなたのご乱行を隠すための手はずだって、だいじょうぶ。あたしの弟と、あなたの教育をしてくださるこちらの口の堅いお友だち。よくって?　この二人が、まずあなたが最初に身を任せるお相手よ。そのあとで、また別の人を見つけましょうね。心配しないで。ウージェニー、快楽に次ぐ快楽攻めで、歓喜の海に身を沈めてあげますから。あなたがもういいって言うまで、悦楽で満たしてあげるわ。

ウージェニー　(サン・タンジュ夫人の腕に飛び込んで) ああ!　お姉さま、大好きよ。本当にあたしみたいに従順な生徒は他にはいないわ。でも、前にうかがったお話だと、女が一度リベルティナージュに飛び込んだら、結婚しなくてはならなくなったとき、夫に簡単に見破られてしまうんではなかったかしら?

サン・タンジュ夫人　確かにそう。でも、どれほど破れても治してくれる秘術があるの。あとで伝授してあげますよ。たとえ「マリー・」アントワネットのようにやりまくっても、ちゃんと生まれてきた時のまんまの生娘に戻してあげるわ。

ウージェニー　まあ!　ほんとに素敵なかた。それじゃ、あたしの教育の続きをお願いしますわ。次はね、結婚したら女はどのようにふるまうべきか、ね、早く教えてくださらない？

サン・タンジュ夫人　いいこと？　女はね、娘だろうと、妻だろうと、寡婦だろうと、とにかくどんな境遇にあっても、朝から晩までやられまくる、それ以外の目的も仕事も欲望ももってはだめ。自然が女を創ったのは、この目的のためだけなんですからね。この自然の意図を実現するために求められるのは、子供の時に植えつけられた偏見をまるごと踏みつけにすることよ。家族の命令には何が何でも従わず、親の助言はこれ見よがしに無視しなさい。とはいっても、断ち切るべき数多《あまた》の束縛の中で、何よりも先に取り除くべきものがあるわ。ここまで言えば、あたしの考えも分かるはずよ、ウージェニー。そう、結婚の束縛よ。ほんとに、考えてもみて、ウージェニー、親の家や寄宿舎を出るか出ないかっていう若い娘がよ、何も知らず、何の経験もないまま、いきなり会ったこともない男の腕に引き渡されて、祭壇でこの男に従順や貞節を誓わなくちゃいけないのよ。実に不当な誓いだわ。心の底ではそんな約束破りたくてうずうずしてるんだから、なおさらよ。世の中に、ウージェニー、こんなひどい運命って他にある？　だけど、一度夫に縛りつけられてしまえば、夫のことを気に入ろうが気に入るまいが、夫がやさしくしてくれようが、つれなかろうが、とにかく妻の名誉は結婚式の時のこの誓いにかかっているんですから、もしそれを破れば名誉は地に堕ちてしまう。だから、妻には、身を滅ぼすか、たとえ死ぬほど苦しみながらでも結婚に束縛され続けるしかないのよ。ええ、そうよ、ウージェニー、あたしたちが生まれてきた目的は、こんなことのためじゃないわ。こんな馬鹿馬鹿しい法律は、男たちが勝手に作ったものなんですから、従う必要なんかない。じゃあ、離婚しさえすれば、あたしたちも幸せになれるのかといえば、それもだめに決まってる。最初の結婚で逃げ去った幸福を第二の結婚では確実に手に入れられる、なんて誰が言えて？　こんな馬鹿馬鹿しい夫婦の絆に何やかや拘束されるぶんは、だからこっそり埋め合わせればいいのよ。この手のふしだらというのは、どれほど羽目を外したところで、自然に背くどころか、かえって自然にオマージュを捧げることになるのは確かなんですからね。欲望に身を任せるのは自然の法に従うことよ。だって、あたしたちにそんな欲望を植えつけたのは、あくまでも自然なんですからね。それに逆らったりしたら、それこそ自然を侮辱することになるわ。姦通っていうのも、男たちが犯罪扱いして……その罰として、破廉恥にもあたしたちの生命を奪うことまでしてきたけど、あくまであたしたちが自然から授かった権利の一つなんですよ、ウージェニー。いくら男の暴君どもが好き勝手に理屈をこねても奪うことができない権利よ。そりゃ、夫たちは言うでしょう。おまえらがふしだらなことをして作った子供を自分の子として愛したり、接吻したりしなければならないのか、空恐ろしいかぎりだ、とね。ルソーもそう言って反論しているけれど〔『新エロイーズ』第三部、書簡一八〕、確かに姦通に対抗できそうな、もっともらしい反論って、これくらいね。でも、妊娠しないようにしながらリベルティナージュに耽るなんて、ものすごく簡単なことじゃない？　もし不注意で妊娠しても、破壊するのはもっと簡単。でも、この点についてはまたあとで話すことにして、ここでは問題の核心だけを論じていきましょう。今の反論の論拠ですけどね、もっともらしく見えるのは最初だけで、結局まやかしにすぎない、ってことがよく分かってよ。

　まず第一に、あたしが夫と寝て、夫の種液があたしの子宮の奥まで流れ込むかぎり、たとえあたしが夫以外の男一〇人と同時に寝ても、夫に生まれてくる子供が自分の子ではないことを証明するものは何もないのよ。それは夫の子かもしれないし、そうではないかもしれない。でも、不確かだからといって（この子が存在するのに夫も協力したんですから）、夫が子供を認知するのをためらうなんてできないことだし、してはいけないはず。夫の子である可能性がある以上、その子は夫の子なの。そんなことを疑って不幸になるような男はね、たとえ自分の妻が巫女さんのように純潔だって不幸になるに決まってる。なぜって、女の身持ちを保証するなんてことは誰にもできない相談ですからね。一〇年のあいだ貞淑だった妻が、ある日突然そうじゃなくなることだってあるのよ。だから、疑り深い夫は、どんな状況にあっても疑り深いまま。今自分が抱いている子がまぎれもなく自分の子だっていう確信なんて、いつまで経ってももてるわけがありませんからね。でも、そんなふうに夫が何でも疑ってかかる時は、その疑いが正しいと認めてしまっても全然問題ないこともあるわ。それで夫が精神的に幸せになれるわけじゃないけれど、それ以上不幸になることもないんですからね。結局、騙しても騙さなくても同じなのよ。それに、たとえ夫が誤解をしたまま、自分の妻がリベルティナージュに耽って作った子供を自分の子だと思って抱いたからって、それのどこに罪があるっていうの？　夫婦って財産は共有でしょ？　それなら、あたしが子供を一人家族に引き入れたところで、何が悪いのかしら？　この子は二人の財産の一部を受け取ることになるけど、あたしの取り分を受け取るんであって、あたしのやさしい夫から何かかすめとろうってわけじゃないわ。その子が享受することになるぶんは、あたしの持参金から差し引かれると考えるべきであって、この子もあたしも何一つ夫から頂戴することはないのよ。もしその子が夫の子だったら、何の資格があって、あたしの財産の分け前に与《あずか》るか、ですって？　あたしのお腹から出てきた、という理由以外にあるかしら？　そうよ、その子があたしからも分け前を享受するのは、あたしとだって緊密な関係があるから。その子があたしのものだからこそ、あたしは自分の財産の一部を渡さなくてはならないのよ。子供に渡すものを渡してるんだとしたら、あたしはどんな非難を受ける必要があるの？　あなたはご主人を騙している、人を騙すなんてとんでもないことだ、とおっしゃるのかしら？　いいえ、これはお返し。それだけのことよ。だって、最初に騙したのは向こうよ。むりやりの結婚でこうも縛りつけられたんですからね。あたしはその復讐をしてるだけ。単純明快よ！　あなたはご主人の名誉を現実に傷つけているじゃないか、ですって？　ひどい偏見ね。あたしのリベルティナージュは、あたしの夫には何の関わりもない。あたしの過ちは、あたし個人のものよ。夫の名誉に関わるだなんて言い方、一〇〇年前だったら通用したかもしれないけれど、今じゃそんな戯言、誰も見向きもしないわ。あたしが乱行に耽ったからって、あたしの夫の顔に傷がつくなんてことはない。夫がそうしたからって、あたしの顔に何の障《さわ》りもないのと同じことよ。たとえあたしが世界中の男とやっても、夫にはかすり傷一つ、つきゃしない。それだけのことで傷がつくなんて、でたらめもいいとこ。そんなことありゃしないのよ。二つの場合を考えてみましょう。夫が乱暴で嫉妬深い場合と、思いやりのある男の場合よ。最初の仮定では、あたしにできる最善のことは、夫の仕打ちに復讐すること。二つめの場合は、あたしが何をしても夫が悲しむことはないわ。夫が心底、妻の幸せを願う人だったら、あたしが快楽を味わっているのを知れば、そのことで自分も幸せになるはずですからね。仮にも思いやりのある男なら、自分が熱愛する相手が幸福なのを見て喜ばないはずはないのよ。でも、もしあたしが夫を愛していたら、夫が同じことをするのを望むか、ですって？　自分の夫に嫉妬しようなんて馬鹿な女に災いあれ、よ。妻はね、夫を愛しているなら、夫から与えられるものだけで満足しなくてはならないのよ。夫を縛ろうとしてはだめ。第一、そんなことうまくいきっこないし、それにすぐ嫌われてしまうわ。分別があったら、まかり間違っても夫の放蕩で悲しむなんてことはしないわ。そして、夫だってあたしに対して同じようにするの。こうして夫婦円満、というわけよ。

今までのところをまとめてみましょう。姦通の結果がいかなるものであっても、たとえ家の中に夫のものではない子供を何人連れてくることになったとしても、その子が妻のものである以上、子は妻の持参金の一部を得る確かな権利があるということ。もし夫がその子の素性を知らされたら、夫はその子を妻の最初の結婚の連れ子のようにみなさなくてはならないし、夫が何も知らなかったら、夫が不幸になることはない。自分が知りもしない悪事で不幸になることはできないんですからね。姦通があとに何も残さず、夫に知られずに済んでいる時には、どんな法律家でも罪を立証できっこないわ。そして、この場合、姦通は何も知らない夫にとってはいかなる関わりもない行為ってことになり、妻にとっては大いに楽しむべき善き行為ってことになる。もし夫が姦通を発見しても、もはや悪いのはその姦通そのものではない。というのも、ついさっきまで悪でなかった姦通が見つかったら性質を変えるなんて、おかしいもの。この場合、悪いのは、それを夫が発見したということ以外の何ものでもないわ。誤りを犯したのはあくまでも夫のほうで、妻には何の関わりもないことよ。昔、姦通を罰したのは、だから虐待男だったり、暴君だったり、やきもちやきだったり、何でも自分に関係づけて、自分を侮るような女はもうそれだけで犯罪者だと不当にも思い込んでいたりした連中よ。これって、個人的な侮辱を一つしたら、それだけで犯罪になるとか、自然や社会に背くどころか、明らかに役に立つような行為であっても当然、罪と呼べる、と言ってるようなものでしょ？　とはいえ、姦通がばれやすくて、そのために犯罪にはならないにしても、妻にとってはいささか困ったことになることもあるわね。例えば、旦那が不能だったり、人口増加に反するような趣味に片寄っている場合よ。妻のほうは楽しんで、旦那はふつうにやれないんだから、確かに妻の不品行はそれだけ目立ちやすくはなるわ。でも、だからって妻が遠慮しなくちゃならない、ってことになる？　そんなこと、絶対にないわ。ただ、一つ気をつけることは、妊娠しないようにすること。でも、たまたま避妊がうまくいかなかった時は堕胎しなくてはだめ。旦那の趣味が自然に反する《アンティフィジック》もので、旦那になおざりにされてるぶんを取り戻さなくちゃならないって時は、その趣味がどんな性質のものだろうと、まずは嫌がらずに満足させてあげなきゃだめ。それから、こんなことまでしてるこっちのことも少しは考えてほしい、って説き伏せて、自分が与えているものにふさわしい完全な自由を要求するの。そうしたら、夫は拒絶するか、承認するかのどちらかでしょ？　あたしの夫の時みたいに承認したら、夫の気まぐれにはよりいっそう細やかに気を遣ってあげて、その上で自分は心ゆくまで楽しめばいいの。もし拒絶されたら、厚い煙幕を張って、その陰でゆうゆうとやってればいいだけよ。旦那が不能だったら、別れりゃいいんだわ。どのみち、とことん楽しむのよ。どんな場合だって遠慮なく存分に楽しむ。これが肝心よ。だって、あたしたち女はやるために生まれてきたんですからね。やることが自然の法を実現することになるの。自然の法に逆らう人間の法なんて、どれも軽蔑に値するわ。結婚の絆なんて、これほど理にかなわないものに縛られて自分の性癖を堪能することもできず、やれ妊娠したらとか、旦那を辱《はずかし》めるんじゃないかとか、あるいはもっとくだらない、自分の評判を汚しはしないか、なんてことにびくびくしている女は、ものの見事に騙されてるのよ。もうよく分かったでしょ、ウージェニー、ね？　そんな女がどれだけ騙されているか……こんな馬鹿馬鹿しい偏見のために、幸福や人生の喜びすべてをどれだけ犠牲にしているか。ああ！　やってしまえばいいのよ。罰されずにやり抜くの。ちょっとばかりのうわっつらの名誉や嘘くさい宗教的希望のためにこれほどの犠牲を償うことなどできて？　いいえ、そんなことできやしないわ。美徳だろうが悪徳だろうが、お棺に入ってしまえば一緒くたよ。世の中なんて、何年か経てば死んだ者のことなど褒めもしなければ非難もしなくなる。ああ、嫌だ。ほんと、ひどいったらありゃしない。何の快楽も知らないまま一生を生きた不幸な女は、かわいそうに、何も報われずに息絶えるのよ。

ウージェニー　お姉さまのお話、何もかも納得がいってよ。お姉さま、あたしの偏見に見事にお勝ちになって、母親から植えつけられたいんちきな原理は、どれもこれも覆《くつがえ》されてよ。ああ！　あたし、明日にでも結婚したい。それで実践するの、お姉さまの教えをね。ほんとに素晴らしい原則だわ。真実そのもの。あたし、もう夢中よ。でも、今のお話で一つだけ気になることがあるの。あたし、よく分からなかったんです。説明していただけないかしら？　旦那さまね、お楽しみのとき子供ができないようになさってる、っておっしゃってたでしょ？　いったいどうなさっているのかしら？　あたし、うかがいたいの。

サン・タンジュ夫人　あたしの主人はね、結婚した時にはもうずいぶん歳をとっていたんですよ。新婚初夜に、さっそく風変わりな趣味を告げられたわ。主人のほうでも、あたしの趣味の邪魔は決してしないから、って言ってくれたんですけどね。それで、あたしはあなたに従います、って誓ったの。それから、あたしたち、お互い存分に自由を楽しみながら暮らしてきたわ。それで、夫の趣味っていうのはね、男根を吸われることなんだけれど、それに奇妙なエピソードがついてくるの。あたしがね、主人の顔の上に尻がまっすぐになるようにまたがるの。それで睾丸から精を吸い出しながら、口の中に糞を垂れなくちゃならないのよ……。それをあの人は貪《むさぼ》り食うの。

ウージェニー　そんな趣味、まともじゃないわ。

ドルマンセ　まともじゃない、なんて形容できるものは、この世に一つもないんだよ、ウージェニー。すべては自然の内に存在しているんだからね。自然は、人間を創造するとき、一人一人の顔が違うように、趣味も千差万別にしようと思ったのさ。顔立ちがどれだけ違っていても驚いたりしないように、好き嫌いがどれだけ違っていても驚くべきではないんだ。どちらも自然の仕業なんだからね。今、君のお姉さまが話した趣味だって、どれだけ流行っているか分からないくらいさ。それに夢中になっている人は、だいたいはある程度、年齢のいった人たちだけど、無数にいるよ。それで、ウージェニー、もし誰かがそうしてくれと言ってきたら、嫌だって言うつもりかい？

**ウージェニー**　（赤くなりながら）こちらで教えていただいた原則に従う以上、あたしに嫌です、なんて言えて？　でも、今は許していただきたいわ。ほんとに驚いてしまったんですもの。こんな淫《みだ》らなこと、どれもこれも初めて聞いたことばかり。あたし、まず理解しなくっちゃならないわ。あたしの先生がたにとっては、問題を頭で解くことと、そのやり方で実際にやってみることのあいだにある隔たりなんて、ないも同然なんでしょうけどね。まあ、いいわ。それで、お姉さま、旦那さまのお気に召すようにするって同意なさって、自由は手に入ったんですの？

**サン・タンジュ夫人**　ええ、完全な自由よ、ウージェニー。あたしだって好きなことは何でもやったわ。夫は何も反対しなかった。でも、誰かに恋するなんてことは一度もなかった。快楽を愛しすぎていて、それどころではなかったのよ。一人の男にのぼせちゃうような女は不幸。女を破滅させるには一人の恋人で事足りるわ。それに比べて、たとえ毎日のようにリベルティナージュの舞台を一〇ほどこなしても、自分が望めば、終わると同時にすぐ沈黙の闇の中に消えていく。あたしはお金持ちでしたからね。お金を払って、あたしが誰かも知らない若い男にやらせたのよ。それに魅力的な下僕を何人も侍《はべ》らせたわ。みんな口が堅ければあたしとたっぷり快楽を味わえるけど、一言でも漏らせば放り出される、って分かっていたわ。あたしが飛び込んだ歓喜の激流がどんなものだったか、あなたには想像もつかないでしょうね。あたしをお手本にしたいって人には、誰にでも、このやり方を勧めたいものよ。あたし、結婚して一二年経つけど、おそらくその間にやった数は一万やそこらじゃきかないわ……でも、あたし、お付き合いのあるかたがたには身持ちが堅いって思われてるんですからね！　恋人なんか作ろうっていう他の女だったら、二人目でとうに破滅しているところよ。

ウージェニー　そのやり方なら、絶対確実ね。あたしもきっと自分でやってみせる。お姉さまみたいにお金持ちの男と結婚しなくちゃ。それも自前の趣味をもつ男よ……。だけど、お姉さまの旦那さま、ご自分の趣味にすっかり縛られて、他のことを要求することは一度もないの？

サン・タンジュ夫人　一度もないわ。この一二年、一日として自分の趣味を裏切ったことはないのよ。あたしが生理の時を除いてはね。その時は、きれいな女の子が一人、あの人があたしのお付きに望んだ子なんですけど、あたしの代わりを務めるの。それで何事もなくいってるわ。

ウージェニー　でも、それだけで済むはずないわ。よそで他の人をお相手にして、いろいろお楽しみなのよ。

ドルマンセ　それはそうさ。ウージェニー、マダムの旦那さんに並ぶリベルタンは、今の時代、そうはいないんだから。マダムが話してくれた淫らな趣味のために、一年に一〇万エキュ以上の金をつぎ込んでるんだよ。

サン・タンジュ夫人　実際のところ、そんなところだろうと思うわ。でも、あの人がどんなご乱行をしていようと、あたしには関係ないわ。あの人が大々的にやってくれているおかげで、あたしは隠れて好き放題できるんですからね。

ウージェニー　先を続けていただけて？　結婚してるかどうかに関係なく、若い娘が妊娠せずに済む仕方を細かく教えていただきたいの。ほんとのところ、未来の夫にしろ、リベルティナージュ生活にしろ、あたし、妊娠するのが怖くてしょうがないのよ。今さっき旦那さまの趣味についてお話をお聞きして、その方法の一つを教えていただいたけど、でもその楽しみ方じゃ、男のほうはたいそう快いのかもしれないけれど、女はそれほどよくないように思えるんですの。お話しいただきたいのは、嫌な妊娠の危険なく女が楽しむことよ。

サン・タンジュ夫人　子供ができる危険は、女陰に入れさせるかぎり、いつだってついてまわるわよ。だから、この享楽の仕方を避けるように心がければいいの。その代わりに、手や、口や、乳房や、尻の穴を等しく供するのよ。この最後のやり方なら、他のところと同じくらい、いいえ、それ以上の快楽が得られますよ。他のやり方は、相手に快楽を与えるもの。

最初のやり方から検討していきましょう。手を使ったやり方よ。つい今しがた見たでしょう、ウージェニー？　お相手の陰茎を絞るように、上下に動かすのよ。その運動を何度か繰り返すと、精液がほとばしり出るわ。男はその間、あなたに接吻し、なでまわし、そして身体のいちばんお気に入りの部分にその液体をぶちまけるの。胸の谷間でそうしようと思ったら、まずベッドに横になり、男性の陰茎を乳房のあいだに挟んで締めつけ、何度か揺さぶれば、男は射精し、あなたの胸や、時には顔をしとどに濡らすことになります。ただ、このやり方はいちばん悦楽の度合いが低いものだし、男の陰茎を包み込んで締めつけるので、幾度となく使用してやわらかくなった胸の持ち主にしか向いてないわ。口での享楽は、男にとっても女にとっても、はるかに気持ちいいものよ。これを味わうのにいちばんいいやり方はね、女が相手の身体の上に反対向きに覆いかぶさって、陰茎はあなたの口の中に、相手の頭はあなたの股のあいだにくるようにするの。そうすれば、相手もあなたの女陰や陰核に舌を差し込み、這わせて、あなたの作業にお返しができるでしょ？　この姿勢をとる時に肝心なのは、ぴったり身体をくっつけ合って、互いの尻たぶをつかんで尻の穴を愛撫し合うこと。これは悦楽を完璧にするためにはどうしても必要になるひと手間よ。情熱的で想像力に満ちた恋人同士だと、口の中にほとばしり出た精水を貪り飲むわ。何しろ、この貴重な液体をお決まりの目的地から不当に逸《そ》らして、互いの腹に流し込んじゃうんですからね。それはもう至極の快楽を存分に味わえるわよ。

ドルマンセ　これは実にそそるやり方だよ。ウージェニー、ぜひやってごらん。そうやって繁殖の権利を台なしにして、馬鹿どもが自然の法などと呼んでいるものに背《そむ》くんだから、魅力に満ちているに決まってる。その意味では、腿《もも》や腋《わき》も陰茎の逃げ場になることがある。そこにぴったり挟み込んで、妊娠の危険なく種を台なしにできるんだよ。

**サン・タンジュ夫人**　女の中には、膣の中にスポンジを入れて、それでスペルマを受けて子宮に放たれて繁殖しないようにする人もいるし、俗にコンドームと言われるヴェニス製の皮サックを男につけさせる人もいるわ。種液はこのサックの中に流れ込んで、目標に至る危険がなくなる、というわけね。でも、いろいろな方法があるけれど、気持ちよさで言えば、尻を使うのが間違いなくいちばん。ドルマンセさん、このことについての議論はあなたにお任せしますわ。あなたよりこの趣味を上手に語れるかたがいらして？　それを擁護するのに必要とあらば、あなた、喜んで生命を差し出すんでしょ？

**ドルマンセ**　いや、痛いところを突いてきますね。おっしゃるとおり、私にはこれにまさる楽しみは世に一つとしてありません。相手が男でも女でも、これがいちばんですよ。とはいえ、娘の尻に比べて、若い男の子の尻のほうがずっといいことは認めなくてはなりませんがね。この情熱に励む者はかま掘りと呼ばれているんだ、ウージェニー。どうせかま掘りになるなら、生半可なかま掘りであってはならない。つまり、女を尻でやるだけじゃ半人前、ということだ。自然は、男が男を相手にしてこの奇癖に仕えるのを望んでいて、何より男のために、この趣味を与えたんだ。だから、この嗜好が自然を侮辱するなんて言うのは、実に馬鹿げている。これをわれわれに吹き込んでいるのは自然なんだから、そんなことはありえないよ。自然が、みずからを貶《おとし》めるようなことを命じるかい？　そんなことはないだろ、ウージェニー？　この奇癖だって、自然に仕えることでは他に負けていないよ。それも、おそらくはずっと敬虔に仕えているのさ。だって、繁殖というのは自然が大目に見てくれてるだけなんだからね。自然が、自分の全能なる権利を奪ってしまう生殖なんていう行為を法として規定することはありえないさ。繁殖は自然がはじめに抱いた意図から結果したものの一つにすぎないんだから、もしわれわれ人類が完全に破壊されたら、自然は初心に戻って、自分の手ですべて新しく作り直すだろう。この行為こそ、傲慢で力に満ちた自然にとって喜ばしいものだろうね。

**サン・タンジュ夫人**　ドルマンセさん、あなたのご理論でいくと、要は人類絶滅も自然に役立つ一事にすぎない、ってことになりますわよね？

**ドルマンセ**　言わずもがなですよ、マダム。

**サン・タンジュ夫人**　まあ、なんてこと！　そうすると、戦争もペストも飢饉も殺人も、すべて自然の法から必然的に生じる事故にすぎないんですの？　人間は、そうしたことをみずから引き起こしても犯罪者にはならないし、その対象になった場合でも、もう被害者とは言えない、ということになりますの？

**ドルマンセ**　いや、被害者はね、存在しますよ。不幸に打ちのめされてしまった人は、やはり被害者ですね。しかし、犯罪者は存在しえません。でも、このことについてはあとで論じることにして、今は本題のソドムの享楽について、美しいウージェニーのために、一つ分析を施してみましょう。この享楽において女性が最もよくとる姿勢は、ベッドの縁に腹ばいになり、股をよく開いて、頭はできるだけ下にする、というものだ。好尻漢は、まずしばらく供された美しい尻を目で楽しみ、それから叩いたり、揉んだり、時には鞭で打ったり、つねったり、噛んだりもする。そのあと、これから貫くべき尻の穴を口で湿らせ、舌先を入れて道をつけ、自分の道具も唾やポマードで濡らして、穴を押し開くようにゆっくりとあてたら、片手でお楽しみ相手の尻を開き、もう片方の手で道具を挿入するんだ。陰茎が入ったと感じたら、抜けてしまわないように注意しながら激しく押し進めていく。女性が未経験で若い時には痛がることもあるけれど、痛みも程なく快楽に変わるんだから、まったく無視してかまわない。だから、やり手は目標に到達するまで、つまり自分の陰毛がものしている相手のアヌスのきわに触れるまで、男根に力を込めて徐々に押し込んでいかなくてはだめだ。そして、肛道を迅速に行き来すれば、茨はすべて摘《つ》み取られ、あとには薔薇の花が残るだけとなる。相手がまだ苦痛を感じているようなら、それを残らず快楽に変えてしまうために、相手が男の子の場合には、男根をつかんで、しごいてやるんだね。女の子の場合には、陰核を愛撫して喜ばせてやれば、受け手は身もだえして、そのアヌスは驚くほど収縮し、やり手の快楽はいや増す、という寸法さ。こうして、やり手は喜悦と快感に満たされ、程なく相手の尻の奥深くにスペルマを放つことになる。淫らな前戯でたまった濃密なスペルマをね。

**サン・タンジュ夫人**　少しのあいだ、あたしもあなたの生徒になって質問してよろしいかしら、ドルマンセさん？　やり手の快楽を完全なものにするためには、受け手の尻はどんな

です。
ドルマンセ　もちろん、中身がつまった状態ですよ。肝心なのは、受け手が排便したくてうずうずしていることです。やり手の男根の先が糞便に到達し、のめり込み、精液がひときわ熱く放たれ、そこにふんわりとたまると、それがまた彼をかき立て、かっと火をつけるんです。
サン・タンジュ夫人　でも、それでは受け手はそれほどよくないんじゃないかしら？
ドルマンセ　とんでもない！　この享楽は完全無欠ですよ。仕える相手の側も大いに楽しんで、天にも昇る気持ちになるに決まっています。これにまさるものは他にありません。事に励んでいる二人をいっぺんに、しかも完全に満足させることができるものは、これだけなんです。一度この味を知ってしまうと、前のやり方にはなかなか戻れませんよ。覚えておくんだ、ウージェニー、これこそが妊娠の心配なく男と快楽を味わう最高の方法だよ。なぜって、今説明したように、ただ男に尻を貸すだけじゃなく、吸ったり、しごいたり、他にもいろいろなことをして楽しめるんだからね。現実の享楽よりこうしたエピソードのほうに魅力を感じてしまうっていう淫らな女を私は何人も知っているよ。快楽を駆り立てるのは想像力だ。特にこの類いの快楽は、どれもこれも想像力に操られてるんだよ。想像力が原動力にならないものはないんだ。どうです？　人は想像力によって享楽するんではないですか？　最も刺激的な悦楽は想像から生じるのではないですかね？
サン・タンジュ夫人　それはそうですわ。でも、ウージェニー、注意してちょうだい。想像力というのはね、あたしたちの精神が偏見から完全に自由になって初めて役に立つのよ。一つでも偏見が残ってたら、想像力は冷えきってしまうの。それさえなければ、精神のこの気まぐれな部分はそれこそ自由奔放《リベルティナージュ》で、何ものにも制止不能よ。想像力はね、それを抑えようと人が課す制約をことごとく打ち破っていくわ。この想像力の輝かしい勝利こそが、無上の喜びをもたらしてくれるの。想像力は規則の敵。無秩序をこよなく愛し、犯罪の匂いがするものなら何だって崇拝してしまう。こんな話があるわ。想像力豊かなある夫人がね、旦那とやってたんだけど、あんまり気がなかったもので、旦那に聞かれたの。「なんでそんなに冷たいんだ」ってね。そしたら、この一風変わった女、こう答えたのよ。「だって、あなたがなさってることといったら、ほんとに単純なんですもの」ってね。

**ウージェニー**　素敵なご返事、心を奪われてしまうわ……お姉さま、想像力が乱れきって空恐ろしいほど舞い上がるのって、どんなかしら？　あたし、たまらなく知りたいわ。お姉さまでも想像できなくってよ。ご一緒してから、いいえ、今のお話をうかがってから、あたしの頭がどれほど淫らなことばかり思いついたか。いいえ、無理よ無理。お分かりになんてならないわ。あたしね、悪って何なのか、今はほんとによく理解できてよ。あたし、心の底から悪を欲しているの！

**サン・タンジュ夫人**　あなたには、どんな極悪非道にも、どんなに忌まわしい犯罪にも驚かないようになってほしいわ、ウージェニー。ひどく汚らわしいことや、むかつくようなこと、徹底的に禁止されていることが、何よりいちばん頭を刺激するんですからね……そういったもののおかげで、あたしたち、存分に楽しめて射精できるのよ。
ウージェニー　お二人とも、羽目を外してずいぶん信じられないようなことをなさってきたのね！　ぜひ詳しく教えていただきたいわ！
ドルマンセ（ウージェニーに接吻し、なでまわしながら）べっぴんさん、これまでしてきたことを話すなんてつまらないことさ。それより今、私がしたいと思っていることを一から十まで、君に体験してもらうほうがどれだけいいことか。
ウージェニー　一から十までなんて、気持ちいいことばかりならいいんですけど、そうじゃなさそうね。
サン・タンジュ夫人　そうよ、そんなこと勧められたもんじゃないわ。
ウージェニー　じゃあ、ドルマンセさん、詳しいお話は勘弁してあげるわ。でも、お姉さまには、お願いよ、これまでなさったいちばんとんでもないことって、どんなことだったか、お聞きしたいの。
サン・タンジュ夫人　一人で代わる代わる一五人の男を相手にしたことがあるわ。まる一日で九〇回、前から後ろから、やられまくったわ。
ウージェニー　それは、ただの放蕩よ。離れ業って言うのよ。でも、もっと変わった素晴らしいこと、きっとなさってると思うわ。
サン・タンジュ夫人　娼館にいたことがあるわ。
ウージェニー　娼館って何かしら？

ドルマンセ　男が相応のお金を払えば、いつでも自分の情欲を満足させてくれる若くてきれいな娘が見つかる公共の施設をそう呼ぶんだよ。

ウージェニー　そんなところにいらしたの、お姉さま？

サン・タンジュ夫人　そうよ、娼婦としてよ。まる一週間で何人もの好き者の気まぐれを満足させてあげて、本当に変な趣味にもお目にかかったわ。淫蕩においてはみな平等、という原則に従って、街角や……公の散歩道で客を引いたのよ。ユスティニアヌス帝の妃《きさき》だった有名なテオドラ(1)のようにね。淫売で稼いだお金は富くじで使ってしまったわ。

ウージェニー　お姉さま、あたし、お姉さまのご気性、よく知っててよ。もっとすごいことなさったんでしょ？

サン・タンジュ夫人　どうかしらね。

ウージェニー　ええ、そうよ、そうに決まってる。そう思う理由はね、さっきおっしゃってたじゃない、あたしたちに最も甘美な精神的な感覚を生み出すのは想像力だって。

サン・タンジュ夫人　確かにそう言ったわ。

ウージェニー　そうでしょ！　だったら、その想像力の赴くまま野放しにして最後の一線を飛び越えさせたら、どうなるかしら？　宗教とか、慎みとか、人道とか、美徳とか、義務とか言われているものが命じている最後の一線をね。そうしたら、羽目外しどころか、とんでもないことになるんじゃなくって？

サン・タンジュ夫人　間違いなく、そうなるわね。

ウージェニー　じゃあ、想像力は逸脱すればするほどあたしたちをかき立てる、ということでしょ？
サン・タンジュ夫人　本当にそのとおりよ。
ウージェニー　それなら、より大きな刺激を求めて強烈に突き動かされたいと思ったら、それだけ想像力を自由に働かせて、ほとんど思いもつかないようなことを想像することが必要になる。つまり、享楽がよりよいものになるかどうかは、あたしたちの頭がこの道をどこまで行けるかにかかっている……
ドルマンセ　（ウージェニーに接吻しながら）いや、ほれぼれするね。
サン・タンジュ夫人　ほんと、おてんばさんたら、ほんの少しのあいだにずいぶん進歩したものね。でも、かわいこちゃん、分かってるのかしら？　あなたの言うような道をたどっていくと、ずいぶん遠くまで行ってしまうわよ。
ウージェニー　ちゃんと分かっててよ、あたしだって。あたし、自分で自分を縛るつもりはこれっぽっちもないの。だとしたら、どこまで行っちゃうか、あたしの考えてることとお分かりになるでしょ？
サン・タンジュ夫人　犯罪まで、でしょ？　悪い子ね。それも、最も邪悪でおぞましい犯罪よ。
ウージェニー　（低く……途切れ途切れの声で）でも、犯罪は存在しない、っておっしゃってたじゃない……。それに、こんなこと、ただ頭をかっと燃やすだけ。実行する人なんていやしないわ。

ドルマンセ　だけどね、人は考えたことを実行に移すのが、それは心地よいものなんだよ。

ウージェニー　（赤くなりながら）まあ、実行する人もいるんですの……。先生がたはどうなの？　まさか考えたことを実行したことは一度もない、なんて信じられないようなこと、おっしゃらないわよね？

サン・タンジュ夫人　そんなことをしたこともあったわね。

ウージェニー　そうでしょうとも。

ドルマンセ　勘のいい子だ！

ウージェニー　（続けて）あたしがお姉さまにお尋ねしたいのは、今までどんなことを考えて、考えたあとに何をなさったか、ってことよ。

サン・タンジュ夫人　（口ごもりながら）ウージェニー、いつかあたしの人生についてお話ししてあげるわ。でも、今はあなたの教育を続けましょう……。だって、あなたが聞きたいことって、ちょっと……

ウージェニー　そうなのね、分かりました。あたしのことが好きだったら、すっかりお心を開いてくださるはずなのに……なら、仰せのとおり、その時が来るまで待ちますわ。それじゃ、話の続きを詳しく教えてちょうだい。お姉さまの初物を自分のものにできた幸せなかたって、どなたなの？

サン・タンジュ夫人　あたしの弟よ。子供の頃からあたしの崇拝者だったの。それで、ほんとに幼い時からあたしたちはよくお楽しみに耽ったわ。最後まではいかなかったけどね。あたしが結婚したら、すぐ身体を許してあげる、って約束だったのよ。その約束を果たした、ってわけ。よくしたことに、あたしの夫はあたしにまったく手をつけなかったから、弟は初穂をまるまる摘み取ったわ。あたしたちそのあとも情事に励んだんだけど、お互いの邪魔をするようなことはしないで、それぞれ別々に、それはもう恐ろしいほど過激な放蕩に耽っているの。それだけじゃないの、あたしたち協力し合うこともあるのよ。あたしは弟に女を斡旋し、弟はあたしに男を紹介するの。

ウージェニー　魅力的な取り決めだこと。でも、近親相姦って犯罪じゃないのかしら？

ドルマンセ　こんな甘美な自然の結びつきを、そんな目で見るなんて、できるもんか。この結びつきこそ、何にもまして自然がわれわれに命じ、勧めているものなんだからね。少し考えてごらん、ウージェニー。この地球がどんなに大きな災害に襲われても、そのたびに人類が再生しえたのは、ひとえに近親相姦のおかげだろう。その実例や証拠は、キリスト教が崇める書物の中にだってあるじゃないか。アダムとノアの家族が他の仕方で生き続けられたかい[2]？　世界中の習俗を丹念に調べてみれば分かるはずだ。近親相姦はどこでも許されていて、家族の絆を確かなものにするための賢明な法とみなされているんだ。愛というものが端的に似た者同士のあいだで生まれるのだとすれば、兄弟と姉妹、父親と娘のあいだ以上に完全な愛がありうるだろうか？　われわれの習俗において近親相姦が禁止されているのは、政治のせいだ。的の外れたね。近親相姦が特定の家族を強大にしすぎることを恐れた、ってわけだ。しかし、そんな禁止は、ただ利害や野心が命じていることであって、間違っても自然の法と取り違えないようにしないとね。

われわれの心の中をよく調べてみよう。私は常々、世の学者ぶった道徳主義者も自分の心を参照すべきだ、と言っているんだ。さあ、この心の聖なる声に耳を傾けてみよう。そうすれば、家族の肉の結びつきほど甘く心地よいものはないことが分かるはずだ。兄弟が姉妹に、父親が娘に抱く感情に目をつぶるのはやめよう。彼らのあいだにはやさしい愛情が芽生えて当然だなどと言って、こうした感情を隠そうとしても無駄なことさ。激しい愛欲こそ彼らを燃え上がらせている唯一の感情であり、それこそが自然が彼らの心に植えつけた唯一のものなんだからね。何も恐れず、この甘美な近親相姦を二重にも三重にもしてみようじゃないか。欲望の対象が自分に近ければ近いほど、その享楽の魅力はいや増すんだからね。私の友人には、自分の母親に生ませた娘と日々の生活をともにしている者がいるんだが、この男がつい一週間ほど前に初物を頂戴した一三歳の男の子は、この娘と関係してできた子だ。何年かすれば、この子は自分の母親を娶《めと》るだろう。それが友人の望みなのさ。彼は自分たちがしてきたのと同じ役まわりを彼らに割り振っているが、その意図たるや、彼らの閨《ねや》から生まれた果実を自分が享楽するためだと言うんだ。まだ若いから彼の望みはかなうだろうね。どうだい、ウージェニー？　偏見はこうした結びつきは悪いことだと認めさせようとしているが、もしそれが本当なら、私のこの立派な友人は近親相姦と犯罪を数限りないほど犯して己の身を汚してしまったことになるのに、そんなことはないんだよ。要するに、こうしたことについて、私はいつだってある原理から出発しているんだ。つまり、もし自然が、われわれがソドミーや近親相姦から享楽を得たり、自瀆したりすることを禁じているんだったら、われわれがそういった行為からこれほどの快楽を得ることを許すわけがない、ってことさ。自然が自分に真に背く者を黙認しているなんてことはありえないんだからね。

**ウージェニー**　素晴らしいですわ、先生がた！　よく分かりました。先生がたの原理は、この世に犯罪なんてないに等しく、あたしたちはどんな欲望であっても心静かに身を委ねることができる、たとえ馬鹿な人たちからしたら、どれほど変に見えるものであっても、ってことでしょ？　ほんと、あの人たちって、何にでも腹を立てて大騒ぎして、社会の制度を自然の神聖な法と思い込むほどの馬鹿なんですからね。でも、やっぱりそうした行為の中にはどう見ても罪深く絶対に許しがたいことだって、いくつかはあるんじゃないかしら？　たとえ自然が命じたものであってもよ。せめてこのことはお認めになるわよね？　確かに、お二人のおっしゃるとおり、自然は、そりゃ、へんてこなものは作り出すし、あたしたちにはいろいろな性癖を与えているわけだから、あたしたちを犯罪的な行為に仕向けることもたまにはあるでしょう。でも、もしそんな堕落に身を任せて、この奇妙な自然があたしたちに吹き込むことすべてに屈服してしまったら、同胞の生命を奪うことにもなりかねない、って思うの。でも、そんなことしたら犯罪よね？　少なくともこのことには同意なさってほしいわ。

**ドルマンセ**　とんでもない。ウージェニー、そんなこと、とても同意なんかできないね。

破壊は自然の基本法の一つなんだから、どんな破壊であっても犯罪になどなるもんか。これほどよく自然に仕える行為が、どうやったら自然に反することになるんだい。それに、人間はうぬぼれて破壊なんて言ってるけど、そもそもそれが間違いなのさ。殺人は断じて破壊ではない。殺人を犯す者は、あくまでも形態を変化させるだけだ。殺人者が自然に諸元素を返すと、自然の手はすぐにそれを使って別の存在を形作り、埋め合わせをする。それに、創造というのは創造する者にとって享楽そのものなんだ。殺人者は自然が享楽を得るための準備をして、すぐに使える材料を提供しているのであって、だから殺人というのは、いくら馬鹿どもが愚にもつかない非難を浴びせようが、万物の動因たる自然の目からすれば、もうただただ立派な働きということになる。殺人を犯罪に仕立て上げようなんて気になるのは、人間の傲慢さゆえだ。自分のことを世界第一の被造物と思い込んで、この崇高な被造物にちょっとでも危害を与えたら、それこそ重大な犯罪である、と愚かにも想像してしまったんだ。もしこの素晴らしい人類が地上から消え去ることにでもなったら、それこそ自然も消滅してしまうだろう、とわれわれは考えがちだが、事実は逆で、人類の完全な破壊によって自然は人間に譲ってしまった創造能力を取り戻し、人間が繁殖することで奪われてきたエネルギーを再び手にすることになるんだ。だが、これほど筋が通らない話があるかい、ウージェニー！　あきれてものも言えないよ！　己が権勢の増大を図る野心的な君主は、邪魔だてする敵どもを、好きなだけ、これっぽっちのためらいもなく破壊することができるじゃないか……。法律だってそうだ。残酷で……高圧的で、やりたい放題、ひと世紀に何百万もの人間を殺すことだってできる。それなのに、われわれ弱く不幸な個人ときたら、たった一人の人間すら、自分の復讐のため気まぐれのための犠牲にできないときてる。こんなに残酷野蛮、奇怪千万なことって他にあるかい？　だから、こんな筋の通らないことには、思う存分、復讐してやらなくちゃならないのさ。厚い秘密のヴェールに隠れてね。(3)

ウージェニー　そのとおりですわ。……あなたのお話って本当にためになって、たまらないわ！……でも、ドルマンセさん、正直におっしゃって……そんな殺人の願望を満足させたこと、何度もあるんじゃなくって？

ドルマンセ　私の過ちをさらけ出せなんて、むちゃだよ。数からしても種類からしても、ただ恥じ入るばかりだからね。いつかきっと、洗いざらい話してあげますよ。

サン・タンジュ夫人　この極悪人ときたらね、法の剣を逆手にとって、自分の情欲を満たすために何度も使ったのよ。

ドルマンセ　私が受けるべき非難がそれだけならいいですが。

サン・タンジュ夫人　（ドルマンセの首に飛びついて）ほんとに素晴らしいかた……尊敬するわ。あなたのように快楽という快楽を味わい尽くすには、知性と勇気が必要なのね。無知と愚かさがもたらす束縛を一つ残らず断ち切る栄誉は、天才にしか与えられないのよ。キスしてちょうだい。あなた、ほんとに素敵よ。

ドルマンセ　ウージェニー、素直に言ってごらん。今まで誰かのことを死んでしまえばいいのに、って思ったこと、ないわけじゃないだろう？

ウージェニー　ええ、あるわ。おっしゃるとおりよ。毎日目にする、それは嫌な女よ。もうずいぶん前から思ってるの。早くお墓に入ってほしい、って。
サン・タンジュ夫人　誰のことだか、ぴんときたわ。
ウージェニー　誰だとお思いなの？
サン・タンジュ夫人　お母さんでしょう？
ウージェニー　まあ！　恥ずかしくって、あなたの胸に顔をうずめたくなるわ。
ドルマンセ　いけない子だ！　心も頭もエネルギーにあふれているね。そのご褒美に今度は私が愛撫攻めにしてあげよう。（ドルマンセ、彼女の身体中にキスをし、尻を何度か軽く叩くと勃起する。サン・タンジュ夫人は、陰茎をつかみ、しごく。時々ドルマンセの手は夫人の尻に向かい、夫人は尻を淫らに彼に突き出す。少し我に返ったドルマンセは、続けて言う）しかし、その気高い思いつきをみんなで実行に移してはいけない理由はあるのかい？
サン・タンジュ夫人　ウージェニー、あたしも母親が大嫌いだったわ。あなたの憎しみに負けないくらいね。でも、あたしはためらわなかったわよ。
ウージェニー　方法がなかったのよ。
サン・タンジュ夫人　勇気が、とおっしゃいなさい。
ウージェニー　そんな、あたし、まだ子供だったのよ。
ドルマンセ　では、今なら、ウージェニー、何ができるって言うんだい？
ウージェニー　何でもよ。方法さえ教えていただけたら、あたし、見事にやってごらんに入れるわ。

ドルマンセ　教えてあげるとも、ウージェニー、それは約束するよ。でも、一つ条件があるんだよ。

ウージェニー　どんな条件ですの？　いえ、あたし、どんな条件でも受け入れる覚悟はできてますわ。

ドルマンセ　悪い娘だ。こっちへおいで、私の腕の中へね。もう我慢できないんだよ。贈り物は約束するから、褒美に、ぜひとも尻を所望したいんだ。罪には罪で報いるべし、って言うからね。さあ、おいで……いや、それより、お二人ともこちらに来てもらいましょう。みんな火照《ほて》りきってるんですからね。精液をぶちまけて、その火を消そうじゃないですか。

サン・タンジュ夫人　でも、乱行にも少しばかりの秩序をね。お願いよ。錯乱して破廉恥に耽っている時にも秩序は必要なの。

ドルマンセ　しごく簡単なことです。要は、このかわいい娘さんに可能なかぎりの快楽を与えながら私が射精する、という方針でよろしいんでしょう？　ならば、私はこの子の尻に陰茎を入れますから、あなたは彼女を腕の中に抱えて本気でせんずってあげてください。私の指示どおりの体位なら、ウージェニーから同じことをしてもらえますよ。そして、二人で口を貪《むさぼ》り合ってください。この子の尻をある程度突いたら、形を変えましょう。今度はマダムの尻をものすることにしますよ。ウージェニーはマダムの上に行く、マダムは頭をウージェニーの股間に置いて、私がウージェニーの陰核を吸えるようにしてください。ウージェニーに本日二度目の絶頂を味わわせてあげますよ。そのあと、また私はウージェニーのアヌスに戻ります。ウージェニーとは違って、マダムは私に女陰ではなく肛門を向けてください。つまり、ウージェニーと入れ替わって、彼女の頭の上で脚を開いてください、そうすれば、あなたの肛門を吸えますからね。ウージェニーの女陰を吸っていかせたように、今度はあなたをいかせてあげますよ。こっちはこっちで、この素晴らしい見習いさんも一緒に悶絶させてあげますよ。小さなかわいい身体を抱きかかえて、陰核をくすぐってね。

**サン・タンジュ夫人**　けっこうよ、ドルマンセさん。でも、あなた、何か物足りないんじゃなくって？

**ドルマンセ**　おっしゃるとおりです、マダム。私の尻の中に入るべき陰茎が一つばかり足りませんね。

**サン・タンジュ夫人**　でも、今朝はなしで済ませましょう。夕方には手に入りますよ。あたしの弟が手助けに加わりますからね。そうなれば、あたしたちの快楽も絶頂にまで至れますわ。では、仕事に取りかかりましょう。

**ドルマンセ**　ウージェニーには、しばらく私の陰茎をしごいてほしいのですが。（彼女は言われたとおりにする）そう、そうだ……もう少し動きを速めて。この赤い頭の部分はいつも剝き出しにして、絶対に皮をかぶせてはいけない。包皮を引っ張れば引っ張るだけ、勃起は確実になるんだ。しごいている陰茎は決して覆ってはいけない。そう！……そうやって、自分で男根の状態を準備するんだ。君を突き刺せるようにね。ほら、変化が現れてきたのが分かるだろ？　舌を吸わせて、いたずらっ子さん……私の右手の上には君の尻がくるように置いて。左手であなたの陰核をさすってあげるよ。

サン・タンジュ夫人　ウージェニー、ドルマンセさんをもっと気持ちよくしてあげたくない？

ウージェニー　もちろんよ……そのためなら何だってしますわ。

サン・タンジュ夫人　それなら、さあ、陰茎を口に含んでさしあげて、しばらく舐めててごらんなさい。

ウージェニー　（実行して）こんなふうでいいのかしら？

ドルマンセ　あぁ！　なんて気持ちがいい口なんだ。熱さにとろけそうだ。極上の尻にも匹敵するよ……淫蕩で床上手な女は嫌がらずにこの快楽を恋人に与えるべきだ。そうすれば恋人をいつまでも奴隷にしていられるからね。あぁ！　神の馬鹿野郎！　神のくそ野郎！

サン・タンジュ夫人　冒瀆の嵐ね、あなた。

ドルマンセ　尻をこちらにください、マダム……そう、それを私にね。ウージェニーにしゃぶってもらいながら、あなたの尻を舐めまわせるように。冒瀆くらいで、そんなに驚かないでください。勃起してる時に神に悪態をつく快楽も、また格別なんです。勃起すると、私の精神は一〇〇〇倍も高ぶって、このげすないんちき野郎が嫌でたまらなくなり、ますます見下したくなるようです。もっとうまく神を罵倒するやり方はないものか、思いっきり侮辱する術《すべ》はないものか、探してはいるんですが、忌々しいことに、ちょっと考えてみれば、私がいくら憎んだところで、そもそも、このげす野郎が存在しないことは確実ですからね。腹立たしいかぎりですよ。すぐにでもこの幻を再建できれば、と思ってしまいます。そうすれば、とにかくこの怒りをぶつける相手ができるんですからね。私を真似てごらんなさい、マダム。そうすれば、暴言を吐くと嫌でも欲情が高まる、ってことが分かりますよ。しかし、神々の馬鹿野郎！……うーん、ウージェニーの見事な口、気持ちいいのはいいんですが、何とか離れないと……口に精液を出してしまいそうですよ。さあ、ウージェニー、位置を変えて、私がさっき説明した形でしてみよう。今度は三人一緒、官能の波に揉まれて酔いしれようじゃありませんか。

（体位が定まる）

**ウージェニー**　嫌だわ、いくら一生懸命なさってても無理じゃなくって？　いくら何でもあたしのには大きすぎますわ。

**ドルマンセ**　私はね、毎日幼い子たちの肛門をものしているんだよ。昨日も、この男根で七歳の男の子の初物を、ものの三分ほどで頂戴したんだ……。さあ、弱音を吐かないで、ウージェニー、気を入れなさい。

**ウージェニー**　あぁ！　張り裂けてしまうわ！

**サン・タンジュ夫人**　手荒にしてはだめよ、ドルマンセさん、大切な預かりものなんですからね。

**ドルマンセ**　マダム、しっかり愛撫してあげてください。そうすれば、この子もそれほど苦痛を感じないですから。でも、もう手遅れです。ほら、毛の根元まで入ってしまいましたよ。
んなに汗が……あぁ、神さま！　こんなに痛いの、今まで体験したことないわ。
ウージェニー　あぁ、ひどい！　痛いったらありゃしない。見て、お姉さま、おでこにこ
サン・タンジュ夫人　これで処女を半分失ったことになるわ。かわいい子、女の仲間入り
ができたわね。この名誉を手に入れるために、みんな少しばかり苦しむのよ。指で愛撫して
も、痛みは全然やわらがない？
ウージェニー　それがなかったら耐えられないわ……だから、もっとこすって、お姉さ
ま。少しずつだけど、苦しいのが快楽に変わっていくような気がするわ。突いて、突いて、
ドルマンセさん。あたし、死んじゃう。
ドルマンセ　あぁ、神さまの馬鹿野郎！　げす野郎！　もう一つ、能なし野郎！　さあ、
入れ替わってください。じゃないと、いってしまいそうだ。今度は、あなたの尻で、マダ
ム、お願いしたいものです。急いで、さっき言ったとおりの位置についてください。（手は
ずが整い、ドルマンセは続ける）今度は難なくいきますね……陰茎がすんなり入っていきま
すよ……でも、この美しい尻の気持ちいいことときたら、何の遜色もありませんよ、マダ
ム。
ウージェニー　あたしはこれでいいのかしら、ドルマンセさん？
ドルマンセ　上出来だ！　かわいらしい処女の女陰を間近で堪能する、っていうのは

い。だけど、この子に初めての悦楽を体験させてあげよう、っていう授業なんですから、ぐずぐず言わずにおきます。精水を流させて……あわよくば、からからにしてやりましょう。

私《ソドミット》としては罪深いことで、規則違反なんだがね。確かに美しいが、われわれ向きじゃな

（ドルマンセ、口で愛撫する）

ウージェニー　あぁ！　あたしを殺すおつもり？　気持ちよくて死んじゃうわ。もうだめ！

サン・タンジュ夫人　いくわ……あぁ！　して……して、ドルマンセ、いっちゃう！

ウージェニー　あたしもよ、お姉さま……あぁ！　神さま、そんなに舐めないで！

サン・タンジュ夫人　さあ、呪詛はどうしたの？　悪い子ね。ほら、罵《ののし》るのよ。

ウージェニー　よくってよ！　神さまのげす野郎！　いくぅ……気持ちよすぎて目がまわってるわ。

ドルマンセ　さあ、位置について、ウージェニー、位置につくんだ。こんなにめまぐるしく位置が変わると、自分がどこにいるか分からなくなりそうだ。（ウージェニー、前の位置に戻る）ああ、けっこう！　最初の棲み家に戻ったんだな。尻の穴をよく見せてください、マダム、思いきり口で愛撫してあげますよ……ものしたばかりの尻に接吻するのは何よりだ。あぁ！　よく舐めさせてください。そのあいだにあなたのお友だちの尻の奥に私のスペルマを放つことにしましょう。信じられませんよ、マダム、今度は難なく入りました。あぁ！　くそ、最高だ。この子の締めつけること、締めつけること。あなたには想像もつきま

すまい。神のくず野郎、なんて気持ちいいんだ！　あぁ！　これ以上は無理だ。我慢できない。精液が出ちまう……もう死んだよ。
ウージェニー　あたしもドルマンセさんにいかされましたわ。お姉さま、大変けっこうでした。
サン・タンジュ夫人　このおてんばさんたら！　あっというまに癖になりそうね。
ドルマンセ　ウージェニーくらいの年頃の娘を数えきれないくらい知っていますがね、みんな他のやり方で享楽しようとはしませんよ。つらいのは最初だけです。一度これを味わったら、もう他のことをする気にはなれないと言うんですね……いや、まったくもって力尽きましたよ。少しのあいだでいいので、ひと息つかせてくれませんか？
サン・タンジュ夫人　これが男というものよ、ウージェニー。自分の欲望を満足させるや、あたしたちには見向きもしなくなるんですから。男は精根尽きると、途端に女を嫌悪して、その挙げ句、軽蔑して見下すようになるの。
ドルマンセ　（冷ややかに）ああ！　なんて言い草ですか。ちゃんと絶世の美女に見えてますよ！　（ドルマンセ、二人一緒に抱擁する）男がどんな状態にあろうと、お二人が賞賛の的であることに変わりありません。
サン・タンジュ夫人　でも、がっかりすることないわ、ウージェニー。男が自分が満足したら女をなおざりにしてもいいっていう権利を得たつもりになって、そんなひどい態度に出るんだったら、女だって男を軽蔑する権利をもたないわけにはいかないんですからね。皇帝ティベリウスはカプリの宮殿で、自分の情欲に仕えたばかりの相手をさんざ生け贄にしたけれど(4)、アフリカの女王だったジンガだって自分の情夫を次々に血祭りにしたものよ(5)。

ドルマンセ　そうした残虐行為は実に単純明快で、私だってよく思いつくことですがね、間違ってもわれわれのあいだではあってはならんことですよ。「狼同士は食い合わない」と言いますからね。陳腐なことわざですが、そのとおりですよ。ですから、お二人とも、私を恐れる必要はまったくありません。あなたがたには悪いことをたくさんしていただくつもりですが、あなたがたに悪いことをしようなんて、これっぽっちも思っていませんから。

ウージェニー　そうよ、そうよ、お姉さま、あたしが保証しますわ。ドルマンセさんは、たとえあたしたちから権利を与えられたからって、それであたしたちをどうこうしようってかたではないわ。あたし、ドルマンセさんに感じるの。悪人の誠意をね。それって最高の誠意でしょ？　でも、先生には原理についての話に戻っていただいて、みんなが冷めちゃう前に、さっきずいぶん興奮した、あの大計画をぜひとも練り直したいわ。

サン・タンジュ夫人　まあ！　この子ったら、まだそんなこと考えてるの？　あれは、あなた、頭がかっとなって、つい口走ったことだと思ってたわ。

ウージェニー　いいえ、これって心の底から湧き上がってくる衝動なんです。それほど確かなものはないでしょ？　この犯罪をやり遂げないと、あたしの心は満足しないんですの。

サン・タンジュ夫人　まあ！　そうなの？　分かったわ。でも、許しておあげなさいよ。だって、あなたのお母さまじゃない。

ウージェニー　だからこそ、ですわ！

ドルマンセ　ウージェニーの言うとおりだね。ウージェニーを孕んだとき、はたしてこの母親は彼女のことを考えていたかい？　あのすべた、快楽目当てで旦那のするがままになっていたのであって、娘を作ろうなんてことは、まったく眼中になかったはずさ。だから、このことについてはウージェニーは好きなように行動すればいいんだ。彼女には最大限の自由を与えてあげましょう。われわれにできることは一つ。この手のことで彼女がどれほど行き過ぎた真似をしても、まるっきり悪くないし、罪にも問われない、と保証してあげることです。

ウージェニー　本当に嫌。大嫌いなの。あの人を憎むちゃんとした理由は山ほどあるわ。どんな犠牲を払っても、あの人の生命を奪う必要があたしにはあるのよ。

ドルマンセ　そうか。決心は固いようだから、きっと願いはかなうよ。ウージェニー、私が保証するよ。だが、行動に移す前に、何より必要なことをいくつか助言させてほしいな。まず、何としても秘密が漏れないようにすること。そのためには一人で行動することが肝心だ。共犯ほど危険なものはないからね。いちばんの仲良しだと思っている相手にだって、一時も気を許しちゃだめだ。マキアヴェッリもこう言っている。「必要なのは、共犯者というものをいっさいもたないか、もった場合は用が済み次第、厄介払いすることである」[*11]とね。まだあるよ。君の練っている計画には一芝居うつことが必要だよ、ウージェニー。殺す前に、犠牲者に今までなかったくらい近づいて、なだめたり、すかしたりすること。ちやほやしたり、悲しみを分かち合ったりするんだ。心から愛しているとはっきり告げること。だが、それだけじゃだめだ。信じ込ませるんだよ。嘘偽りでこんなことまではできない、ってね。ネロは船の上でアグリッピナを愛撫したあと、船もろとも沈めたじゃないか。このお手本を真似て、どんなペテンでもまやかしでも、頭に浮かんだら片っぱしから試してみるんだよ。女は常習的に嘘つきだけど、人をはめようって時にこそ、何より嘘が必要になるものだ。

ウージェニー　ご教訓、胸に刻んで必ずや実行いたしますわ。でも、もう少し深く突っ込んでいただけないかしら？　嘘偽りを女に用いるように勧めていらっしゃるけれど、そもそも嘘というものはこの世で絶対必要だとお思いなのかしら？

ドルマンセ　私が知るかぎり、生きていくのに嘘以上に必要なものはないよ。嘘が不可欠だということは、一つの確かな真実が証明している。それは、誰もが嘘を用いている、ということだ。だとすれば、実直な人間は不実な人間ばかりの社会で、いったいどうやればうまくやっていけるんだい？　もし人が言うように美徳というものが社会生活において何ほどか役に立つというのが本当なら、意志も力も、たった一つの美徳にさえ恵まれていない人間は、つまり多くの人間はさ、わずかばかりの幸福の分け前さえ競争者に奪われてしまうことになる。そんな人が今度は奪われないようにしたいと思ったなら、どうしても人を欺かざるをえなくなる。そうじゃないか？　それに、そもそも社会〔に生きる〕人間にとって現実に必要なのは、本当の美徳なんだろうか？　それとも、そう見せかけることだろうか？　疑いなく言えるのは、見かけだけで十分、ということだよ。見かけを整えておけば、もう他には何も必要ないんだ。世の中、人とは表面的に触れ合うだけなんだから、外面だけ見せておけば十分じゃないか。その上、美徳を実践して役に立つのは実践している本人にとってだけで、他の者がそこから利益を得ることはほとんどないというのは確かなんだから、われわれと生きるべき人が有徳に見えてさえいれば、その人が本当にそうなのか否かはまったくどうでもいいことなんだよ。[*12] しかも、たいていの場合、嘘は成功するための確実な手段であって、嘘を巧みに操る者が商売や文通の相手よりいわば一歩先を行くことは決まりきっている。偽りの外観で目をくらまして信じ込ませてしまえば、成功したも同然。もし自分が誰かに騙されていることに気がついても、責任は自分にある。見栄を張って文句も言わないから、私をはめたやつはますますのさばり、かくして私に対するやつの優位が永久に確定してしまうわけだ。やつはいつも正しく、間違っているのは私のほう。やつは出世するのに、私はいつまでも鳴かず飛ばず。やつが金持ちになる頃、私は破産。やつはいつだって私の上に君臨し、程なく世論を味方につける。そこまでいってしまえば、やつの罪を叫んでも無駄だ。誰も私の言うことなど聞いてもくれないさ。だから、年がら年中、思いきって巧妙きわまりない嘘に勤《いそ》しもうじゃないか。寵愛も、引き立ても、名声も、富も、どれもこれもすべて嘘が鍵になっている、と思わなくちゃだめだ。人を騙したことでちょっとばかり痛んだ心も、ペテン師になるという刺激的な快楽で軽くなる、ってもんさ。

**サン・タンジュ夫人**　さあ、この問題については、もう十分すぎるほど論じたと思うわ。

ウージェニーも納得して、心も落ち着き、勇気づけられたはずですからね。いつだって好きな時に行動に移せるわ。それで議論の続きなんですけど、リベルティナージュにおける男のさまざまな気まぐれについてがよろしいと思うの。この分野は広大なはずですから、ざっと検討することにしましょう。今しがたあたしたちの生徒に手ほどきしたのは実践に関する諸々の極意でしたから、理論も大切にいたしませんとね。

**ドルマンセ**　リベルタンな男の情欲の詳細なんて、マダム、若い女性の教育のテーマには向きませんよ。特にウージェニーのように公娼の仕事につくわけでもない娘にはね。彼女は結婚するでしょうが、そうなれば十に一つも彼女の夫はそうした趣味をもたないはずです。じゃあ、相手がそういう趣味をもっていたら、どうふるまうべきかは実に簡単ですよ。おとなしく相手の気に入るようにしていればいいだけです。そうやってうわべを取り繕って、あとは裏で埋め合わせをするんです。それだけのことですよ。とはいえ、ウージェニーがリベルティナージュ行為における男の趣味について多少とも分析をお望みとあらば、そのうちの三つ、すなわちソドミー、瀆神狂い、そして残酷趣味に絞って簡潔に検討してみよう。最初の情欲だが、これは今じゃ世界中に広まっている。これについてすでに話したことに、若干の考察を付け加えていこう。ソドミーは二つのクラスに分けられる。すなわち、能動的なものと受動的なものだ。相手が少年であろうが女であろうが、尻をものするほうが能動的なソドミー、逆に自分がものされる場合、その人は受動的なソドミットとなる。ソドミーを犯すこの二つのやり方のうち、どちらのほうが気持ちがいいか、ということが、これまでよく問題になってきた。答えはもちろん受動的なほうだが、それは前と後ろの感覚を同時に享楽できるからだ。性別を変えて女のふりをする。男に身を任せ、女扱いされて、その人をあなたと呼び、自分は情婦をもって任じる。実におつなものだよ。ああ！　みなさん、本当に気持ちいいものなんです！　でも、ウージェニー、ここでは、みずから男になって、われわれのようにこの甘美な快楽を得ようという女に関わることだけ、いくつか細かい助言をしておこう。ウージェニーも今しがたこの種の攻撃に慣れ親しんだと思うけれど、それをよく見せてもらって確信したんだがね、君はそのうち、この道でめきめき腕を上げるはずだ。だから、この道をずっとたどることを勧めたいね。これぞ愛の国《シテール》にある最も甘美な道だからね。君は私の助言に従ってくれる、そう固く信じているよ。さて、以下、もうこの手の快楽しか体験したくないと決めた人、あるいはそれに準ずる人にとって必要になる二、三の意見に限って述べていこう。

　まず、ソドミーの受け手となる時は常に陰核を愛撫してもらうように心がけること。この二つの快楽ほど妙《たえ》なる組み合わせは他にないよ。こうした仕方でものされたあとは、ビデを使ったり布で拭いたりしてはいけない。尻の割れ目はいつだって開いているほうがいいんだ。欲望やむずむずした感じはこの状態から生じるのであって、清潔さを保とうとすると、すぐに消え去ってしまうものだからね。こうした感覚は、それは長く続く。思いもよらないほどね。それから、このやり方で楽しんでいる時は、ウージェニー、酸性《すっぱい》のものを食べてはいけないよ。[*13]痔を炎症させて、挿入される時に痛むからね。また、男が何人も続けざまに尻で射精しないようにすることだ。スペルマが混ざると、確かに想像力にとっては悦楽的かもしれないが、健康にとっては有害なことがよくあるからね。だから、放出されたものはそのたびに体外に出すんだよ。

ウージェニー　でも、前のほうで放出されたものにそんなことしたら、罪になるんじゃなくって？

サン・タンジュ夫人　この子ったら馬鹿ね。どんなやり方にしろ、その通路から男の種を逸らすのは悪いことだなんて、微塵も考えちゃいけないわ。繁殖は自然の目的なんかでは、さらさらないの。自然は大目に見ていてくれているだけ。だから、そんな寛大さにつけ込まないほうが、ずっと自然の意図を遂行していることになるのよ。ウージェニー、そんな退屈な繁殖、断固、敵になっておやりなさい。そして、この危険な液体の矛先を絶えず逸らすの。結婚してからもよ。この液体が成長すると、体形は崩れる、悦楽は感じにくくなる、生気が失せて老け込んで、健康を害するだけなんですからね。この液体を無駄にする習慣がつくように旦那を誘導して、あんな神殿など拝まずに済むような、あらゆる道楽を準備してあげるの。そして、旦那に言うのよ。子供なんて大嫌い、ってね。だから、どうしても子供は作りたくない、ってお願いするの。この点はしっかり守ってちょうだいね。はっきり言っておくわよ。あたしはね、繁殖が身震いするくらい嫌いなの。だから、あなたが妊娠したら、それこそすぐに絶交よ。あなたは何も悪くないのに、そんな不運に見舞われた場合は、最初の七、八週のうちにあたしに知らせること。そしたら、あたしがこっそり流してあげるわ。

子殺しなんて露ほども恐れることないわ。そんな罪は想像的なものなんだから。あたしたちがあたしたちの腹の中に抱えているものの主《あるじ》は、いつだってあたしたちなんですからね。この種の物体を破壊することが悪でないのは、必要な時に下剤で腹の中のものを出しきっちゃうのと大差ないいんですよ。

ウージェニー　でも、その子供の出産が迫っていたら？

サン・タンジュ夫人　たとえ生まれてしまったとしても、あたしたちが主。好きなように破壊できることに変わりはないわ。この地上で母親の子に対する権利ほど確かなものはないんですからね。これを真実と認めない民族は一つとしてありません。これが真実だってことは、理性や諸原理に基づいてのことなんですからね。

ドルマンセ　この権利は自然の中に存在する……争うべからざることだよ。このことに関してとんでもない錯誤が生じたのは、神に関する突拍子もない理論のせいだ。馬鹿どもが神なんぞを信じて、自分たちの存在は神に負っている、胎児が十分成長すると神から放出された小さな魂がやって来て生気が吹き込まれる、なんて思い込んだんだ。愚か者どもにとっては、この小さな被造物の破壊は当然、死に値する罪だ。やつらによれば、胎児はもはや人間のものではない。神の作り給うものなのだから神のものであり、罪なくしてそれを自由にすることはできないのだとさ！　しかし、哲学の光がこんなまやかしを一掃して、神という幻想を足で踏みにじり、自然学《フイジツク》の法則や奥義が学ばれて、生殖の原理が展開されると、生殖の物質的なからくりは麦粒の成長と同じであり、大して驚くべきことでもないことが分かった。それ以来、われわれは人間が犯す過ちを自然に帰すようになったんだ。このように権利の範囲を拡張することによって、われわれは不承不承あるいは図らずも生命を与えてしまったとき、それをみずからの手に取り返す完全な自由を有する、と認めるに至った。また、望まない者に対して、父親になれ、母親になれ、と強いることはできないし、そもそも地上に一人増えようが一人減ろうが、大した影響もない。一言で言えば、そんな肉の塊など、たとえ生きていても、われわれは主人としてそれを好きにできるのであって、このことは指から爪を切り取ったり、身体から腫瘍を摘出したり、腸から消化物を取り除いたりできるのと何ら変わりはない。なぜなら、これらはいずれも自分から生じたもの、自分に属するものであり、自分の身から生じたものは絶対にわれわれの所有物だからだ。[*14] この世で殺人行為が実に些細な影響しか与えないこともも説明してあるから、ウージェニーも分かったはずだ。子殺しも同じことだとね。たとえその子がすでに分別をもつ年頃になっていたとしても、やはり大した結果を生じない、ってことがね。だから、この話に戻っても得るところはない。ウージェニーは実に聡明な精神の持ち主だから、自分で私の話の証拠を補ってみればいい。地上のあらゆる民族の習俗の歴史を読んでみれば、子殺しの習慣が一般的なものであることが分かって、こんなどうでもよい行為を悪とみなすのがどれほど馬鹿馬鹿しいことか、納得するはずさ。

ウージェニー　（まずドルマンセに）もう言葉にできないほど納得させていただきましたわ。（次にサン・タンジュ夫人に向かって）でも、ねえ、お姉さま、あたしにいただけるっておっしゃってたでしょ？　胎児を腹の中で破壊するお薬。お姉さま、何度もお使いになっているんではなくって？

サン・タンジュ夫人　二度ほどよ。どちらも大成功。もっとも、試したのが早い時期だったから、というのもあったと思いますけど。でも、あたしの知っている人が二人、五ヵ月くらいで同じ方法を使って、やっぱり成功した、っておっしゃってたわ。だから、いざとなったら、あたしを信頼して、ウージェニー。でも、そんなもののお世話にならないようになさい。それがいちばん確かなやり方ですよ。さあ、約束どおり、この子に淫欲の細部について、もっと話してあげましょう。先を続けてください、ドルマンセさん。次は神を冒瀆する奇癖についてですわ。

ドルマンセ　ウージェニーは誤った宗教的な考えなんか、きっぱり捨て去っているから、よくよく愚か者どもが崇《あが》める対象をいくらからかったところで何の結果も生じないことは、よくよく承知しているはずだ。実際、その結果たるや、なきに等しいものだから、こんないたずらでかっとなるのは、束縛からの解放ならどんなことでも楽しくてしょうがない、という年端もいかない連中ばかりだよ。それはちょっとした杖《ヴアンディクト》〔古代ローマの解放の儀式で奴隷の頭に触れる杖〕みたいなもので、それで想像力に火がつくんだ。確かに、ちょっとのあいだは楽しいだろうけどね。でも、そもそも信心の対象がどれほど無価値で、自分たちが愚弄している偶像がそのお粗末な代理物にすぎないことをひとしきり学んで確信したら、そんなお楽しみは味気ない寒々しいものになってしまうだろう。聖遺物や聖人像、聖体、十字架といった偶像を汚すことは、哲学者の目には異教の像を壊すのと同程度のことにしか見えないものさ。一度そんな粗末ながらくたを軽蔑するようになれば、あとはもうそんなものにかかずらうことはしないで、うっちゃっておくしかない。だけど、こうしたことの中で唯一、神を罵《ののし》ることだけはやめずにいたらいい。これに限っては現実味があるから、というわけじゃない。実際、神は存在しないんだから、神の名を冒瀆したところで何の足しにもならないさ。そうじゃなくて、快楽に酔いしれながら強烈で汚い言葉を吐くことが大事なんだ。冒瀆の言葉は想像力をことのほか刺激してくれる。手加減などいっさいせず、これ以上ないってくらい多くの表現を繰り出して言葉を飾り立て、そしてこれでもかっていうくらい人の顰蹙《ひんしゅく》を買うことが必要だ。人の顰蹙を買うのは実に心地よいものだよ。ちょっとした自尊心の勝利というわけだが、これが馬鹿にならないんだ。白状しますとね、お二人さん、これは私のひそかな楽しみの一つなんですよ。これ以上に激しく私の想像力に働きかける精神的快楽は、そうそう見つかりません。試してごらん、ウージェニー、どんなことになるか見てみるといい。殊に迷信にとらわれて生きている同じ年頃の娘さんと一緒にいる時に、天をも恐れぬどぎつい言葉を並べ立ててごらん。どれだけ堕落しているか、リベルティナージュぶりを見せつけてやるんだ。娼婦のような様子で胸をはだけて見せればいい。人目につかない場所へ行ったら、スカートの裾《すそ》を淫らにめくって、身体の中で最もひそやかな部分をわざとらしく剥き出しにする。そして、相手にも同じことをさせて、なだめたり、すかしたりしながら、相手が鵜呑みにしている偏見の馬鹿馬鹿しさを悟らせるんだ。相手を悪に引きずり込んで、彼女たちと一緒に男のように神に悪態をつき、もし相手が自分より年下なら、力ずくで押さえつけ、楽しんでやるがいい。手本を示したり、助言を与えたり、要はこれならと思えることなら何でもして悪の道に引きずり込み、腐敗させるんだ。男が相手の時も自由奔放でいなさい。一緒になって信仰も慎みもないところを見せつけるんだ。男たちがどれほど自由放縦でも怖じ気づくことなく、彼らが喜ぶことなら何でも許してあげなさい。こっそりと、評判に関わらない程度に、だがね。身体を触らせるもよし、しごきしごかれるもよし。尻を貸してやるところまではいっていい。しかし、女性の貞節なるものは前の部分が処女であることにかかっているから、そこだけは頑《かたく》なに阻むんだよ。そして、いったん結婚したら、下僕たちを相手にすること。愛人など、もってのほかだ。信頼できる何人かの若者を相手に金で済ます、という手もある。そうすれば、何も露見することなく、評判に傷もつかない。他人に疑われる恐れも皆無で、好きなことは何でもできる術を得たことになる。さあ、では次に進もう。

先に分析を約束した三つめの快楽は、残酷の快楽だったね。今日ではこの種の快楽は男たちのあいだでごくありふれたものになっているが、この快楽を正当化するために、彼らは次のような論拠を用いている。われわれが望んでいるのは、心身が強く動かされ、興奮させられることだ。これは悦楽に耽《ふけ》る男なら誰でも目指していることだが、われわれが望んでいるのは最も強い効果を生む仕方でそうされることだ。この点から出発するなら、われわれのやりようが、われわれに奉仕する者の気に入るか入らないかなど、どうでもよいことになる。

大事なのは、われわれの神経の塊を可能なかぎり激しい衝突によって振動《エブランレ》させることだ。苦痛は快楽よりも強烈に作用し、他者が感じる苦痛の結果としてわれわれにもたらされる衝突は、本来的により強力な振動を生み出す。このことは疑いようがない。この衝突は、われわれの内でよりエネルギッシュに響きわたり、動物精気をより激しく循環させる。動物精気は、この場合、不可欠な逆行運動によって身体下部に向かい、程なく悦楽の器官に火をつけ、それらに快楽を催させる。これに対して、女性において生じる快楽の効果は、常に期待を裏切るものだ。特に男が醜かったり、歳をとっていたりすると、こうした効果を生じさせること自体、はなはだ難しく、たとえそれに成功したところで、微弱で、衝突の力もずっと弱い。だからこそ、苦痛を選ぶべきなんだ。けだし苦痛の効果は期待を裏切ることがなく、苦痛が引き起こす振動はより強く作用するからだ。彼らはこう言っているんだが、こうした奇癖に溺れる者は、こんな反論を受けるものだ。この苦痛は隣人を打ちのめしてしまうのではないか、自分が楽しむために他人に苦痛を与えることは隣人愛に反するのではないか、と。これに対して、この人でなしたちは、こう答えるだろう。われわれは常日頃、快楽行為においては自分がすべてで、他人などくずも同然、と考えることに慣れっこになっているんだ。そんなわれわれが自然の衝動に従って、自分がいささかも感じていないことではなく、自分が感じていることを選ぶのは、いたって単純なことだと思っているんだがね、とね。さらに厚かましくも、彼らはこう言うだろう。隣人に生じた苦痛は、われわれにどんな結果をもたらすというんだ。われわれはそれを感じるだろうか。いや、感じはしない。それどころか、今論証したように、向こうに苦痛が生じれば、こちらには甘美な感覚が生じるのだ。ならば、いったいどんな理由で、われわれとは何の関わりももたないやつをいたわる必要があるんだ？　相手の苦痛など一粒の涙にも値しない。われわれがそこから大きな快楽が得られるというのに、なぜそいつに苦痛を免れさせてやる必要があるんだ？　今まで一度でも、自然から、自分よりも他人を大事にしろ、などと衝迫を受けたことがあるのか？　われわれ一人一人は、この世で自分のためだけに存在しているのではないのか？　あんたがたは、自然の声は「人にしてほしくないことを人にしてはならない」とわれわれに告げている、などと言うが、実にくだらない。こんな馬鹿げた説教を始めたのは、あくまで人間、しかも弱い人間であり、強い人間はこんな言葉を吐くことなど思いもしなかった。愚かな教説のために日々迫害を受けていた初期のキリスト教徒どもだ。自分たちに耳を貸してくれそうな者に「私たちを焼かないでください。私たちの皮を剝がさないでください。自然は、私たちが人にしてほしくないことを〔人に〕してはならない、と告げています」などと泣き叫んだのは[*15]。馬鹿どもめ、自然はわれわれにさんざっぱら享楽せよと勧めて、それ以外のどんな運動も、どんなインスピレーションもわれわれの内に刻みつけることはない。そんな自然が、その舌の根も乾かぬうちに、他人に苦痛を与えるようなら楽しもうとしちゃならんぞ、などと言うわけがなかろうが。そんなむちゃくちゃなことがあるか。ああ！　いいかい、ウージェニー、信じておくれ。自然はわれわれすべての母だが、どんな時もわれわれに他人のことなど語ることはない。自然の声ほどエゴイストなものはないんだ。自然の中にわれわれがはっきり聞き分けるのは、誰を犠牲にしようとも楽しめ、という万古不易の聖なる教えだ。だが、他の者に復讐されるぞ、と人は言うだろう……けっこうだよ、そうなりゃ、最強の者だけが正しい、ってことになるからね。そうさ、それこそ永久の戦いと破壊の原初状態さ。自然はそのために手ずからわれわれを創造したんだし、われわれがいつまでもその状態にとどまっているのが自然にとっては都合がいいのさ。[*16]

愛しいウージェニー、これが残虐を好む彼らの論法なわけだが、私は私なりの経験と研鑽に従って、こう付け加えたい。つまり、残虐さは悪徳であるどころか、自然がわれわれの内に印した第一の感情なのだ、とね。物心がつく前、子供はがらがらを壊し、乳母の乳首を嚙み、鳥を絞め殺すじゃないか。[*17]すべての動物には残虐さが刻み込まれているよ。もう言ったと思うけれど、自然の諸法はわれわれより動物において、より力強く読み取れるものだ。また、文明化された人間よりずっと自然に近い野蛮人において、残虐さは顕著だ。残虐さは堕落の結果である、などという説[*18]は、だから理に反している。そんな考え方は間違っているよ。何度だって言うけどね、残虐さは自然の内に存在し、これをまったくもたずに生まれてくる人間は一人としていないんだ。教育だけがそれを修正するが、教育は自然の内には存在しない。手を入れて木々をだめにしてしまうように、教育は自然の聖なる働きを妨げるんだ。果樹園の中で、自然の働きに任せっきりの木と、人工の手が入って無理に形を整えた木を見比べてごらん。どちらが美しいか、どちらがおいしい実をならせるか、一目で分かるさ。残虐さは、文明によって少しも腐敗させられていない人間がもつエネルギーそのものだ。だから、それは力〔vertu.「勇気・武勇」、「美徳」の意味ももつ〕であって、悪徳ではない。法律や刑罰、慣習なんてものをなくせば、残虐さが危険な影響を与えることはなくなるさ。なぜといって、その場合、誰かが残虐なことをしようにも、すぐ他の誰かの残虐さによって阻まれるからね。それが危険になるのは、文明の状態においてだ。そこでは、被害をこうむった者は、その不正を退ける力や方法をもたないことがほとんどだからね。しかし、文明化されていない状態では、残虐さは、強者に向けて発動されればはじき返されるだけだし、弱者に向けてであれば、もともと自然の法に従って強者に屈服している者を毀損するだけで、だからさしたる不都合もないわけさ。

さて、残虐さが男の淫奔な快楽にどう現れるか、これについての分析はよしておこう。男たちがどれほど過激な諸行為に至るか、おおかた見当がつくんじゃないか、ウージェニー？　燃え立つような想像力を用いれば、確固としてストイックな魂をもっている男を押しとどめるものなど何もない、ってことがたやすく理解できるはずさ。ネロ、ティベリウス、ヘリオガバルスが子供を屠《ほふ》ったのは、ひとえに勃起するためだ。〔ジル・ド・〕レ元帥やコンデ公〔ルイ・ジョゼフ・ド・ブルボン。サドが幼少期にコンデ邸でともに過ごした遊び友だち〕の叔父だったシャロレー伯〔シャルル・ド・ブルボン〕も淫楽のために殺人を犯している。レ元帥は、取り調べの際、仲間の司祭と一緒に、まだ幼い子供たちを責め殺した時ほど激しい悦楽を得たことはなかった、と認めた。元帥がブルターニュにもっている城の一つからは子供の遺骸が七、八百体も見つかった。こうしたことは、今論証したとおり、どれも納得がいくものだね。体質、諸器官、体液の流れ、動物精気のエネルギー、こうしたものが物理・身体的な原因となって、一時に、ティトゥスとネロ、メッサリーナと〔ジャンヌ・フランソワーズ・ド・〕シャンタルといった人々を生み出すんだ。だから、もはやわれわれは美徳を誇ってはならないし、同じく悪徳を後悔すべきでもない。自然に向かって、なぜ自分を善人に生んだんだ、悪人に生んだんだ、と非難してはならない。自然は己の意図、計画、必要に従って動いているのであって、われわれはそれにただ従わなければならないんだからね。というわけで、ここでは女の残虐さについてだけ検討しておこう。いつだって男より女のほうが残虐さは激しいものだが、それは女の身体器官は過度に敏感だから、と言えば、すぐに納得がいくだろう。さて、われわれは一般に残虐さを二種類に分類している。一つは愚かさから生じるものだ。愚か者は、残虐さを一度として考察したり、分析したりすることがない。残虐に生まれついただけの、獰猛な畜生にも等しい輩さ。こんな残虐さからは、快楽は期待できない。こうした傾向にある者は研究などはなからしないので、どんな乱暴を働こうと、ほとんど危険はない。避けようと思えば簡単に避けられるからね。しかし、もう一つの残虐さは、身体器官の極度の敏感さによって生じるもので、もっぱら過度に繊細な者が有するものだ。こうした人は、残虐さによって過激なことへと突き進むわけだが、それはただあまりに鋭敏な繊細さの結果にすぎない。感受性が極度に細やかなために早く摩耗してしまい、それを蘇生させるために、ありとあらゆる残虐な手段に訴えるんだ。残虐さにこんな相違があることを理解している人は、ほとんどいない……。このことに気づいているのは、ほんのひと握りの人たちさ。だけど、こうした相違は現にあるし、疑問の余地はない。さて、女に与えられる残虐性は、ほとんどの場合、この二番目のほうだ。こうした女をよく観察してごらん。そうすれば分かるはずだよ。彼女たちがそこまでするのは、ひとえに極度の感受性のためであり、彼女たちが残酷な悪人になるのも想像力の極端な活動と精神の力のためだ、ってことがね。おかげで、この手の女たちはことごとく魅力的でね、その気にさえなれば、どんな男でも夢中にしてしまう。あいにく、われわれのお堅い、というより馬鹿げた良俗のせいで、彼女たちの残虐さが満たされることはほとんどない。そのため、彼女たちは身を潜め、猫をかぶり、内心では毛嫌いしている慈善活動で人目を逸らして、自分たちの性向をひた隠す。彼女たちは厚いヴェールに隠れ、用心の上にも用心をして、信頼できる何人かの女の友人の手を借りて、やっと自分たちの好みに耽ることができる。だが、この手の好みは多種多様なので、そのぶん満たされない不幸な女もたくさん出てくる。そんな女を見てみたい、って？　それなら、残酷な見世物があることを知らせてやるんだね。決闘や、火事や、乱闘や、剣闘士の試合があると分かると、彼女たちは目の色を変えてやって来るよ。しかし、そうした機会は彼女たちの情熱を満たすほどたびたびあるわけじゃないから、彼女たちは我慢し、苦しみ続けねばならないのさ。この種の女たちを一瞥してみよう。ジンガはアンゴラの女王で、ひときわ残酷な女だったが、自分の身体を楽しんだ恋人たちをその場で葬るのを常としていた。また、目の前で戦士たちを戦わせ、自分を勝者の褒美に差し出すこともよくあった。獰猛な心を満足させるために、妊娠した三〇歳までの女たちをすべて臼《うす》で挽《ひ》き潰して楽しんだ。(6)ゾエ〔妲己《だっき》。紂《ちゅう》の妃。ともに「酒池肉林」の語源になるほど享楽に溺れ、殷王朝を破滅に導いた〕は中国の后妃だったが、目の前で罪人が処刑されるのを見るのが何よりの楽しみだった。罪人がいない時は皇帝とやりながら奴隷を血祭りにあげたが、そのいきっぷりたるや、拷問を受ける犠牲者たちの苦悶のすさまじさに見合ったものだった。犠牲者に加える拷問の方法に凝り、空洞になった青銅の円柱の中に受刑者を入れて熱する、という有名な発明〔火を焚いた上に油を塗った柱を横にして吊り受刑者を渡らせる「炮烙《ほうらく》の刑」の誤解か〕をしたのは彼女だった。テオドラは、ユスティニアヌス帝の妃だったが、去勢が施されるところを見るのが好きだった。メッサリーナは、目の前で男たちに自慰をさせ、くたくたになるのを見ながら手淫をした。フロリダの女たちは、自分の夫の陰茎を大きくすると、亀頭の上に小さな虫を何匹もとまらせ、恐ろしい苦痛を味わわせた。この作業のために男たちを縛り上げ、一人の男のまわりに何人も集まり、首尾よく事が進むように見守った。スペイン人たちがやって来るのを見ると、彼女たちは、この野蛮なヨーロッパ人が自分の夫たちを殺しているあいだ、みずから夫の身体を押さえつけた。ラ・ヴォアザンやラ・ブランヴィリエといった女たちは、犯罪を犯す快楽のためだけに人を毒殺した。要するに、歴史を振り返ってみれば、至る所に女の残酷さを示す行為が転がっている、ということだ。女たちは残虐さの衝動を自然な傾向と感じている。だったら、彼女たちも能動的な鞭打ちを用いればいいんだよ。残酷な男たちはみな、そうやって自分の獰猛さを満足させているんだからね。このやり方を用いている女も何人かいることは知っているが、まだ私が望むほどには女たちのあいだに広まっていない。女の残忍性にこうした活路を見出してやれば、社会も得するだろうと思うんだ。この仕方で残虐性を発揮できないからこそ、彼女たちは別の仕方で悪さをする。世の中に害毒を撒き散らして、旦那や家族を泣かせるんだよ。例えば、不幸なやつらに手を差し伸べるといった善行の機会があっても、つれなく拒絶する、なんていうのも、自然に駆り立てられた女たちの残忍性を発散させることにはなるだろう。だけど、それでは効果は薄いね。彼女たちはもっと悪事を働きたくてうずうずしてるんだから、焼け石に水さ。感受性豊かで残忍な女たちが過激な情熱を鎮めるやり方は、もちろん他にもあるだろう。だが、それは危険なものだからね、ウージェニー、ちょっと勧められないな……なんだ？　どうしたんだ、ウージェニー？　マダム、あなたの生徒の様子が変ですよ。

ウージェニー　（自慰しながら）あぁ！　神さまの馬鹿野郎！　ドルマンセさんのせいで頭が変になりそうよ……とんでもないお話をうかがって、あたし、こんなになっちゃったのよ。

ドルマンセ　助けてください、マダム！　どうにかしてください……このまま手をこまねいて、かわいい子が一人でいくに任せてよいものでしょうか。

サン・タンジュ夫人　まあ！　それはよくないわ。（ウージェニーを腕の中に抱いて）ほんとにかわいい子ね。あなたのように感じやすくって、素晴らしいおつむをもった人は初めてよ。

ドルマンセ　前はお任せしますよ、マダム。私は彼女の尻のかわいくて小さな穴を舌で愛撫しましょう。尻たぶを軽く叩きながらね。われわれが手を貸すんだから、少なくとも七、八回は射精しなくちゃだめだよ。

ウージェニー　（取り乱して）あぁ、くそ！　そんなのたやすいことよ。

ドルマンセ　お二人の身体の位置なら、私の男根を代わる代わる吸っていただけるんじゃないですかね？　そうやって刺激してもらえれば、私のエネルギーもいや増して、かわいい生徒をいっそう喜ばせることができますよ。

ウージェニー　お姉さまには渡さないわ。この素晴らしい男根を吸う名誉はあたしのものよ。

（ウージェニー、ドルマンセの男根を口に含む）

ドルマンセ　あぁ！　本当に素晴らしい。熱でとろけそうです！……だけど、ウージェニー、私の放出をちゃんと受けとめられるかい？

サン・タンジュ夫人　飲むのよ……飲み込んでしまうの。この娘なら、だいじょうぶ。でも、もし聞き分けが悪かったり……駄々をこねて悦楽が命じる義務を怠るようなことをしたら……

ドルマンセ　（とても興奮して）私が許しませんよ、マダム、容赦するもんですか。見せしめにたっぷりとおしおきをね……約束しますよ、鞭で打ちすえてやります……血が出るまでね……あぁ、神さまのくそ野郎！　いってしまう。流れ出る……飲み込んで……飲み込むんだ、ウージェニー。一滴も無駄にしちゃだめだ……。マダム、あなたは私の尻をお願いします。どうです？　私の尻の穴ときたら、ひどいもんでしょ？　伸びて半開きになって……あなたの指を待ってますよ……神さまの馬鹿野郎、これ以上ないってくらい気持ちいい。深く手首まで入れてくださいい……ふう！　みなさん、座りませんか？　もうくたくただ……この魅力的な娘ときたら、天使のようにしゃぶるんだから。

**ウージェニー**　あたしの大好きな先生、あたし、一滴もこぼしませんでしたでしょ？　キスしてちょうだい。あなたの精水は今、あたしのお腹の中よ。

**ドルマンセ**　なんて素晴らしい子なんだ……それにしても、この子のいきっぷりときたら、ふつうじゃありませんね！

**サン・タンジュ夫人**　この子、びしょびしょよ……まあ、何かしら！　聞こえて？……誰か戸を叩いているわ。あたしたちの邪魔をするなんて、いったい誰かしら？……きっと弟よ……ほんと、考えなしなんだから。

**ウージェニー**　ひどいわ、お姉さま、裏切ったのね！

**ドルマンセ**　こりゃ、見ものですね。でも、怖がらなくていいよ、ウージェニー。われわれはあなたの快楽のためだけに働くんだからね。

**サン・タンジュ夫人**　あぁ！　この子をなだめるのは、あとにしませんこと？　さあ、こっちへおいで、あたしの弟。そして、笑ってあげなさい。この子ったら、あなたに見られたくない、って隠れちゃったのよ。

原注

（1）プロコピオス『秘史』参照。

（2）アダムはノアと同じく人類の復興者にすぎない。恐ろしい大変動によってアダム一人が地上に残った。同じような出来事によってノアも地上に残ったが、ただノアについての伝承は保たれ、アダムについての伝承は失われたのである。

（3）この点に関してはのちに詳しく論じるので、ここではこの後述する理論の大筋をまとめるだけにした。

（4）スエトニウス〈『皇帝伝』「ティベリウス」〉。彼は確かに多くの殺人を犯したが、ここで言われているような殺人の記述はない〉およびニカイアのカッシウス・ディオ〈『ローマ史』〉参照。

（5）『アンゴラ女王ジンガ伝』参照。

（6）ある宣教師によって書かれた『アンゴラ女王ジンガ伝』参照。

訳注

＊1　原語 boudoir（ブードワール）の語の元になった bouder（ブーデ）は、「仏頂面をする」の意味。不機嫌な女性が一人で閉じこもる場所ということから。英語訳では「ベッドルーム」と訳されているが、フランスの研究者はこの語は「寝室」ではなく「婦人の部屋」のことだとしている。だが、実際にはふつうの「寝室」を意味することもあったようである。日本語には「寝室」と同時に「婦人の部屋」も意味する「閨房」という便利な言葉があるので、本訳でも踏襲した。

＊2　現在のフランスの「リセ」ではなく、一七八五年に前身である人文・自然科学系の一般公開の学校 Musée（一七八一年創設）を改称して設立された「リセ」にかけている。この「リセ」は、ナポレオン政権下で公教育法が制定され、同じ名称が国立高等中学校の意味で使われるようになった翌一八〇三年に

は「アテネ」に再改名された。

＊3　アンリ・アヴァールの『室内装飾』（一八九二年）によれば、フランスでは一七世紀末に鏡の製造が大規模に行われるようになり、鏡による部屋の装飾が大流行した。アヴァールは、バショーモンの『回想録』第一五巻（一七八〇年五月二六日付の記述）を参照して、こう書いている。「バガテル城〔一七七七年にパリのブーローニュの森に建てられたアルトワ伯（のちのシャルル一〇世）の別邸〕の閨房には、「恋人たちの姿態をあらゆる角度から映し出す」鏡が貼りめぐらされていた」。もっとも、バショーモンによれば、これは他の屋敷、例えば王の別荘などにも、ふつうに見られるものであるという。

＊4　以下の説明からも分かるように、当時は女性も「精液」を排出する、すなわち「射精する」と考えられていた。以下、文脈に応じて訳し分けていく。

＊5　ガレノス『種液について』（第二巻第一章および第四章）以来の考え方。

＊6　「人間は、その始まりにおいて一匹の虫にすぎない。〔…〕ハルトソーケルのような好学の士はみな、この微小動物を男の種液の中に見出したが、女の種液の中には見ていない。〔…〕この無数の虫が卵巣に向かって放出され、〔…〕女が排出する卵に定着すると、卵がこれに最初の栄養を与えるのである。〔…〕女の種液は生殖には必要ない、と考えてみたくなる。〔…〕〔人間の身体のつくりは〕大昔から男の虫の中にできあがっているのだろう」（ラ・メトリ『人間機械論』一七四七年）。

＊7　（プレイヤード版）「福音書の全体にわたって、悪魔は父なる神と子なる神より抜け目なく、ずっと力をもっていた。〔…〕そして、最後には父なる神をして、どうしても愛しいわが子を死なせなくてはならないところまで無情に追いつめた〔…〕」（ドルバック『考証イエス・キリスト伝』一七七〇年、第六章）。以下、イエスがカナでの婚礼でワインを仕込んでいたことから復活のからくりに至るまでの福音書中のエピソードの批判、およびキリスト教が貧乏人におもねって「隣人愛」を説いたことの暴露については、この書の影響を受けている。

＊8　革命政府は一七九〇年一月に「乞食委員会」を設立した。国民公会に提出された最初の報告書である「乞食撲滅委員会作業計画」（一七九〇年四月三〇日）は、「国家の繁栄はより多くの人口にある」とするここ二〇年の政治的思潮に対して、「過剰な人口は、仕事が豊富になく、生産物に余裕がない時には、国を貪る負担となるだろう」とし、まさにフランスがその状態にあるとしている。その上で、働くことができる貧民に対しては怠惰、堕落、犯罪につながる「施し」ではなく仕事を与えて国家に役立たせるという対策を挙げている。こうした「施し」の問題性は、共和制が樹立されたあとの一七九三年、新たな人権宣言と憲法の制定過程での「公的救済」の議論において、新たな形で活発になっていた。

＊9　「あらゆる社会の中で最も古く、最も自然なものは家族である〔と言われている〕。だが、子供が父親に結びついているのは、自己保存のために父親を必要とするあいだだけである。この必要がなくなれば、この自然の結びつきは解けてしまう。子供は父親への服従の義務を免除され、父親は子供を世話する義務を免除され、両者はともに再び独立無縁となる」（ルソー『社会契約論』第一編第二章）。ルソー『人間不平等起源論』坂倉裕治訳、講談社学術文庫、二〇一六年、原注（12）、一七七―一八二頁も参照。

＊10　一七九三年七月一三日の国民公会で、ロベスピエールは暗殺された同志ルペルティエの「国民教育案」を読み上げ（「訳者解説」参照）、二九日にはそれに基づく法令案を提出した。ロベスピエールは、その議論の中で、こう述べている。「ただ、〔教育〕委員会は一つだけ修正を加えた。ルペルティエが望んだのは国民教育が強制的であること、つまりどの父親も自分の子供が公立学校において共同で育てられるのを強いられることであるが、この方法は子に対する父親の権利を破壊するものである」。サドは、まさに父の権利と家族を「破壊」するためにルペルティエ案を継承したと言える。

＊11　サドは「ロレンツァとアントニオ」（『恋の罪』所収）では、マキアヴェッリの『ディスコルシ』（『ティトゥス・リウィウスの最初の一〇巻についての論考《ディスコルシ》』）（一五三一年）を名指して、これと似た文言を引用の形で記述している。しかし、いずれにせよ、サドの引用どおりの文言は『ディスコルシ』にはな

い。プレイヤード版は、これを同書、第一巻第九章の要約としている。

＊12　複数の注釈者が指摘しているように、この箇所はルソー的問題を取り上げている。社会状態において「存在〔実際に自分がどうあるかということ〕」と外見〔他人に自分がどのように見えるかということ〕は、まったく違う二つのことがらになった」（ルソー『人間不平等起源論』前掲、一一二頁）。

＊13　プレイヤード版では「酸性の石鹸」の可能性を挙げているが、この箇所の直前で洗浄しないよう注意しているので、これは適切でないように思える。また、『百科全書』の「酸（Acides）」（医学）の項目では、酸が身体に取り込まれてさまざまな病気を引き起こすとしており、子供がかかりやすい腸の病気の理由について「子供の身体を構成している線維はまだやわらかすぎて、摂取される食物のほとんどに含まれる酸の刺〔pointe.「とがった先」の意〕を鈍くすることができない」と記している。よって、ここでは「酸性の食べ物」とした。ちなみに、サドも『ジュリエット物語あるいは悪徳の栄え』で苦痛を次のように原子論的に説明している。「苦痛は、われわれを構成している器官の微粒子と外的対象との不一致の結果である。そのため、外的対象から発せられた原子は、それが快楽の震盪においてそうなるように、われわれの神経流体の原子にひっかかる代わりに、それに対して刺々しさを示し、突き刺し、はねつけ、決してつながることがない」。

＊14　近代自然法思想の先駆者フェルナンド・ヴァスケスは書いている。「〔…〕物における支配・所有権〔dominium〕を有することは、その物において自由で制限なしの権能をもつことでないとしたら、いったい何だろうか。かくして、両親は自分たちの支配下にある子供を殺したり、遺棄したりすることができるのである」（『よく知られた議論についての三書』一五九九年。ちなみに、サドの本文にある「主人」のラテン語は dominus である）。サドが確実に目にしたホッブズの『市民論』（一六四二年）第九章にも、こうある。「このことから、同様の〔自然〕権により、子供は子供に対して最初に権能をもつ者の直接的な支配下にある。〔…〕したがって、母親は自分の好きなように、誰憚ることなく、子供を育てることも

遺棄することもできるのである」（サドが所有していたソルビエールのフランス語訳（一六四九年）による。なお、このラテン語原文は「子供の支配・所有権〔dominium〕は〔…〕に属している」である）。

＊15　肯定形「だから、人にしてもらいたいと思うことは何でも、あなたがたも人にしなさい」（新共同訳）は、『新約聖書』「マタイによる福音書」七・一二、同様に「ルカによる福音書」六・三一。否定形は『旧約聖書』「トビト記」四・一五にある。

＊16　「〔…〕そうなれば、最強の者が勝つに決まっている。〔…〕〔政治〕社会を作る以前の人間の自然状態は永久の戦いであり、さらには万人の万人に対する戦いであったということを、あなたは否定できないだろう〔…〕」（ホッブズ『市民論』第一章第六および一三節。ソルビエールのフランス語訳による）。

＊17　「子供たちは欲しいものをすべて与えられないと、泣き、怒り、乳母を叩く。自然がそうふるまうようにさせるのである。しかしながら、子供たちを非難してはならないし、彼らを悪いと言ってもいけない。〔…〕悪人とは頑強な子供のことである」（ホッブズ『市民論』「序文」）。

＊18　ルソーによるホッブズ批判を指す。ルソー『人間不平等起源論』前掲、七八頁以下など参照。

# 第四の対話

ドルマンセ、サン・タンジュ夫人、
〔ウージェニー、〕騎士

騎士　何も心配することはないですよ。ね？　このことは誰にも言いませんから。美しいウージェニー、僕の口の堅いことといったら、ここにいるわが姉と友が二人して保証してくれますよ。

ドルマンセ　あいさつの儀式なんて馬鹿げたものは、ひと息に終わらせましょう。それにはあれしかないな、騎士君。われわれは今、このかわいい娘さんの教育をしている途中なんだ。この年頃のお嬢さんが心得ておくべきことを伝授してるんだが、教育の向上のため、理論に少しばかり実践を交えてやってるんだ。それで、ちょうど男根が射精するのを見せてやらなくちゃならないところなんだが、どうだい？　一つ、モデルになってくれないか？

騎士　実にありがたい申し出だね。お断りするのはもったいないよ。このお嬢さん、実に魅惑的だから、そんな授業をお望みとあらば、結果はすぐに出せるよ。

サン・タンジュ夫人　では、よろしいわね。さっそく作業に取りかかりましょう。

ウージェニー　まあ！　ひどすぎますわ。あたしが若いもんだから好き勝手おっしゃって……いったい、このかた、あたしを何だと思ってるのかしら？

騎士　魅力的なお嬢さんだと思っていますよ、ウージェニー……生まれてこのかた見たこともないほど、かわいい人だとね。（彼女にキスをし、魅力的な身体に手を這わす）あぁ、神さま！　かわいらしい色気いっぱいだ……ほれぼれするよ。

ドルマンセ　話は控えて、騎士君、もっと行動しようじゃないか。場を仕切らせてもらいますよ。権利は私にあるんですからね。今度の目的はウージェニーに射精のからくりを見せることです。だけど、そんな現象を冷静に観察するのはまだこの子には難しそうだから、四人が差し向かいに身体をぴったりくっつけて、マダムはこの子を手で慰める、私は騎士君を受けもつ、っていうのはどうです？　何といっても、手慰みのことなら男のほうがずっとよく分かっていますからね。他の男を相手にしても、女よりはるかに上手にできますよ。自分のツボを押さえてますから、相手にも同じ要領で攻めていけばいいわけです……。では、位置につくとしましょうか。

（配置が整う）

サン・タンジュ夫人　あたしたち、近すぎないかしら？

ドルマンセ　（すでに騎士のものをつかんで）そんなことはありませんよ、マダム。あなたの弟君が男らしさを証明して、ウージェニーの胸と顔をぐっしょり濡らさなければならないんですからね。それこそ鼻先で放たなければなりません。私がポンプ担当ですからね。うまく的を狙ってウージェニーを精液まみれにしてあげますよ。その間、あなたはこの子の身体の淫《みだ》らな部位を、すみずみまで念入りに揉みしだいてください。ウージェニーは、リベルティナージュがどこまで逸脱できるか、その極限を思い描くんだ。リベルティナージュの最も美しい祭儀が今、執り行われている、と想像するんだよ。恥じらいが美徳だったことなんて今まであったためしがないんだからね。もし自然が、われわれが身体のどこかしらを隠すことを望んだのだとしたら、自然はみずからそう取り計らっただろうさ。しかし、自然はわれわれを裸のままで創造した。したがって、自然が望むのはわれわれが裸のままでいることであり、それを隠すことはすなわち自然の法に背《そむ》くことになる。まだ快楽について何も知らない子供は、慎みによって快楽をかき立てる必要もないから、自分の持ち物を丸出しにするだろう？　もっとずっと奇妙なことに遭遇することもあるよ。服を着るという慎みは持ち合わせているのに、風俗上の慎み深さがそれと一致しない国[*1]があるんだ。タヒチじゃ、娘は服を着てるけど、要求されればすぐに裾《すそ》をまくり上げるんだよ。

**サン・タンジュ夫人**　ドルマンセさんの何が好きって、時間を無駄にしないところね。とうとうと論じながら、見てごらんなさい、この動きよう。わが弟の素晴らしい尻をとっくり観察しながら、立派な男根相手に見事なしごきっぷり……さあ、ウージェニー、作業に取りかかりましょう。ほら、ポンプの筒先が真上を向いたわよ。あたしたちが水浸しになるのも時間の問題ね。

ウージェニー　あぁ！　お姉さま、騎士さんの陰茎って怪物みたい。つかむのがやっとよ……あぁ、信じられないわ！　男の人って、みんなこんなに大きいのかしら？

ドルマンセ　私のはずっと貧弱だよ、ウージェニー、見てのとおりさ。そんな大きな道具が相手じゃ、若い娘にはかわいそうだ。ね、そうじゃないかい？　こんなのに穴を開けられるんだ。危ないじゃないか。

ウージェニー　（すでにサン・タンジュ夫人に揉みしだかれて）あぁ！　享楽のためなら、どんなものだってへっちゃらよ。

ドルマンセ　そりゃそうだね。若い女性がこんなことを怖がってたらだめだ。自然はうまくしたもんだから、最初はちょっと痛いかもしれないが、すぐに快楽にもみくちゃにされて、それでちゃらだよ。私の知ってる娘は、ウージェニーより年下ばかりだったけど、もっと極太の陰茎にも耐えてたよ。勇気と忍耐をもってすれば、どれほど大きな困難も乗り越えられるものだ。若い娘の処女を破るには、できるだけ小さな陰茎じゃなきゃだめだなんて、実に愚かな考えだね。私の考えでは、それとは反対で、なかなかお目にかかれないような太物にこそ処女は身を委ねるべきだ。そうすれば、処女膜の襞が一気に破られて、すぐに快楽を感じ始めることもできるからね。一度こんな味をしめてしまったら、なかなか並の物には戻りにくくなるけど、金があって若くて美しい娘なら好きなだけお望みの大きさの物を見つけられるんだから、それを手に入れるだけさ。それに相手の物がそれほど大きくなくて、それでもそれを使ってみたい時には、尻の穴に入れればいいんだからね。

サン・タンジュ夫人　そのとおりよ。でも、もっと堪能したいんだったら、大小いっぺんに使えばいいのよ。前門をものしてる男を前後左右に激しく揺さぶってやると、その淫蕩な振動がうまい具合いに後門でやってる男の絶頂を早めてくれるの。そうやって一時に二人の精水でびしょ濡れにされながら自分のものを放出する、その快楽たるや、死んでしまいそうなほどよ。

ドルマンセ　（対話のあいだも相互自慰をきちんと続けている）マダム、その配置ですと、陰茎をあと二、三本付け加えなければ、いい絵にならないと思うんですがね。今のお話の女には、口と両の手に一棹ずつもたせたほうが案配がよろしいかと。

サン・タンジュ夫人　両腋と髪の毛の中もいいわね。できることなら、まわりに陰茎を三〇本ほど設《しつら》えるべきなんでしょうけど。そうやって陰茎に囲まれて、ひたすら触りまくって、貪《むさぼ》り尽くして、自分が射精すると同時に、みんなにどっさりかけてもらうのよ。あぁ！　ドルマンセさん、あたしはこれまで、それは素晴らしい淫楽の修羅場をいくつもくぐってきたわ……こう言っては何ですけど、あなたがどれほどの好き者でも、あたしには及ばないでしょう。この道でできることは、あたし、すべてやり尽くしたわ。

ウージェニー　（騎士はドルマンセに、ウージェニーは女友だちに揉みしだかれながら）あぁ！　お姉さまのせいよ……頭がくらくらするわ……あぁ！　あたしもこれからそんな快楽を思いっきり味わうことができるのね……そんなにたくさんの男たちに……この身を好きにさせるなんて。あぁ！　なんて気持ちいいの……あなたの手慰み、最高よ、お姉さまって快楽の女神そのもの……それに、この美しい陰茎、こんなに大きくなって……頭の立派なところが膨《ふく》れ上がって赤く染まってるわ！

**ドルマンセ**　こいつはもうすぐ果てるぞ。

**騎士**　ウージェニー……姉さん……こっちに来て……あぁ！　素晴らしい胸だ……太腿もやわらかくてぽっちゃりしてる。最高だ……二人ともいって……射精してください。僕の精液が混ざるように……出てしまう……あぁ！　神さまの馬鹿野郎！

（ドルマンセ、騎士が果てるとき、噴出するスペルマを二人の女性の上へ、特にウージェニ

ーに向ける。ウージェニー、スペルマまみれになる）
ウージェニー　素晴らしい光景ですこと！……気高くて荘厳、ってこのことね。身体中にかかりましたわよ。目の中まで飛んできましたわ。
サン・タンジュ夫人　お待ちなさい、ウージェニー。こんな貴重な真珠の滴《しずく》、あたしにすくいとらせてちょうだい。クリトリスに塗って、こすってあげるわ。すぐに射精しちゃうわよ。
ウージェニー　ええ、そうして。あぁ！　素晴らしい思いつきだわ……してして。お姉さまに抱かれながら、あたしいくわ。
サン・タンジュ夫人　いい娘ね。キスしてちょうだい、何万回もよ……舌を吸わせて……快楽の火で焼かれた淫《みだ》らな息、あたしに吸わせてちょうだい……あぁ！　くそ、あたしもいっちゃう。ミルヴェル、あたしをおしまいまでいかせて。お願いよ。
ドルマンセ　そうだ、騎士君……そう、姉君をせんずってあげなさい。
騎士　それより姉さんを犯したいんだけど。僕、また勃ってしまったんだ。
ドルマンセ　そういうことなら、姉さんを突いてあげるんだ。私には尻を向けてくれないか。そうしたら、近親相姦を堪能している君の尻をものしてあげるよ。ウージェニーは、この張形をつけて私の尻を掘ってくれ。いずれはありとあらゆる淫蕩な役を演じることになるんだから、この授業中にひととおりのことをこなしておくのは大事なことだよ。
ウージェニー　（奇妙な張形を身につけて）もちろん、やらせていただきますわ！　ご覧になってて。あたし、リベルティナージュの時には、いつだってすべきことをきちんといたしますから。今ではリベルティナージュこそ、あたしの唯一の神。これだけが、あたしのふるまいの掟《おきて》、あたしの行動の根拠なんですから。(彼女はドルマンセのかまを掘る) こんなふうでよろしいのかしら? 先生、あたし上手にできて?

ドルマンセ　素晴らしいよ……本当に、このかわいい好き者さんときたら、尻の突き方が男並みだ。さあ、これで四人ともみんな完全に結合したようだね。あとは揃っていくだけだ。

サン・タンジュ夫人　あぁ! 死んでしまうわ。騎士さん、あなたのご立派なもの、中で暴れまわって気持ちいい。慣れっこのはずなのに、初めてのよう。

ドルマンセ　神さまの馬鹿野郎! この魅力的な尻ときたらどうだ。とろけそうだ。あぁ! くそ、くそ、みんなで一緒に放とう……もう一つ、神さまの馬鹿野郎。死にそうだ……いっちまう……あぁ! 今までこれほど気持ちよく果てることはなかった! 騎士君もスペルマを吐き出したかい?

騎士　この女陰を見てください、こんなにスペルマまみれにしてやりましたよ。

ドルマンセ　あぁ! わが友よ、私の尻もそんなにしてほしいものだ。

サン・タンジュ夫人　ひと休みしましょうよ。あたし、もう死んでしまうわ。

ドルマンセ　(ウージェニーにキスしながら) この魅力的な娘さんの掘り方ときたら、神さん並みだよ。

ウージェニー　本当のことを言うと、あたしも気持ちよかったわ。
ドルマンセ　リベルタンなら、どんな行き過ぎからでも快楽を得られるものだ。過激な上にも過激なことを重ねて、不可能な領域にまで突き進んでいくこと。これが女が全力ですべきことだよ。
サン・タンジュ夫人　あたしは公証人のところに五〇〇ルイ預けてあるんだけど、それはね、体験したこともない情欲をあたしに教えてくれる人にあげるの。まだ味わったことがない悦楽に浸らせてくれて、感じさせてくれる人になら、誰にでもあげるのよ。
ドルマンセ（服装の乱れを直し終わり、以後、対話者たちはおしゃべりに打ち興じる）妙なことを言いますね。理解はできますがね、おかしいですよ、マダム。だって、あなたが追い求めている、その変わった欲望というのは、今味わったつまらない快楽と大差ないじゃないですか。
サン・タンジュ夫人　どういうことですの？
ドルマンセ　もちろん、私は女陰の享楽ほど味気ないものは他に知らない、ってことですよ。マダム、あなたのように一度、尻の快楽という快楽を味わった人が、どうして他の快楽に逆戻りできるのか、理解に苦しみます。
サン・タンジュ夫人　惰性よ。あたしのような頭の女はね、身体のあっちこっちでやってほしいと思うのよ。お道具に貫かれて感じることができるなら、どんな場所であってもうれしいの。もっとも、あなたの言うことも分かるわ。尻でやるのは女陰でするより、はるかに快楽を味わえる。このことはヨーロッパ中の好色な女に断言してもいいわ。尻でも女陰でも、どこの誰よりも多くやってきたこのヨーロッパ女の言うことなんですから、みんな信用してほしいわ。請け合うわ。比較してみるまでもない、ってね。後門を試してみれば、もう前門に舞い戻るなんて、とうてい無理な話よ。

**騎士**　僕の考えは、ちょっと違う。相手が望むことならどんなことでも嫌とは言わないけど、趣味はまた別さ。相手が女なら、自然が女性を称えるために指定した祭壇でなければ嫌だな。

**ドルマンセ**　何だって！　いや、それは尻だよ。騎士君、自然の法をちゃんと吟味したら、自然が女性を賛美するための祭壇として尻の穴以外のものを示すなんてことはなかったはずさ。自然は尻の穴ですることを命じている。他はただ許容してくれてるだけさ。あぁ！　神さまの馬鹿野郎。もし自然の意図が、われわれが尻ですることでなかったなら、自然は膣穴をわれわれの陰茎にぴたっと合った形にしていたはずだよ。なのに、この穴は男根のように丸くないじゃないか。どれだけ良識に逆らったら、自然が楕円形の穴を丸い男根のために創造した、なんて考えられるんだい？　この不釣り合いな形にこそ自然の意図が読み取れる、ってもんだ。このことを通じて自然がはっきり示しているのは、人間は女陰に執拗に捧げものをして繁殖を推し進めているが、自然はそれをただ黙認しているだけで、実は間違いなく不快に感じている、ということだ。さあ、このことはこれくらいにして、われわれの教育を続けよう。ウージェニー、今、射精という崇高な神秘を存分に観察したわけだから、次は射出を導く仕方を学んでもらおう。
サン・タンジュ夫人　もう殿方二人とも出し尽くしてるんですから、ウージェニーの苦労は目に見えてるわ。
ドルマンセ　おっしゃるとおりです。でしたら、ご自宅なり、こちらの別荘なりに誰か逞しい若者がいたらいいんですがね。われわれの言いなりになって授業をするのに使えるような実験台がね。
サン・タンジュ夫人　おあつらえ向きなのがいますよ。
ドルマンセ　もしかしたら若い庭師のことじゃないですか？　かわいげな顔立ちをしていて、歳は一八から二〇くらいの。ついさっき、お宅の菜園で働いているのを見かけましたが。
サン・タンジュ夫人　オーギュスタンのことね。そう、そのとおりよ。オーギュスタンはね、長さ一三プース〔約三五センチ〕、外周八プース半〔約二三センチ〕もある一物の持ち主なんですのよ。
ドルマンセ　あぁ！　それはすごい。まったく怪物じみてますね……それで射精は……
サン・タンジュ夫人　すごいわよ！　堰《せき》を切ったようにほとばしり出るの。じゃあ、連れてまいりますわ。

## 訳注

＊1 「その乙女たちの大半は裸だった。というのも、一緒にいた男たちや老婆たちが、ふだん身につけている腰巻きを剝ぎ取ってしまっていたのだ」（ブーガンヴィル『世界周航記』一七七一年、第二部第一章）。

# 第五の対話

ドルマンセ、騎士、オーギュスタン、ウージェニー、サン・タンジュ夫人

**サン・タンジュ夫人**　（オーギュスタンを連れてきて）これがさっき話した者です。では、みなさん、お楽しみに耽《ふけ》りましょう。快楽あってこその人生よ……さあ、こっちにおいで、まぬけな子……まあ、ほんと馬鹿だね。信じられます？　もう半年も前から、この大きな豚を何とか仕込もうとしてるんですのよ。でも、全然だめ。

**オーギュスタン**　へえ、でもマダム、ときどきいってるよ、そんなにへたくそじゃなくなってきたって。それで、まだたがやしてないとちがあったら、おれにくれるって。

**ドルマンセ**　（笑いながら）いい子だね……かわいいね……この若者、なんとも元気で、はきはきしてるじゃないですか……（ウージェニーを見せて）オーギュスタン、ほら、まだ手つかずの花壇がここにあるぞ。どうだ、耕してみるか？

**オーギュスタン**　びっくりだよ、だんなさん。こんなじょうだま、あたしらにはもったい

ないです。

ドルマンセ　ほら、どうだい、お嬢さん？

ウージェニー　（赤くなりながら）ひどいわ！　あたし、恥ずかしい！

ドルマンセ　そんな気の弱いことで、どうするんだい。われわれの行動はすべて自然がわれわれに吹き込んだものだ、リベルティナージュの場合は特にね。だから、どんな類いの行為を思いついても、一つとして恥ずかしいなどと感じてはいけないよ。ほら、しっかりするんだ、ウージェニー。この若者相手に淫売してごらん。若い娘が若い男の気をそそるってことは、自然に捧げものをするってことなんだ。そして、われわれ男性に身をひさぐ時こそ、あなたがた女性が最もよく自然に仕える時だ。一言で言えば、君がこの世に生まれてきたのは、男にされまくるためだ。自然が女に対して抱いている意図はこうしたものなんだから、それを拒絶する女なんて生まれてくる価値もない。いいかい、このことをしっかり頭に入れておくんだよ。さあ、自分の手でこの若者のズボンを立派な太腿の下まで下ろして、上っ張りの下にシャツをまくり上げてごらん。前も……後ろもと、これは余計だがね、いや実に見事なもんだ。好きにしていいんだよ……片方の手で、このもっちりした肉の塊をつかんで。すぐ形が変わってびっくりするはずだよ。もう片方の手は尻をなでまわして、尻の穴をくすぐってあげるんだ……いいかい、こんなふうにだよ。（どうしたらいいかをウージェニーに見せるため、ドルマンセはオーギュスタンをソクラテスする〔尻の穴に指を入れる〕）その真っ赤な頭の皮を剝いてあげなさい。愛撫している時は決して皮で覆ったままにしていてはいけない。破けるんじゃないか、ってくらい皮を引っ張るんだ……そうだ！　や、もう授業の成果が出てきたようだね……それでおまえは、オーギュスタン、そんなに手をぎゅっと結んでいてどうする？　他にすることがあるだろう。この美しい乳房や尻たぶに触ってみたらどうだ？

**オーギュスタン**　だんなさん、このおじょうさまにキスしてもいいかい？　もうがまんできないんだよ。

**サン・タンジュ夫人**　すりゃいいだろ、馬鹿、好きなだけすりゃいいんだ。あたしと寝るとき、キスさせてやってるだろうが？

**オーギュスタン**　あぁ！　すんげえ、きれいなくちびるだ。いいにおいがする。にわのばらのはなにはなをくっつけてるみたいだ。（勃起した陰茎を見せながら）ほら、みて、だんなさん、おかげさんでこんなになりました。

**ウージェニー**　まあ！　こんなに長く伸びたわ。

**ドルマンセ**　今度は、手をもっと規則正しく、エネルギッシュに動かすんだ……少し代わって、私がするのをよく見てごらん。（ドルマンセ、オーギュスタンをしごく）どうだい、君よりずっと力を入れて動かしてるのに、ふんわりしているだろう……じゃあ、また代わって。絶対に亀頭を覆わないことが肝心だよ……そうだよ、ほら、こいつの一物、エネルギーに満ち満ちてきた。さあ、こいつのが本当に騎士君のより大きいか、見るなら今だ。

**ウージェニー**　間違いなく大きいですわ。ご覧になって。つかみきれないもの。

ドルマンセ　（計りながら）うん、本当だ。長さ一三プース、周囲は八プース。これほど大きいのは見たことがないよ。これぞ天下一、と言っていい陰茎だ。いつもこんなのを相手にされてるんですか、マダム？

サン・タンジュ夫人　この土地にいる時には毎日、夜伽にね。

ドルマンセ　しかし、まさか尻には入れてらっしゃらないんでしょう？

サン・タンジュ夫人　女陰でするより少し多いくらいかしら。

ドルマンセ　あぁ！　神さまのこん畜生、リベルティナージュの極みとは、このことだ……うーん、まったくもって私には耐えられないんじゃないかな？

サン・タンジュ夫人　何を生娘《せまい》のふりなさってるの、ドルマンセさん。あたしに入ったものが、あなたの尻に入らないわけがないでしょ？

ドルマンセ　それはあとで試してみますよ。私の見込みでは、わがオーギュスタンは、我輩の尻に精水を少しばかり放つのに否とは言わないはずですからね。私のほうでも、お返しはさせてもらうつもりですよ。しかし、今はわれわれの授業を続けることにしましょう……さあ、ウージェニー、いよいよ蛇が毒を吐き出すから、準備するんだ。この崇高な一物の頭から目を離してはだめだよ。ぼつぼつ放出するしるしに一物が膨《ふく》れ上がって、美しく赤みがかってくるから、それを見届けたら、可能なかぎりのエネルギーを傾けて手を動かすんだ。全身をこのリベルタンに委ねて、楽しませてあげなさい。唇で捉えて、吸ってやるんだよ。あなたの身体の魅力的な部分がすべてオーギュスタンの手の前で舞うようにしてごらん……

ほら、射精するよ。ウージェニー、君の勝利の瞬間だ。

**オーギュスタン**　あへ、あへ、あへ、ほじょうさん、しんじまう……もうだめだ、もそっとつよく、おねがいします、あぁ！　かみしゃんのちくしょう、めがまわる！

**ドルマンセ**　もっと、もっと激しく。ウージェニー、手加減はなしだ。オーギュスタンのやつ、恍惚としてやがる。それにしても何だ、このスペルマの量は？　それに、ほとばしる時の凄まじさときたら、最初に飛び散った跡をご覧なさい。一〇ピエ〔約三・二五メートル。一ピエ＝一二プース〕以上飛んでる。神さまの馬鹿野郎、部屋中スペルマだらけなんて、こんなすごい射精、今まで見たことありませんよ。ねえ、マダム、やつは昨夜もあなたとやったんですか？

**サン・タンジュ夫人**　九回か一〇回だったと思うわ。もうずいぶん前から数えなくなっているもので。

**騎士**　美しいウージェニー、あなた、身体じゅうスペルマに覆われてますよ。

**ウージェニー**　あたし、たっぷりかけてほしかったのよ。（ドルマンセに向かって）どう？　先生、ご満足いただけましたかしら？

**ドルマンセ**　初めてにしては上々だね。疎《おろそ》かにした点《エピソード》が、いくつかあることはあるがね。

**サン・タンジュ夫人**　すぐには無理よ。そういったことは、あくまでも経験の賜物なんですから。あたしはね、正直なところ、ウージェニーには大満足ですよ。類い稀な能力を予感させるじゃない？　さあ、今度はまた別の見世物でこの子を楽しませてあげなくては。陰茎を尻に入れるとどれほどの効果があるか、一つ見せてあげましょうか。ドルマンセさんには、あたしの尻をさしあげるわ。弟はあたしを抱いて女陰を突いてちょうだい。ドルマンセさんにはあたしの尻をものしてもらうけど、陰茎の準備はウージェニーがしてね。それから、ウージェニーはそれをあたしの尻に挿入して、きちんと動きを制御するの。この作業に慣れるために、動きをよく勉強するのよ。そのあと、このヘラクレスの巨大な陰茎を相手に自分で体験してもらうことにしますからね。

ドルマンセ　けっこうですな。この娘のかわいい小さな尻が勇ましいオーギュスタンの激しい突きを受けて引き裂かれるのを、もうすぐ目の当たりにできるんですね。その間、あなたがおっしゃったことはしますがね、マダム。私の厚遇を得たいと思われるなら、一つ条件をつけさせていただきたい。オーギュスタンですが、私がふたこすりもすればまた勃ちますから、私があなたをソドミーしているあいだ、私の尻を突かせたいんですよ。

サン・タンジュ夫人　その条件、大変けっこうですわ。承りました。あたしにも得になるし、あたしの生徒には素晴らしい実演授業がもう一つ増えるんですもの。

ドルマンセ　（オーギュスタンをつかんで）おいで、巨根君、また元気にしてやるよ……なんて美しいんだい……キスしておくれ。オーギュスタン、おまえ、まだ精液でべとべとじゃないか。私にもたっぷり精水を期待してるぞ……あぁ！　神さまの畜生、尻の穴を舐めながら陰茎をしごいてやるからな。

**騎士**　こっちへ来て、姉さん。ドルマンセとあなたのご意向に沿うように、このベッドに横になりますから、姉さんは僕の上になって、腕の中に来てください。できるだけ股を開いて、その美しい両尻をドルマンセの前に突き出してくださいよ……そう、そうです。さあ、いつでも始められますよ。

**ドルマンセ**　いや、まだだ。ちょっと待って。まず私が君の姉さんのかまを掘るから。そのあと、オーギュスタンが私の尻に挿入するように。それから、あなたがた姉弟を結婚させてあげますよ。お二人は私の手で結ばれるんです。くれぐれもわれわれの原理原則に悖《もと》る行為がないようにお願いしますよ。生徒に見られていることを忘れずに。間違いのない授業を心がけてください。では、私はこの悪ガキの巨大な道具を勃起させるから、ウージェニーはそのあいだここに来て私のをしごいてくれないか？　一つ、尻たぶでやさしくこすって奮い立たせてくれ……

（ウージェニー、実行する）

**ウージェニー**　どうかしら？

**ドルマンセ**　手の動かし方がまだまだ生ぬるいね。もっと強く握りしめてしごくんだよ、ウージェニー。手慰みが気持ちいいのは、何といっても何よりもずっときつく締めつけられるからなんだから、陰茎に対して身体の他のどの部分よりも狭い筒を手で作って、しごかなくてはだめだよ……そう、そう、さっきよりいい。もう少しだけ股を開いて、動きに合わせて私の亀頭があなたの尻の穴に触るようにね。そう、そうだ。騎士君、すぐみんなでお相手するから、それまでお姉さんを愛撫していてくれたまえ……よろしい、オーギュスタンも勃起したね……さあ、用意はいいですか、マダム？　あなたの崇高な尻を私の穢れた情欲に開いてください。私の槍を割れ目までもっていくのはウージェニーの役目だよ。挿入も君の手でしなくちゃだめだ。中に入れたら、今度はオーギュスタンのものをつかんで、私の腸まで押し込むんだ。こういうことは、どれも初心者がすべきことだ。ここから学ぶべきことは、たくさんある。だから、君にしてもらうんだよ。

サン・タンジュ夫人　あたしのお尻でご満足かしら、ドルマンセさん？　あぁ！　あたしの天使、あたしがどれだけあなたを欲しているか、お分かり？　真のかま掘りに尻を掘られるのを、あたしがどれだけ待ち望んだことか！

ドルマンセ　あなたの願いはすぐかなえてあげますよ、マダム。しかし、偶像の足元にしばし立ち止まって、褒め称えてから聖所の奥深くに入り込むことをお許しください……神々しいほどの尻だ！　キスさせてくれ。嫌っていうほど舐めさせてくれ。どうだい？　ほら、あんたが欲しがっている男根だよ。このあばずれめ……感じるだろう？　おい、どうだ？　入っていくのが分かるだろう？

サン・タンジュ夫人　あぁ！　内臓まで突き入れてちょうだい……いい、気持ちいいわ。あたしの身体、もうあなたの言いなりよ！

ドルマンセ　こんな尻、今までものしたことがない。ガニュメデスの尻と言っても過言じゃないぞ。さあ、ウージェニー、今度は君の手で私がオーギュスタンに尻を掘られる番だ。

**ウージェニー**　オーギュスタンのものなら、ここですわ。今おもちします。（オーギュスタンに）ほら、分かるかい？　穴だよ、掘らなくちゃならないんだよ？

**オーギュスタン**　ちゃんとみえておりますですよ……じょうさま。そこにおっぴらいてるんで、じょうさまにするより、うまくはいりますです。ちょっとばかりおれにキスしてくれりゃ、もっとうまくいれてみせますですよ。

**ウージェニー**　（オーギュスタンにキスしながら）そうかい！　好きなだけしてあげるよ。おまえはほんと、みずみずしいね。でも、ほら、もっと押し込んで……頭の部分はぐっと入ったんだから、もうすぐだよ……あぁ！　残りも全部入りそうなのに！

**ドルマンセ**　押すんだ、押し込むんだ、オーギュスタン。必要とあらば俺を引き裂いてもかまわん……ほら、俺の尻の穴を見てみろ、ぴったりはまって微動だにしない……あぁ！　神さまのこん畜生、まるで棍棒だ！　こんなのを受けるのは初めてだ……あとどれくらい外に残ってるんだ、ウージェニー？

**ウージェニー**　せいぜい二プース〔約五センチ〕ってとこよ。

**ドルマンセ**　じゃあ、尻の中には一一プース〔約三〇センチ〕入ってるわけだな……こりゃたまらん……破裂しそうだ。もうもたない……ほら、騎士君、用意はいいか？

**騎士**　触ってくれよ。それで君がよければいいよ。

**ドルマンセ**　さあ、お二人さん、こっちに来て。私が結婚させてあげるから……かくも神聖な近親相姦のために、私が力をお貸しするよ。

（彼は騎士の陰茎を姉の女陰に入れる）

**サン・タンジュ夫人**　あぁ！　みなさん、ほら見て。あたし、両側からされてるのよ……神さまの馬鹿野郎、天にも昇るような気持ち。この世にこれほど気持ちいいことがあるなんて。あぁ！　くそ、この味を知らない女は本当にかわいそう。もっと揺すって、ドルマンセ、揺さぶってちょうだい。弟の剣先があたしに突き刺さるように、もっとめちゃくちゃに動いて。ウージェニー、あなた、悪徳まみれのあたしをじっくり目を凝らして見ておくのよ。一心不乱に悪を味わい、陶然と酔いしれるってどういうことなのか、あたしを手本にして学びなさい……ウージェニー、よく見るの、あたしのしてること。破廉恥、誘惑、悪の見本、近親相姦と不義とソドミー、これだけのことを、あたし、一時にしてるのよ……おお！ルシフェルー！　わが魂の唯一無二の神、あたしに霊感を授けて、もっとすごいことをさせてちょうだい。あたしの心に新たな逸脱の種を蒔いてちょうだい。そうしたら、どんなことにでも身を投じてみせてあげるわ。

**ドルマンセ**　実に淫蕩な女だ。こんなに精水をかき立てられて、射精を煽られたら、たまんないよ。あんたの言葉と尻の中の火熱のせいだ……おかげで今にも放ってしまいそうだ。ウージェニー、私の掘り手のやる気を煽っておくれ。横腹を押して両尻を開いてやるんだ。弱った欲望にもう一度、火をつけるやり方を学んだばかりだろう？……ウージェニーが近づいただけでも、私を掘っている男根にエネルギーが伝わるよ……ほら、言ったとおりだ、腰の振りが激しくなった……ウージェニー、こいつは俺の尻だけのものにしたかったんだが、あんたに譲ってやらにゃいかんな。騎士君、興奮しすぎだぞ……私を置いていっちゃだめだ……みんなを待つんだよ。おお！　みなさん、いく時はご一緒に。それだけが人生の幸福というものです。

サン・タンジュ夫人　あぁ！　くそ……くそ、みんな好きな時にいってちょうだい……あたしはもうだめだわ！　神さまなんてくそ食らえ……神さまのかま野郎！　いっちゃうわ……あたしの中に流し込んで、みんな……淫売の膣を氾濫させて、精水の波しぶきを淫売の燃え立つ魂の奥の奥まで放ってちょうだい。淫売はね、精水を受けるためだけに存在するのよ……あふぅ、あふぅ、あふぅ、くそ……くそ、こんなに気持ちいいなんて、信じられないわ。死んでしまう。ウージェニー、キスさせて。あなたを食べちゃいたい……精水をこぼしながら、あなたの精水を貪《むさぼ》らせて。

（オーギュスタン、ドルマンセ、騎士は同時に絶叫するが、こうした時はみな似かよったことを口にするので、単調さを鑑みて、ここでは省略する）

ドルマンセ　これまでの人生で最良の部類の快感でした。（オーギュスタンを指差しながら）このかま掘りめ、スペルマをたっぷり注ぎ込みやがった……私のお返しはマダムにしっかりさせていただきましたがね。

サン・タンジュ夫人　あぁ！　おっしゃらないで。スペルマがあふれ出てるわ。

ウージェニー　あたしもそんなこと言ってみたいものだわ。（ふざけながら夫人の胸に飛び込む）お姉さまはこれまでにずいぶんといろいろな罪を犯してきたとおっしゃってたけど、あたしはね、ありがたいことに、まだ一度もないわよ。でも、いいの！　こうやって、いつまでも絵に描いたお餅をいただいてるぶんには、消化不良にもならないですものね。

サン・タンジュ夫人　（大笑いしながら）面白い娘だこと。

ドルマンセ　実にいいね。こっちへおいで、お嬢ちゃん。おしおきしてあげるよ。（ウージェニーの尻を平手で叩く）キスしておくれ。君の番も、もうすぐだよ。

サン・タンジュ夫人　いいこと？　今からはこの娘にかかりきりですよ。姉さんの言うことを聞いて、この子をよくご覧なさい。あなたの獲物なのよ……この魅力的な処女をちゃんと観察なさい。すぐあなたのものになるんですよ。

ウージェニー　まあ！　前からは嫌よ。痛すぎるわ。後ろからなら好きなだけなさって。ドルマンセさんがさっきあたしにしたようにね。

サン・タンジュ夫人　無邪気な子。本当にかわいいわ……この子ったら、他の子ならお願いしても嫌がることを自分から頼んでるのよ。

ウージェニー　そうは言っても、良心の呵責がないわけじゃないのよ。こんなことしたら大罪になる、ってさんざん聞かされてきたんですもの。中でも、今しがたドルマンセさんがオーギュスタンとなさったみたいに男同士でしたらそうなる、ってね。それなのに、あなたがたの口からは、安心できるようなことを何もお聞きしてないんですもの。ね、そうでしょ？　ドルマンセさん、あなたの哲学はこの種の罪をどう説明するのかしら？　やっぱり、おぞましいことなんですのよね？

ドルマンセ　まず次の点から始めよう、ウージェニー。それは、およそリベルティナージュに関することで、おぞましいものなど何一つない、ということだ。なぜなら、人がリベルティナージュにおいて何をしようとも、それはすべて自然によって促されたものだからだ。どんなに常軌を逸していて奇妙な行為だってそうだ。人間の作ったどんな法律や制度とも衝突するように見える行為だって、そうなんだよ（神の法に関しては言わずもがなさ）。いいかい、ウージェニー、そうした行為だって、これっぽっちもおぞましくなんかない。そのどれをとっても、自然の中でお目にかかることができるんだからね。今、美しいウージェニーが口にした行為だって、もちろん同じさ。聖書というのは無知なユダヤ人がバビロンに捕えられている時にだらだらと編纂した底の浅い作り話だけど、その中にこれに関する実に奇妙な話がある。こうした乱行を犯した罰として火に焼かれて滅ぼされた街、というより小村の話だが、まるきり信憑性のない嘘っぱちだよ。ソドムもゴモラも当時の火山の火口に位置していたから、イタリアの都市がいくつもヴェスヴィオ火山の溶岩に呑み込まれたのと同じようにして滅んだだけだ。奇跡の正体なんて、そんなものさ。しかし、こんなごく単純な出来事から、ヨーロッパの一部で、この自然な気まぐれに耽《ふけ》る不幸な人々に対して、火炙りなんていう野蛮な刑が発明されたんだよ。

ウージェニー　まあ、自然な気まぐれですって！

ドルマンセ　そうさ、それは自然なものだ。はっきり言っておくよ。自然は二つの声などもたない。一方の声が、もう一つの声が吹き込むものを糾弾することを己の日々の勤めとする、なんていうことはないんだ。この奇癖に夢中になっている人は、ただ自然の声からそうするようにと促しを受けて、そうしているだけだ。この趣味を禁止したり罰したりしようとする輩は、それが人口を損なう、と主張している。なんて浅はかなやつらだ。この馬鹿どもの頭にはただ人口という一念しかなく、それから外れたものは何でもかんでも犯罪にしちまうんだ。しかし、こいつらがわれわれにそう信じ込ませようとしているほど、自然は人口を必要としているんだろうか？　そんなことが証明されたためしがあるかい？　本当に、この愚かな繁殖なんてものから外れたことをするたびに、自然に反することになるのだろうか？本当のところはどうなのか、少し自然の運行と法を吟味してみようじゃないか。自然がひたすら創造するだけで決して破壊しないというのなら、私もこのやかまし屋の詭弁家と同様、あらゆる行為の中で最も崇高なものは、生産のために絶えず働くことだと信じてもいい。そして、やつらに同意して、生産を拒否することは間違いなく一つの犯罪だともしよう。しかし、どうだ、自然の働きを一瞥しただけで、破壊が創造と同様、自然の計画に必要だということは明らかじゃないか。この自然の営みの両面は実に緊密に結びつき、絡み合ってさえいるから、どちらか一方が他方なしに活動するということも不可能だ。破壊なくして、いかなるものも生まれず、またいかなるものも再生しない。だから、破壊は創造と同様、自然の法の一つなのだ。この原理を認めるなら、創造することを拒否したからといって、どうして自然を侮辱することになりうるだろう。この行為が悪だと仮定しても、破壊行為よりは間違いなくはるかにささやかな悪事だ。しかも、この破壊行為は、今私が証明したように、自然の法の一つにほかならないのだ。さて、一方で自然が私に与えたあのスペルマを空費する性向をそれと認め、他方その空費が自然にとって必要であり、この性向に身を委ねることが自然の意図に沿ったものであることを見極めたからには、いったいこの空費のどこに罪悪があるのか、私はお尋ねしたい。しかし、馬鹿どもや出産奨励論者どもは――この二つは同義語だがね――こう反論するだろう。生産するスペルマは、もっぱら生殖のために使われるようにと臓腑に配備されたのであり、この使用から逸らすのは違犯である、とね。だが、私がはじめに確かめたように、これは誤りだ。というのも、第一に、この空費は破壊には及びもしないし、空費など目ではないこの由々しき破壊自体、犯罪ではないんだからね。第二に、このスペルマの液が断固生産のために用いられることを自然が求めている、というのも誤りだ。もし本当にそうなら、まったく別の状況でも、それが流出することを自然が許すわけがないさ。このことは経験によって明らかだ。実際、われわれは好きな時、好きなところで、これを無駄に使っているじゃないか。また、もし本当にそうだったら、夢や追憶の中で起こるように、交接することなしに出てしまうことにだって、自然は反対していただろう。それほど大事な液体なら、自然は出し惜しみをして、繁殖の壺の外でそれが流れることを決して許さないはずだ。その壺の中でわれわれが自然から与えられる悦楽が、われわれが崇拝を捧げる場所をずらしても感じられる、などということを望まないはずだ。自然は自分がこれほど侮辱されているのに、われわれに快楽を与えることには応じてくれている、なんて考えるだけでも馬鹿げているからね。さらに言えば、もし女が生産するためだけに生まれてくるのだとしたら――この生産がそれほど自然にとって貴重なものなら、そんなこともあるだろうけどね――、どれほど長生きしようが、子供を産めるのが月経期間など諸々を差っ引いて、たった七年しかないというのは、いったいどうしたことだろうか。馬鹿を言うな。自然は繁殖に飢えている。この目的に向かわないものはすべて自然に背《そむ》くことだ、だと！　たとえ一〇〇年生きても、産むための道具であるはずの女は、たった七年間しか産めないんだぞ。自然が望むのは繁殖だけ、と言いながら、自然が繁殖に役立つようにと人間に与えた種は、人間の好きなように無駄に失われていく。そればかりか、人はこの無駄遣いから、有用に使う時と同様の快楽を得ているんだ。しかも、そうしたからって何の差し障りもないじゃないか……だったら、みんなやめようじゃないか。こんな馬鹿馬鹿しい話を信じるのはやめるんだ。こんな話、良識に背くだけじゃないか。われわれが信じるべきは、むしろ反対のこと、すなわち、男が男を、女が女を愛することは、自然を侮辱するどころか、子供を生じることにしかならない交合を断固拒否することであり、むしろ自然に仕えているということだ。自然は子供には、もううんざりしているんだからね。間違えてはならないよ。繁殖というのは自然の法の一つではなく、せいぜいのところ自然の寛容の現れでしかない。前に言ったようにね。人類が地上から消えようが絶滅しようが、それが自然にとって何だっていうんだ。もし人間にそんな不幸が起こったら、すべては終わりだ、とわれわれは思い込んでいるけれど、自然はそんな思い上がりを笑っているよ。人類が滅亡したところで、自然は気づきさえしないだろう。考えてもみたまえ。今までにだって滅びた種があったじゃないか。ビュフォンはいくつも数え上げているよ〔『自然の諸時期』〕。だが、自然はそれほど貴重なものが失われたというのに黙り込んでいる、つまり気づいていないんだな。全人類がいなくなっても、相変わらず大空は澄み、天体は輝き、宇宙は正確に運行し続けるさ。われわれ人類は世界にとって有用きわまりないんだから、それを増やすために働かない人や繁殖を混乱させようとする人は必然的に犯罪者になるなどと信じるのは、よっぽどの馬鹿だけさ。そこまで真実に目を閉ざすのは、やめたいものだ。さて、われわれより分別のある諸民族の例を見ることは、こうした誤りを思い知るのに役立つ。すなわち、このいわゆるソドミーの罪が神殿や信者をもたなかった場所は、地上のどこにもないのだ。ギリシア人は、これをいわば徳の一つとして、ウェヌス・カリピュゴス〔お尻の美しいウェヌス〕の名で呼ばれる神の像を建てた。ローマは法律を学ばせにアテナイに人を送ったが、そこからこの神聖な趣味を持ち帰った。その後、この趣味がローマ皇帝たちのもとでどれだけ発展したかは言うに及ばないだろう。そして、鷲の紋章〔ローマ帝国の紋章〕に庇護されて世界のすみずみにまで広がり、帝国の崩壊とともに、ローマ教皇のもとに逃げ場所を見つけて、イタリアで粋を極め、われわれが文明化するとともに、われわれのところにまで到達した。ソドミーは、われわれが新しい半球を発見した時にも存在したし、クック船長が錨《いかり》を降ろした新世界でも猛威をふるっていた。もしわれわれが上げた気球が月にまで届いていたら、そこでも同じ発見があったはずさ。甘美な趣味よ、自然と快楽の子であるソドミーよ、おまえは人が赴くところ、どこにでも姿を現し、おまえの味が知られたところでは、どこでも祭壇が築かれることだろう。おお！　みなさん、女陰の穴より尻の穴を享楽することを好んだら、たった一つの享楽しか提供しない娘より、一時に男として愛し、女として愛されるという二つの快楽を与えてくれる若い男を選んだら、その男は死刑に値する怪物だ、などと考えることほど常軌を逸したことがあるだろうか。自分と反対の性別の役割を演じようとしただけで悪人や怪物にされてしまうとは。それなら、いったいなぜ自然は、そんな快楽に感じやすい男を創り出したのだろうか。彼の体つきをご覧なさい。この趣味を分かち与えられていない男たちとは何から何まで違うことに気づくはずだ。尻はずっと白いし、肉づきもよい。快楽の祭壇たる肛門には一本の毛の影もなく、内側は人並み以上に繊細で官能的。敏感な膜で覆われて、まさに女の膣の中と同じ部類のものだろう。この男の性格もまた、他の男たちとは違って、より軟弱で柔順なはずだ。女がもっているほとんどすべての悪徳と美徳が見られるだろう。女の弱さすら認められるだろう。女のような性癖をもたない者はおらず、中には顔だちまで同じ者がいる。自然が、この男たちをこんなふうに女に同化させておきながら、女のような趣味をもっているといって憤慨することなど、ありうるだろうか。これらの男は、明らかに、繁殖を減少させるために自然が作り上げた、他の男とは異なる種族だ。自然にとっては人が増えすぎては、どうにも困るのだ……ああ、かわいいウージェニー、分かるかい？　大きな男根で尻を満たされた時の享楽が、どれほど素晴らしいものか。男根が根元まで埋め込まれ、中で激しくのたくるんだ。そこから包皮まで一気に引き抜いたら、今度は中に陰毛が入るほど、さらに中に突っ込んでいく。いや、まったく、世界中どこを探しても、これに匹敵する喜びなど存在しないさ。これこそ哲学者の享楽、英雄の享楽だ。もっとも、神々の享楽とは言えないがね。この素晴らしい享楽の部位こそが、われわれが地上で崇《あが》めるべき唯一の神なんだからね(1)。

ウージェニー　（とても興奮して）素晴らしいわ！　みなさん、あたしの尻を掘って……ね、ほら見て。あたしのお尻……みなさんにご提供しますわ……ぜひやっていただきたいの。あたし、いきまくりますわ。

（そう言いながら、ウージェニーはサン・タンジュ夫人の胸に飛び込む。夫人は彼女を抱きしめてキスをし、この娘の突き上げた尻をドルマンセに見せる）

サン・タンジュ夫人　あら、大先生、こんな申し出をお断りになるの？　こんな崇高な尻にも、その気にならないのかしら？　見てごらんなさい。こんなにぱっくり口を開けて、御開帳してるのよ！

ドルマンセ　申し訳ないがね、かわいいウージェニー、私が君に火をつけたとはいえ、できることなら火消しの役は辞退させてほしい。私の目からしたら、君は女であるという大きな過ちを犯してるんだよ。君の初穂を摘《つ》むためなら、こんな先入観は全部捨てようか、と思うことは思ったんだがね、私の努力もそこまで、ということで、ご勘弁願いたい。その仕事は騎士君に任せるよ。お姉さんのほうは、張形をつけて、弟の尻をしたたか突いてください。ご自分の美しい尻はオーギュスタンに向けて、オーギュスタンがその尻をものする。その間、私がオーギュスタンをやりますよ。正直言って、もう一時間も前から、この美青年の尻に気もそぞろなんです。さっき私になに、しにしてくれた御礼をしたくてしょうがないんですよ。

ウージェニー　代役を立てるというのね。よろしいですけど、ほんと、ドルマンセさん、失礼ですわよ。そんなにはっきりおっしゃるものではないわ。

ドルマンセ　これは失礼いたしました、お嬢さん。だけど、私らかま掘りはね、主義において誠実かつ厳格であることだけが自慢なんですよ。

サン・タンジュ夫人　あなたのようにいつも人を後ろから襲う《だましうちする》ことしかしない人たちが誠実だなんて、そんな話、聞いたことありませんわ。

ドルマンセ　私らを何か人を裏切ったり……んー、相当ずるいやつ、とおっしゃるんですね？　そういうことでしたら、マダム、先ほど証明したはずですよ。こういう性格は社会の中では致し方ない、ってね。われわれが一緒に生きていかなくちゃならんのは、何とか自分のしっぽをつかませまい、自分の悪徳を知られまい、とやっきになって、信じてもいない美徳をこれ見よがしに行うようなやつらばかりなんですからね。そんなやつらにこっちの手の内を明かすなんて、これほど危険なことはありません。相手はわれわれに気を許してないんですから、われわれもそうしなければ騙されること請け合いです。自分を隠して偽善的にふるまうこと、それが社会がわれわれに要求していることなんです。ならば、それに従うに越したことはありませんよ。しばし、この私をその範としてお示しさせていただきましょう。マダム、この世に私ほど腐敗した者はいません。それは確かです。それなのにですよ、私の同輩たちはみな騙されて気がつかない、ときてる。私のことをどう思うか、尋ねてごらんなさい。紳士だ、と答えない者は一人もいないはずです。罪という罪を思う存分楽しんできた私だというのにね。

サン・タンジュ夫人　まあ！　あなたがひどい罪を犯したなんて、あたしにはとうてい信じられませんわ。

ドルマンセ　ひどい……というより、マダム、私がしてきたのは残虐なことです。

サン・タンジュ夫人　あら！　そう、あなた、司祭に「詳しいことは省きますが、私のことは、殺人と窃盗を除いて、あらゆることをした者とご理解いただいてけっこうです」って懺悔した人と同じね。

ドルマンセ　そうですね、マダム、私もきっと同じことを言うでしょうね。ただし、その除いてというのは除いて、ですが。

サン・タンジュ夫人　何ですって？　このリベルタンときたら、何をしてきたっていうのかしら？

ドルマンセ　何だってですよ、マダム。何だってね。私のような気質と原理をもった者が、自分に何を禁じるというのです？

サン・タンジュ夫人　もうけっこうよ！　やって、やりまくりましょう。お話はもういいわ。それはまたあとで、ドルマンセさん、頭が冷えてからお聞きしたいわ。今のあなたの告白は、にわかには信じられないもの。勃起してる時には、そんな残虐行為について云々したくもなろうってもんじゃない？　火のついた想像力が見させた淫《みだ》らな幻影を、さも本当のことのようにおっしゃってるんじゃなくって？

（みな位置につく）

ドルマンセ　待って、騎士君、待つんだよ。君の陰茎を入れるのは私の役目だよ。しかし、その前にしなくちゃならないことがある。可憐なウージェニーに、一つお願いがあるんだ。ぜひとも鞭で打たせてほしいんだよ。そうすりゃ、ウージェニーもやる気が出るよ。

（ドルマンセ、ウージェニーを鞭打つ）

ウージェニー　はっきり言って、こんな儀式は無駄ですわ……ドルマンセさん、ご自分の淫欲を満足させたいだけなんでしょ？　そんな儀式なら、あたしのためにしてるんだなんてふりはやめていただきたいわ。

ドルマンセ　（鞭で打つのをやめず）あぁ！　すぐにお気に召すはずさ。これが本番の足慣らしとして、どれだけ力を発するか、分かってないんだよ……さあ、さあ、いたずらっ子さん、もっとお見舞いしますよ。

ウージェニー　あぁ、やめて！　あんまりですわ。お尻に火がついたわ。ほんと、痛いだけよ。

サン・タンジュ夫人　あなたの仇《かたき》はとってあげますよ、ウージェニー。お返しにドルマンセを痛めつけてあげますから。

（夫人、ドルマンセを鞭打つ）

ドルマンセ　あぁ！　願ったりかなったりです。ウージェニー、一つだけお願いがあるんだ。私がそうしてもらいたいと願っているのと同じくらい強く、あなたを鞭打つことを許してほしいんだ。どうです？　私はきちんと自然の法に従っているでしょう？[*1]　いや、みなさん待って。やはり位置を変えましょう。ウージェニーはマダムの背に乗って、首に手をまわして。そう、母親におぶさる子供のようにね。こうすれば、お二人の尻は私のもの。二つながら、ひどい目に遭わせてあげるよ。騎士君とオーギュスタンは私に同じことをしてくれ。二人同時に私の尻をひっぱたくんだ……そう、そう、そんな感じだよ。あぁ！　みんなよくなってきただろ！……なんて気持ちいいんだ！

サン・タンジュ夫人　このいたずら娘に手加減なさらないでね。あたしだって、もっとやさしくして、なんてあなたにお願いしてないんだから、この子にだって容赦しないでほしいわ。

ウージェニー　あぁ！　あぁ！　あぁ！　出てる？　血が出てるに決まってるわ。

サン・タンジュ夫人　あなたの血であたしのお尻、きれいに染め上げられるわね……しっかりして。天使さん、気を張るのよ。忘れないで。いつだって苦痛があって初めて快楽に至れるのよ。

ウージェニー　ほんと、もうだめなの。

ドルマンセ　（自分の作品を眺めるために、しばし手を止め、また再開する）まだあと六〇回はいけるな、ウージェニー。うん、うん、尻たぶ片っ方ずつ、六〇回だ……さあ、このあばずれども、今度はなにでたっぷり楽しんでもらおうか！

よ。

サン・タンジュ夫人　（ウージェニーの尻をよく見ながら）まあ！　かわいそうな娘、お尻が血だらけよ！　この悪人、ひどいことしてできた傷跡にキスするのが何より好きなのよ。

ドルマンセ　（自慰しながら）そのとおりです。隠しはしませんよ。傷跡がもっとひどかったら、キスにもより熱が入るんですがね。

ウージェニー　あぁ！　怪物よ、あなたって！

ドルマンセ　異論はないよ。

騎士　でも、少しは慰撫してあげよう、って気持ちもあるんでしょう？

ドルマンセ　いいから、この子の尻をやりたまえ、騎士君……。

騎士　腰を押さえておいてくれれば、三突きで入るよ。

ウージェニー　怖いわ！　ドルマンセさんより大きいじゃない、騎士さん。あたしを引き裂こうっていうの？……手加減なさって。お願いよ。

騎士　それは無理ですよ、天使さん。何としても目的を達さないと……ね、僕の先生の目が光ってるんですから、僕が先生の授業に泥を塗るわけにはいかないんでね。

ドルマンセ　よし、入った。何が好きだって、男根の陰毛でアヌスの入り口がこすれるのを見るのがいちばんさ……さあ、マダム、弟さんの尻を掘ってください……ご覧なさい、オーギュスタンの男根、あなたの中に入りたくて待ち構えてますよ。あなたの掘り手は私が受け持ちます。もちろん手加減なんかしませんよ。あぁ！　けっこう。これでみな数珠つながりになったようです。さあ、あとは射精することだけに集中してください。
サン・タンジュ夫人　ちょっと、このかわいい淫売を見てごらんなさいよ。ひくひくしてるわ。
ウージェニー　したくてしてるわけじゃないわ。気持ちよくて死にそうなの……あんなに鞭で打たれて……今度はこんなに大きな男根よ……それに、やさしい騎士さん、突きながら、あたしの前を揉みしごくんですもの……お姉さま、お姉さま、もうだめ！
サン・タンジュ夫人　神さまの馬鹿野郎、あたしもおんなじよ。いっちゃうわ！
ドルマンセ　みなさん、もう少しまとまりましょうよ、ちょっと時間をもらえれば、私も追いついて、一緒にいけますから。
騎士　もうそんな時間はないよ。僕の精水はウージェニーの尻の中だ。流れてる最中だよ……死んじまう。あぁ！　神さまの間抜けめ、すごくいい！
ドルマンセ　私も続くよ、みんなに続くよ。精水で何も見えない……
オーギュスタン　おれもだ！……おれもだよ！
サン・タンジュ夫人　ひどいありさまだこと！　あたしの尻の中、このかま掘りのせいであふれてるわ。
騎士　ビデに。お二人はビデに急いで！
サン・タンジュ夫人　いいえ、あたし、ほんとこれがとても好きなの。尻の中に精水を感じるのがね。あたしのものなんだから、死んでも返さないわ。

ウージェニー　あたし、本当にもうだめよ……。教えてくださらない、みなさん？　女というのは、お尻でしたいって言われたら、いつだって受け入れなくちゃいけないのかしら？

サン・タンジュ夫人　いつだってそうよ、ウージェニー、いつだってね。でも、それだけじゃだめ。相手が使用人なら、自分のほうから要求すべき。このやり方が気持ちいいんだったらね。だけど、たとえそうでも、お楽しみの相手が自分の旦那筋で、寵愛やら贈り物やら恩恵やらを得たいんだったら、出し惜しみをして、しつこく口説かれるようにもっていくの。嫌がるふりをして気を煽るやり手女にかかったら、いくらでも金を出すわ。この趣味をもった男なら誰でもね。相手の欲しがるものを時機が来るまでお預けにするこつさえ知っていれば、何でも好きなものを好きなだけ引き出せるわよ。

ドルマンセ　どうです？　かわいい天使さん、回心して、ソドミーは罪だなんて信じるのはやめるかい？

ウージェニー　罪か罪じゃないかなんて、もうどうでもいいわ。罪悪なんて無意味なものだって、ドルマンセさん、証明されたんじゃなくって？　今のあたしには、犯罪にあたる行為なんて、もうほとんど見当たらないわ。

ドルマンセ　ほとんどではなく、まったくだよ、ウージェニー。この世でどんなことをしようが、罪にはならない。それに、どんなに凶悪な行為であろうと、一面ではわれわれの役に立ってるんじゃないかい？

ウージェニー　おっしゃるとおりですわね。

ドルマンセ　よろしい。そうだとすれば、その行為はもはや罪悪とは言えなくなる。一方に害をなすことによって他方に役立つ行為が罪悪であるためには、利益を得た者より害を受けた者のほうが自然にとって大切であることが証明されなくてはならない。さて、自然の目からするなら、すべての個人は平等なんだから、こんな贔屓《ひいき》は自然にはありえない。したがって、他方には害をなすが一方には役に立つ行為は、自然にとってはどうでもいいもの、ということになる。

ウージェニー　でも、その行為が大勢の人に害を与え、かつあたしたちにはほんの少ししか快楽をもたらさないとしたら、そんな行為に耽るのは大変恐ろしいことなんではなくって？

ドルマンセ　同じことだよ。なぜなら、他人が感じることとわれわれが感じることを比較することはできないからね。他人がどれほどひどい苦痛を感じていても、その苦痛はわれわれにとっては無に等しいし、むずむずする程度のごく軽い快楽であろうと、それを感じているのがわれわれなら、われわれを刺激する大事なものだ。だから、いかなる場合でも、われわれは、われわれに到達することのない他人の多量の不幸より、われわれに喜びをもたらすこの微量の快感をこそ選ばなければならないんだ。それどころか、われわれの器官が特異だったり、身体のつくりが変わっていたりするために、隣人が苦しむのが快い、ということもよくある。そういう時には、他人に苦痛を与えるのを我慢してあきらめるより、他人の苦痛を楽しむことのほうを選ばなければならないことは言うまでもない。道徳におけるすべての過ちの源は、キリスト教徒たちが不幸と苦境の時代にでっち上げた友愛の絆を、われわれが愚かにも受け入れてしまったことにある。他人の憐れみを乞わずにはいられなかったやつらが、みな兄弟である、ということを打ち立てたのは、なかなか巧妙なやり方だった。そんな論法で来られたら、やつらに救いの手を差し伸べないわけにはいかないからね。しかし、そんな教義を認めるのは不可能だ！　われわれはみな孤立したものとして生まれるのではないか。さらに言えば、すべての人間は互いに敵であり、永久にして相互の戦争状態の中に生まれるのではないだろうか。[*2] さて、このことは、友愛の絆なるものが要求する諸々の美徳が本当に自然の中に存在する、という仮定にそぐうものだろうか。もし自然の声がそうした美徳を人間に吹き込むのだとしたら、人は生まれながらにして、それらを感じ取っているはずじゃないか。そうなっていたら、確かに憐れみや慈善、人類愛などは抗《あらが》いがたい自然の美徳だったろうし、未開人の原初状態はわれわれが現在目にしているのとは正反対のものになっていたはずだがね。

ウージェニー　でも、もしおっしゃられるように自然が人間を孤立した、互いに無関係なものとして生み出したのだとしても、少なくともさまざまな必要が人と人を近づけて、そのあいだにいくつかは結びつきを作り出さなくてはならなかった、ということはお認めになるんでしょう？　結婚による血の絆とか、恋や友情、恩義の絆とかはそういうものでしょ？　せめてそれくらいは尊重なさってますわよね？　そう願いたいわ。

ドルマンセ　いや、それだって同じことで、尊重なんかしてないよ。しかし、分析してみようじゃないか。ね、ウージェニー。一つずつ、ざっと検討してみよう。ウージェニーが言いたいのは、家系を存続させるためとか、ひと財産築くために私は結婚しなくちゃならん、そうなったら縁組の相手と断ちがたい、あるいは神聖な絆を築かなくちゃならん、ということだろう？　でも、そんな主張は、ずいぶん馬鹿げてはいないかい？　交接行為が続くあいだは、なるほど相手をしてくれるその人が必要にもなるけど、いったん満足したら、相手と自分のあいだにいったい何が残るっていうんだい？　どんな実際上の義務があって、相手や私が交接の結果に拘束されなくっちゃいけないんだ？　この子供との絆なんてものは、歳をとって捨てられるのを親が恐れることから生じるのであって、子供時代に親がわれわれの世話をするのも計算ずく、結局、人生の最後に同じように面倒を見てもらうためにほかならない。こんなことで騙されてはいけないよ。親に借りなんて、一つもありゃしない……これっぽっちもね。ウージェニー、やつらが働いたのは自分たちのためであって、われわれのためではないんだから、われわれには親を嫌うことも、それどころか親を厄介払いすることだって許されているんだよ。やつらのやり口が気に入らない時にはね。われわれによくしてくれる時くらいは親も愛すべきものだけど、その時に感じる愛情だって、友人に抱く愛情程度に抑えておかなくちゃだめだ。親は子を産んだのだから権利をもっている、なんていうのも何の根拠もない戯言《たわごと》だ。良識と熟慮をもって吟味すれば、そこには親を憎悪すべき理由しか見当たらないよ。やつらは自分たちの快楽のことで頭がいっぱいで、子供はたいがい不幸で不健康な生活をさせられているんだから。次に、ウージェニー、恋の絆とか言ってたね。馬鹿馬鹿しい！　そんなものを永久に経験しなくて済むように祈ってるよ。そんな感情は、断じて心に近づけちゃいけない。幸福になってほしいから言ってるんだよ。さて、そもそも恋とは何だろうか？　私が思うに、恋とは、あるよき対象の美点がわれわれに及ぼす効果にすぎない。われわれは、この効果によって我を忘れ、かっと燃え上がる。そして、その対象を手に入れることができれば満足し、手に入れられなければ絶望する。しかし、この感情の基礎にあるのは何だろうか？……欲望だよ。そして、この感情の帰結はといえば、狂気だ。だから、この動機だけを手元に残して、結果からは身を守らなくちゃだめだ。動機とは、もちろん対象を所有することだよ。いいかい？　しくじらないよう、賢く慎重に事を運ぶんだ。そして、対象を手に入れたら、すぐに享楽する。手に入れられなかったら、あきらめる。似たような、いや、もっとずっといい相手がいくらでもいて、失恋の痛みを慰めてくれるからね。男だって女だって、みんな似たりよったりのやつらばかりさ。どんな恋だって、健全な頭でじっくり考えてみれば、吹っ切れるものだ。実際、恋の陶酔ほど人を欺《あざむ》くものはない。われわれの肉体的欲望を麻痺させ、盲目にし、頭がおかしくなるほど相手を崇《あが》めさせて、相手がいなければ生きていけないように仕向けるんだからね。そんなふうになっても生きてるって言えるかい？　むしろ、人生の喜びをすべて自分から進んで捨てているんじゃないかい？　燃えるような熱病に捉えられ、苛《さいな》まれて、ほとんど狂気の沙汰同然と言える形而上学的《プラトニック》な享楽を求め、それ以外の幸福を奪われる。そんな状態にみずからとどまろうっていうんだからね。この熱愛の対象をいつまでも愛さなくてはならないとか、決して捨ててはならないということが確かだったら、まあ常軌を逸していることに変わりはないけど、大目に見てもいい。だけど、そんなことはありえないだろう。裏切られずに終わった永久の恋の絆の例が、いったいいくつあるっていうんだ？　何ヵ月か楽しんで、相手が本来あるべき場所に逆戻りしてしまったら、われわれはその祭壇で香《こう》を焚いたことを恥じるようになり、なぜそこまで心を捉えられてしまったのか、自分でも分からなくなることだって、よくある。おお！　好色な娘たちよ、おまえたちの身をあたうかぎり、われわれに委ねるがいい！　やるんだ、楽しむんだ、それこそが第一だ。しかし、恋だの愛だのには近づかぬように心がけよ。博物学者のビュフォンは言っている。「善きものはただ己の肉体のみ」（『博物誌』「動物の本性についての議論」）。この人は優れた哲学者で、他にもいろいろ立派な考えを述べている。彼に倣って、もう一度言おう。楽しみなさい、しかし決して恋をしてはいけない。愛されようと心を砕くのもいけない。なすべきことは、泣き言を言ってみたり、ため息をついたり、流し目を送ったり、恋文をしたためたりして憔悴することなんかじゃない。肝心なのは、やることだ。それも相手をとっかえひっかえやりまくることだ。とりわけ、たった一人の男に独占されることに強く抗うことだ。というのも、この変わらぬ愛とやらの目的は、あなたたちをその男に縛りつけ、他の男に身を任せないようにすることにあるからだ。こんな残酷なエゴイズムが女の快楽にとって致命的なものになるのは時間の問題だ。女はただ一人の男のために作られたのではない。自然が女を創造したのは、すべての男のためだ。自然の聖なる声だけに聞き従い、自分を欲する男たちすべてに、無差別に自分を与えるのだ。間違っても恋人としてではなく、常に淫売として、だ。恋愛を遠ざけ、快楽を崇めるなら、その時から女の人生には薔薇だけが咲き誇るだろう。そして、われわれ男にその花を惜しげもなく分かち与えてくれるだろう。ウージェニー、尋ねてごらん。君の教育を引き受けてくれた、この素晴らしい女性にね。享楽し終わったあとの男の処遇を。(オーギュスタンに聞かれないように、ひそひそと)今日この人のお楽しみの相手になったオーギュスタンを奪われそうになったら、そうされまいと腰を上げるかを、だよ。おそらく、別の男を見つけてきて、もうオーギュスタンのことなど忘れてしまうだろうさ。そして、すぐ新しい男にも飽きて、二ヵ月もすれば自分でそいつを始末することになる。その犠牲から新たな享楽が生じるとなればね。

サン・タンジュ夫人　愛しいウージェニー、よくって? ドルマンセさんは、あたしばかりか、すべての女の胸の内を代弁してくださったわ。まるであたしたちが胸を開いて奥の奥まで見せてさしあげたみたいにね。

ドルマンセ　さて、私の分析で最後に取り上げるのは、友情の絆と感謝の絆だったね。友情の絆は役に立つかぎりは大事にすべき、このことは認めるよ。利用できるかぎり友だちでいて、できなくなったらすぐ忘れてしまうこと。われわれはただ自分のために他人を愛すべきであって、他人をその人のために愛するというのは欺瞞にすぎない。自然が各々の人間に吹き込むのは、その人間に何か役立つ衝動や感情であって、それ以外ではありえない。自然ほどエゴイスティックなものはない。だから、われわれが自然の法を成就することを望むなら、われわれもエゴイストになるしかないのだ。

次に感謝について言うなら、ウージェニー、それは絆という絆の中で間違いなくいちばん脆《もろ》いものだよ。人がわれわれに情けをかけるのは、われわれのためだろうか？　いや、まったくそうじゃないよ。ウージェニー、それは見栄や思い上がりからだ。そんなふうに他人の自己愛に翻弄されるなんて、それだけでも屈辱的なのに、そこへもってきて、さらに感謝しろなんて、屈辱の上塗りもいいところじゃないか。情けをかけられるほど重荷になるものはない。借りを返すか、卑しめられるか、二つに一つだからね。誇り高い魂の持ち主にとっては、恩はあだになる。その重さに苦しむあまり、恩人に対する憎しみの気持ちがふつふつと湧き上がってくるんだからね。

さあ、ここで一つ、ウージェニーに聞いてみたい。自然はわれわれを孤立したものとして創造したわけだが、それを補う絆とは、いったいどんなものだろうか？　人と人のあいだに関係を築く絆とは、どんなものだろうか？　人を愛し、慈《いつく》しみ、自分のこと以上に大事にしなくてはならない理由とは何だろうか？　不幸な人を慰めなくてはいけない根拠とは何だろうか？　慈善とか思いやりとか慈悲とか、愚かな宗教の馬鹿馬鹿しい聖典がよく説くところだが、われわれの魂のどこに、そんなごたいそうで役にも立たない美徳が生じる余地があるのだろうか？　どのみち、宗教なんて詐欺師や物乞い連中が宣《の》べ広めるものであって、だからその内容も、自分たちを援助してくれ、大目に見てくれ、ということに、はなから決まっているんだ。

さあ、ウージェニー、これでもまだ人間のあいだに神聖なものが何かあると言い張るかい？　他人よりも自分を大事にしてはいけない理由を何か思いつくかい？

ウージェニー　あなたのお教え、お聞きする前からあたしの心が感じていたことですわ。本当に感激しちゃって、頭でも受け入れられるようになったわ。

サン・タンジュ夫人　ドルマンセさんの教えはね、自然の中から汲み取ってきたものよ。ウージェニー、あなたがそれを認めたことが何よりの証拠。だって、自然の腹から出て、やっとつぼみを開き始めたあなたが感じていることが堕落の結果だなんてこと、ありえて？

ウージェニー　でも、あなたがたが奨励していらっしゃる過ちは自然の中に存在するものなのに、なぜ法律は反対するのかしら？

ドルマンセ　それは、法が個人のためではなく、一般のために作られているからだよ。*3　そのために、法は絶えず個人の利益と対立するんだ。個人の利益は一般の利益と相容れないものだからね。ともあれ、社会にとってよい法というのは、その社会を構成している個人にとっては実に始末が悪い。たまさか法律に守ってもらったり、何か保証してもらえたりするにしても、人生の残り四分の三は、それに邪魔され、言いなりになって過ごすしかないんだからね。ということで、賢くて法律を侮蔑している人は、それをただ我慢しているんだよ。蛇や蝮《まむし》の存在を我慢するようにね。だって、蛇や蝮も噛んだり毒で人を殺したりするけど、医薬で役に立つことだってあるんだからね。だから、そういう人は毒蛇から身を守るように法律からも自分を守っているわけだ。いろいろ用心したり、隠蔽したりして、自分に法律の手が届かないようにする。金があって慎重な人間なら簡単なことさ。ウージェニーも何か罪悪を空想して魂を燃え上がらせてごらん。マダムと私といれば、誰にも邪魔されずに罪悪を犯すことができるから、安心していなさい。

ウージェニー　あぁ！　そんな空想なら、もうあたしの心の中にありますわ。

サン・タンジュ夫人　どんな気まぐれに心を動かされているの？　ウージェニー、誰にも言わないから教えなさいよ。

ウージェニー　（激しく取り乱して）あたしが望んでいるのはね、生け贄よ。

サン・タンジュ夫人　生け贄って、男？　それとも女？　どちらなの？

ウージェニー　（取り乱したまま）女よ。

ドルマンセ　ほう！　マダム、あなたの生徒さん、文句なしですね。大した進歩じゃないですか。

ウージェニー　（上記のとおり）生け贄よ、お姉さま、生け贄を捧げるのよ。ああ、神さま、そうしたら、あたしの人生にも幸福がやって来る、ってもんだわ！

サン・タンジュ夫人　それで、その相手に何をしようっていうの？

ウージェニー　何もかもよ。ありったけのことをしてね……この世でいちばん不幸な女にしてやるんだから。おお！　お姉さま、お姉さま、あたしをかわいそうだとお思いになって。あたし、もう我慢できないわ。

ドルマンセ　神さまの馬鹿野郎！　凄まじい想像力だな……こっちにおいで、ウージェニー。いい子だ。こっちに来て、死ぬほどキスさせておくれ。（再びウージェニーを抱いて）ほら、マダム、どうです？　このリベルタンをご覧なさい。この娘ったら、触ってもいないのに、頭の中だけでいっちゃってますよ……これはぜひとも、もう一度、後ろからさせていただく必要がありますね。

ウージェニー　そのあとで、あたしのお願い、聞いていただけるのよね？

ドルマンセ　分かった、分かった。お馬鹿さん、約束するよ。

ウージェニー　うれしいわ！　ドルマンセさん、はい、どうぞ。あたしのお尻、どうにでも好きになさって。

ドルマンセ　ちょっと待って。今度のお楽しみは、もう少し淫らなやり方で配置しますから。（ドルマンセの指示に従ってすべて実行されていく）オーギュスタン、ベッドの端に横になるんだ。ウージェニーも寝て、おまえの腕に抱かれる。私はウージェニーをソドミーしながら、オーギュスタンの見事な亀頭でこの娘の陰核をなぶることにしよう。オーギュスタンは射精しないように注意すること。精水を節約するんだ。騎士君は一人で黙りこくって悠長にせんずってるようだけど、話は聞いてたんだろ？　だったら、ウージェニーの肩の上にかぶさるように横になってくれ。君の美しいお尻に私がキスできるようにね。陰茎は下からまさぐってあげるよ。

こうすれば、私の道具はウージェニーの尻の中に、手は左右一つずつ陰茎を慰めることができる。マダム、さっきはあなたの旦那になってあげたんですから、今度は私の旦那になってもらいましょう。おもちの張形の中で、いちばん大きいのをつけていただきます。（サン・タンジュ夫人が張形でいっぱいの小箱を開けると、われらが主人公はいちばん大きく、いかついものを選ぶ）そうだな、これはどうです？　サイズが書いてありますね。長さ一四プース〔約三八センチ〕、周囲が一〇プース〔約二七センチ〕。マダム、これを腰につけてください。思いきり、すごい突きをお願いしますよ。

サン・タンジュ夫人　本当に、ドルマンセさんたら、頭がおかしいんじゃないの？　こんなの使ったら、あなた、壊れちゃうわよ。

ドルマンセ　ご心配は無用です。突いて、一気に押し込んでください。天使さん、その巨大な陰茎を尻の奥の奥まで入れてもらわないと、あなたのウージェニーのかまを掘れませんよ……ほら、入った、入った。神さまのくそ野郎、こりゃ天にも昇るっていうやつだ。よし、ウージェニー、手加減なしでいくぞ。準備なしでいきなり尻をやってやるから覚悟しておけ……あぁ、くそ野郎、なんてきれいな尻だ！

ウージェニー　うー、ドルマンセさん、そんなことされたら身体が裂けちゃうわ……入りやすいようになさってからにして。お願いよ。

ドルマンセ　もちろん、そんなことはしないよ。そんな馬鹿みたいに相手をいたわっていたら、感じるものも半減しちまうさ。われわれの原理を思い出せ、ウージェニー。俺は自分のために働いてるんだ。あんただって今しばらくは犠牲者だがな、天使さん、すぐに加害者

側にまわれるんだぜ……あぁ！　神さまのくそ野郎、入っていくぞ。
ウージェニー　殺される！
ドルマンセ　神さまのまら野郎、奥まで届いたぞ。
ウージェニー　あぁ！　もう何をしてもいいわよ。入ってる、痛くないわ。気持ちいいだけ！
ドルマンセ　こんな太い陰茎で処女の陰核をなぶるのは実にいいもんだな……騎士君、君の美尻をこっちに見せろよ。どうだい、リベルタン？　せんずられているご感想は？……それでマダムは私の尻をどんどんやって、このあまを突きまくってくれ。私はあんたのあまなんだ。あんたのあまになりたいんだよ……ウージェニー、いくんだ。天使さん、いっていいんだよ。オーギュスタン、おまえ漏らしちまったのか？　おかげで俺は精水だらけだ……騎士君のも受けてやるよ。俺のももうすぐ仲間入りさせてもらうぜ……我慢の限界だ。ウージェニー、もっと尻を振って、アヌスで俺の陰茎を絞り出してくれ。熱い精水が腹の奥まで到達するようにな。さあ、放つぞ……あぁ、神さまのかま野郎！　死んじまう！（ドルマンセは身を引き離し、全員の体勢が崩れる）どうです、マダム？　あなたのかわいいリベルタン、またもや精水まみれじゃないですか。女陰の入り口まで、びしょびしょですよ。この娘を慰めて、スペルマまみれのクリトリスをまさぐってあげてください。こんなお楽しみ、なかなかできるもんじゃないですよ。

**ウージェニー**　（ひくひくしながら）あぁ、お姉さま、もっと気持ちよくしてくれるのね……あたし、いやらしい気持ちで身体中が燃えているわ。

（体勢が整う）

**ドルマンセ**　騎士君、このかわいい娘の初穂を摘《つ》むのは君なんだから、お姉さんに手を貸して、君の腕の中でウージェニーを失神させてやるんだ。私に尻を向けられるような姿勢をとってやってくれ。オーギュスタンは俺のかまを掘り、俺は君をやる、って寸法さ。

（みな配置につく）

**騎士**　こんなふうでいいかい？

ドルマンセ　ほんの少し尻を持ち上げて。うん、そこだ……いきなりいくぞ、騎士君。

騎士　何だって！　まあ、好きにするさ。この素晴らしい娘を抱いていれば、快楽のほかには何も感じないに決まってるよ。

（騎士はウージェニーにキスをし、女陰にそっと指を入れて愛撫する。サン・タンジュ夫人は、彼女のクリトリスをくすぐる）

ドルマンセ　私に関して言えばね、騎士君、ウージェニーとの時より、君とのほうが確かにずっといいよ。青年と娘の尻じゃ、大違いだからね。さあ、やってくれ、オーギュスタン。どうした？　ずいぶん嫌そうだな。どうにもやる気にならんか？

オーギュスタン　マダム、ムッス、だって、さっききれいなこばとさんのなにのところに、ぜんぶでちまったよ。なのに、すぐたてろっていうんだもん。それに、だんな《ムッス》さんのおけつはちっともきれいじゃないしさ。しょうがないさ。

ドルマンセ　馬鹿！　なに泣き言を言ってるんだ！　たとえそうでも、嘘の一つもついて己を利する、それが自然ってもんだ。ほら、しっかりしろ。いいから、尻に入れろって言ってんだ。正直者のオーギュスタン、もう少し経験を積んだら、おまえだって尻のほうが女陰よりいいって言い出すんだぞ……ウージェニー、騎士君にしてもらってることをやり返しておくれ。自分のことでせいいっぱい？　確かにそうだろうけどね。女リベルタンさん、あんたの快楽にも資するところ大なんだから、一つ、騎士君を慰めてくれよ。あんたの初穂を摘むのは彼なんだから。

ウージェニー　分かったわ、やったげるわ。キスだってしたげるわ。もう頭が変になりそう。あぁ！　あぁ！　あぁ！　みなさん、もうあたしだめ。もう許して、死んじゃうわ。あたし、いっちゃう……神さまのくそ野郎、もう何が何だか分からない。
ドルマンセ　私は、ほどほどにしておくよ。騎士君の美尻では精気を取り戻すだけにしてね。最初からそのつもりだったのさ。君の尻で火のついた精水は、サン・タンジュ夫人にとっておくよ。一つの尻で始めたことを、また別の尻でやり遂げることほど楽しいものはないからね。さあ、騎士君、君も回復したみたいだし……一つ、ウージェニーの処女をいただくとするか？
ウージェニー　いや！　やめて。騎士さんにはしていただきたくないわ。そんなことしたら、死んでしまうもの。その役は、ぜひとも明日、この小さなドルマンセさんにお願いしたいわ。
ドルマンセ　それは無理というものだ、天使さん。これまでの人生で、一度も女陰でしたことはないもんでね。今さらこの歳になって始めるなんて、勘弁してほしいな。ウージェニーの初穂は騎士君のものなんだから、それを摘むのにふさわしいのは、ここでは彼だけだ。彼の権利を奪うことはできないよ。
サン・タンジュ夫人　処女を拒否するなんて……それも、こんなにみずみずしくて、きれいなのに。パリでいちばん美しい娘なんですよ。誰だってそう言うに決まってるわ。ドルマンセさん……あなた、これって要するに、ご自分の原理に縛られる、っていうやつじゃなくって？

ドルマンセ　私なんて、まだまだですよ、マダム。私の兄弟たちには、あなたのような女性の尻なんて絶対掘らない、っていうのが大勢いますからね……でも、私はしましたし、またさせていただきますよ。ですから、私の信仰はマダムが疑ってるような狂信には至っていませんよ。

サン・タンジュ夫人　じゃあ、やってみましょうか、騎士さん。でも、手加減なさいよ。自分が入っていかなくちゃならない道の狭さをよく見てごらんなさい。刀と鞘《さや》は少しも釣り合っていないんですからね。

ウージェニー　あぁ、死んじゃう。絶対、死んじゃうわ……でも、あたし、やってほしくってたまらないの。だから、思いきって何でもしてみる。怖がってちゃ始まらないものね……。押し込んでちょうだい、騎士さん。あたし、あなたのものよ。

騎士　（勃起した陰茎を手いっぱいに握りしめて）そうだな。くそ、押し込まなくっちゃならないな……姉さん……ドルマンセ、片方ずつ足を押さえてください……あぁ、神さまの馬鹿野郎、これはとんでもないことを始めちまった！……えい、ままよ。たとえ真っ二つに裂けようが、えい、くそ神野郎、ここがウージェニーの正念場だぞ。

ウージェニー　ゆっくりやって。やさしくね。あたし耐えられないもの……。（彼女は叫び、涙が頬をつたう……）助けて、お姉さま……。（彼女はもがく）いや、入れちゃだめ。それ以上やったら、人殺し、って叫ぶわよ。

騎士　好きなだけ叫ぶがいいさ、あばずれさん。俺が入れなくちゃならんって言ったら入れるんだ。それであんたが一〇〇〇回くたばろうとな。
ウージェニー　野蛮人！
ドルマンセ　あぁ！　くそ！　勃起している時に紳士でいろ、って言うのかい？
騎士　押さえててくださいよ。ほら、入った……奥まで入ったぞ、神さまのくそったれ……くそ、これで処女も一巻の終わりさ。ほら、血ですよ、血がこんなに出てますよ。
ウージェニー　何よ、人でなし……やんなさいよ。あたしを引き裂きたいんでしょ？　もうどうでもいいわ。キスして、冷血漢。キスしてったら。大好きよ……あぁ！　もう何ともないわ。喉元過ぎれば、ってやつね。さっきはあんなに痛かったのに、もうどっかへ行っちゃった。この程度の攻撃に怖じ気づく娘たちに災いあれ……ほんのちょっとの痛みのために、これほど大きな快楽をあきらめてしまうなんて……突いて、突いて、騎士さん、あたし、いっちゃうわ。あなたが開いた傷口に、あなたの精水を注いで、子宮の奥まで押し込んで。あぁ！　快楽は痛みに勝つのね。あたし、気絶しそう。
（騎士がしている最中、ドルマンセが彼の尻と睾丸を愛撫し、サン・タンジュ夫人はウージェニーの陰核をくすぐる。騎士、射精する。体勢が崩れる）
ドルマンセ　あそこの口が開いているあいだに、あばずれさんをオーギュスタンにやらせたらと思うんですがね。今すぐに。
ウージェニー　オーギュスタンにですって？……あんなに大きな男根……あぁ！　今すぐ

に、なんて……まだ血が出てるっていうのに……ドルマンセさん、つまり、あたしを殺したいのね！
サン・タンジュ夫人　かわいい子……キスして。かわいそうに……だけど、判決は下されたわ。上告はできない。あなた、受けざるをえないのよ。
オーギュスタン　あぁ！　かみさまのこんちくしょう、もういつでもじゅんびはできてるさ。このかわいいむすめっこをなにできるんならね。ローマからだってとんでくるよ。
騎士　（オーギュスタンの巨大な陰茎をつかんで）ほら、ウージェニー、見ろよ。こんなに勃起してる……僕の後釜には何ともふさわしいじゃないか。
ウージェニー　あぁ！　なんてことかしら。こんな判決ってある？……ひどすぎる！　あたしのこと殺すつもりね。はっきり分かったわ。
オーギュスタン　（ウージェニーをつかまえて）あぁ！　マドメゼル、これでだれもころしたことはないよ。
ドルマンセ　ちょっと待て、オーギュスタン、待つんだ。おまえがやってるあいだ、ウージェニーの尻をこっちに向けるんだ……そう、そうだ。もっと近くに来てください、サン・タンジュ夫人。あなたの尻を掘る、ってお約束しましたね。約束は守りますが、あなたの尻をやりながらウージェニーを鞭打たせてください。その間、騎士君は俺を鞭で打ってくれないか？
（すべて整う）

ウージェニー　あぁ！　くそ、壊れちゃう……あんた、やさしくやりなさいよ、この野蛮人が……あぁ！　おまえったら……入ってく……あぁ、入ったわ。この馬鹿、奥まで入ってるわよ。死んじゃう！……あぁ！　ドルマンセさん、そんなに叩いて、両側からあたしに火をつけようっていうの？　お尻が燃えそうよ。

ドルマンセ　（力いっぱい鞭を振りながら）まだまだ……もっとお見舞いしてやるぞ、あばずれさん。そうすりゃ、もっと気持ちよく射精できるぞ。サン・タンジュが見事にせんずってくれてるな。そんなにやさしく指でなにされたら、ウージェニーも俺とオーギュスタンがいくら痛めつけても感じなくなるってもんだ……マダムのアヌスの締めつけること、締めつけること……いきそうですね、マダム。一緒にまいりましょう。あぁ！　姉弟のあいだに挟まるってのは、こりゃこたえられん。

サン・タンジュ夫人　（ドルマンセに向かって）やって、もっとやってちょうだい。初めてよ、あたし、こんなに気持ちいいの。

騎士　ドルマンセ、相手を変えようよ。姉さんの尻からウージェニーの尻にさっさと移って、ウージェニーに二人に挟まれた快楽がどんなもんだか教えてやってくれよ。僕は姉さんの尻を掘る。その間、姉さんには君の尻を鞭打ちしてもらおう。君がウージェニーを血だらけにしたお返しにね。

ドルマンセ　（実行しながら）了解……どうだい、騎士君、こんなに素早く移れるかい？

ウージェニー　まあ、なんてこと。二人に挟まれちゃったわ。どっちに気を向けたらいいのかしら？　でも、この野蛮人のほうは、もうたくさん。あぁ！　二人相手に倍のお楽しみってことは、あたし、どれだけ精水が出ちゃうのかしら？　あら、もう流れてきたわ。気持ちよく出てきたからいいものの、そうじゃなかったら、あたし、きっと死んじゃってたんでしょ？……まあ！　お姉さまったら、あたしの真似をなさってるの？　絞ったみたいに流れてるじゃないの。ほんと好きね……。ドルマンセさんも射精して……いっちゃって……このど田舎者ったら、あたしの中にたっぷり出して、お腹の奥まで放ってる……あぁ！　あたしのやり手さんたら、二人いっぺんに……神さまのくそ野郎……あたしの精水も受け取って、混ぜてちょうだい……あたし、もうだめ……。（みなの体勢が崩れる）どう？　女先生、あなたの生徒にご満足いただけた？　あたし、淫売になれたかしら？……でも、みなさんのせいで、あたし、こんなありさまよ……めちゃくちゃよ。ほんとにひどいわ！　こんな夢うつつの状態なら、道の真ん中でもやらせてさしあげます、どうしても、っておっしゃるならね。誓ってもいいわ。

ドルマンセ　こんなウージェニーも、すこぶる美しいね。

ウージェニー　ドルマンセさんなんて大嫌い。あたしのこと拒否したじゃないの。

ドルマンセ　信条を曲げるわけにはいかないからね。

ウージェニー　よくってよ。許してあげますわ。人の道を踏み外すための原理は尊重しなければならないんですもの。それに、あたし、今から先は罪の中で生きることだけを願っているの。だから、あなたの原理はあたしの原理ってことになるわ。みなさん、腰かけませんこと？　少しおしゃべりしましょうよ。あたし、もうくたくたなの。あたしの教育をお続けになって、ドルマンセさん。こんな行き過ぎたことをしてしまって、何か慰めになることをおっしゃっていただきたいわ。気がとがめるのよ。何とかしてくださらない？　あたしを励ましてちょうだい。

**サン・タンジュ夫人**　本当ね。実践のあとには少しばかり理論が続くべき。それが女生徒を完璧に仕上げるこつというものよ。

**ドルマンセ**　よろしい。それで、ウージェニー、われわれに何を話してもらいたいというんだね？

**ウージェニー**　あたしが知りたいのは、国家[*4]には本当に習俗や品行のよさというものが必要なのか[*5]、その作用は国民性というものに何らかの影響を及ぼすのか、ということなの。

**ドルマンセ**　ああ、そういうことなら、今朝、出がけに平等宮[*6]で小冊子を一冊買ったんだが、題名を見たかぎりでは、君の質問にうってつけなはずだ……出たばかりのものだよ。

**サン・タンジュ夫人**　見てみましょう。（読み出す）「フランス人よ、共和主義者になりたいなら、もうひとがんばりだ」。まあ、ずいぶん立派な題名だこと。期待がもてますわね。騎士さん、これは美しい声をおもちのあなたに読んでもらいましょう。

**ドルマンセ**　あるいは私の思い違いか、そうでなければウージェニーの質問に見事に答えてくれるはずなんだが。

**ウージェニー**　そうですわね。

サン・タンジュ夫人　オーギュスタン、部屋から出てお行き。これは、おまえのためのものではない。でも、あまり遠くには行かないように。必要な時は呼び鈴を鳴らします。

騎士　では、始めます。

## フランス人よ、共和主義者になりたいなら、もうひとがんばりだ

### 宗教

私は以下で諸君に高邁な思想をお示ししよう。よく耳を傾け、世に伝えてほしい。すべてが気に入るということはないにしても、少なくともそのいくつかは心に残るはずだ。そうして、いかばかりかでも啓蒙《リュミエール》の進歩に貢献できるなら幸いである。

はっきり言うが、見るも苦痛なのだ。これほどの骨を折りながら、われわれはいまだ目的地に到達できずにいる。このまままた無駄骨に終わるのではないか。われわれに法律が与えられた時がゴールだ、などとみな信じているのだろうか。どうか、そんな考えはやめていただきたい。いったい、宗教なしに法律が何の役に立つというのか。われわれには宗教が、共和主義者の性格に見合った宗教が必要である。ローマ［・カトリック］教を手直しすれば事足りるなどということでは断じてない。宗教は道徳によって根拠づけられるべきであり、道徳が宗教によって根拠づけられるのではない。この

ことが確信されたわれわれの時代にあって必要なのは、良俗に適合し、その発展とも必然的な帰結とも言える宗教である。しかも、それは今日、魂が唯一の偶像とみなしている、あの貴い自由の高みにまで当の魂を育て高め、未来永劫、引きとめておける、そうした宗教なのだ。ならば、どうだろうか。ティトゥス帝の奴隷の宗教が、ユダヤの卑しいペテン師の宗教が、今まさにみずからの再生を果たしたこの勇猛果敢な戦士である国民にふさわしいと言えるだろうか。答えは否である。わが同国人よ、断固、否だ。決してそのようなことを信じてはならない。もしフランス人が不幸にして、いまだキリスト教の蒙昧の中に埋もれていたとしたら、どうなっていただろうか。一方では不浄な坊主集団の中で絶えることのない傲慢や暴虐や専制といった悪徳によって、他方ではこの下賤で作りものの宗教がもつ教義と祭儀の低劣さ、狭量、卑屈さによって、共和主義者の魂がもつべき勇猛さを麻痺させられ、力《エネルギー》で断ち切ったばかりの軛《くびき》の中に、またたくまに舞い戻っていたことだろう。忘れてはならない。この幼稚な宗教こそ、われわれの暴君が手にしえた最良の武器の一つだったのだ。その教義の第一条とも言うべきものが「カエサルのものはカエサルに〔神のものは神に〕返せ」〔『新約聖書』「マタイによる福音書」二二・二一など〕であった。だが、われわれはカエサルを王座から追いやり、彼に何一つ返してやるつもりはない。[*7] フランス人よ、宣誓聖職者の精神は宣誓拒否聖職者の精神とよもや同じはずはない、などと期待しても無駄なことだ。どうしても改めることができない身分上の悪徳というものがある。確かに、あなたがたの僧侶たちは、今では宣誓もし、窮乏しているかもしれない。しかし、おそらく一〇年もしないうちに、やつらはキリスト教とその迷信と偏見を利用して、かつて人々の魂に侵入して打ち建てた帝国を取り戻すだろう。そして、あなたがたを再び王たちに鎖でつないでしまうだろう。宗教の支配を支えてきたのは、いつも王たちだからだ。そうなれば、共和国という建物は、その礎《いしずえ》を失って倒壊せざるをえない。おお、大鎌を手にした諸兄諸姉よ、偏見の大木に最後の一撃を加えるのだ。これほどに病毒をまきちらす草木は、枝を切り落とすだけで満足せず、根こそぎ引き抜かねばならない。肝に銘じるのだ。自由と平等の体制はキリストの祭壇を取りしきる祭司どもとは真っ向から敵対するものだ。だから、やつらの中には、この体制を心から受け入れた者など一人もいない。人々の良心に対していくらかでも支配力を取り戻せたなら、この体制を揺るがしてやろうと思わない者は一人としていないのだ。追いつめられた自分たちの今の境遇をかつて享受していた境遇と引き比べたなら、どんな僧侶であっても、奪われた信頼と権威を取り戻すために、あらゆる手段を講じようとするだろう。そうなったら、力のない小心者の多くは、たちどころにこの野心に燃える坊主どもの奴隷に逆戻りするだろう。なぜ諸君は、かつて存在した不幸なら今一度甦る可能性がある、ということに思い至らないのだろうか。キリスト教会の初期においても、僧侶たちは今と同じ境遇にあったのではなかったか。ご存じのはずだ。その彼らがどこまで昇りつめたか、そして何によってそこまで至ることができたのか。それは宗教がもたらすさまざまな手段によってではなかったか。ならば、あなたがたが宗教を全面的に禁止しないかぎり、宗教を述べ伝える者どもは同じ手段を使って、またたくまに同じ目的地に至るだろう。

あなたがたが成し遂げたことを早晩台なしにする可能性があるものは、ことごとく永久に葬り去らねばならない。よくお考えいただきたい。あなたがたの仕事の成果は、ひとえにあなたがたの子孫のためのものだ。そうであるなら、われわれが艱難辛苦の末にやっと抜け出すことができたカオスのただなかに彼らを再び突き落とすかもしれない危険の芽は、今のうちに一つ残らず摘み取っておかねばならない。これこそが、あなたがたの義務であり、誠実さの証なのだ。すでにわれわれがもっていた偏見は一掃され、すでに人民はカトリックの愚昧のすべてを放棄した。寺院をなくし、偶像を引き倒し、今後は結婚を単なる民事上の行為とすることに意見の一致を見た。取り壊された告解所は燃やされて市民をあたためている。自称信者の面々も聖体の宴を離れ、小麦粉でできた神々もネズミが食うに任せている。[*8]だが、フランス人よ、ここで立ち止まってはいけない。いまだヨーロッパ中の人々が目を覆われ、幻を見させられているのだ。彼らはその目隠しに片手をかけながら、諸君が力を尽くして額からひきちぎってくれるのを待ち望んでいるのだ。急げ、聖地ローマでは、諸君のエネルギーを抑えつけようと、あらゆる方面に働きかけている。やつらにわずかでも新たな信徒を確保する隙を与えてはいけない。やつらの震えおののく尊大な頭を容赦なく打ち、叩け。そうすれば、二ヵ月と経たぬうちに、サン・ピエトロの教皇座の残骸の上に自由の木が生い茂り、その勝利の枝葉は恥知らずにもカトーとブルートゥスの遺灰の上に建てられたキリスト教の軽蔑すべき偶像をことごとく覆い隠すことだろう。フランス人よ、繰り返し言うが、全ヨーロッパがあなたがたの手によって王杖と香炉から一時に解放されることを待ち望んでいる。宗教的偏見の拘束を断ち切らずに、ヨーロッパを王の暴虐から解き放つことができるなどと思ってはならない。この二つの束縛は互いにあまりに強く結ばれているので、どちらかだけを残しておくわけにはいかないのだ。そんなことをすれば、あなたがたは必ずや打ち壊すのを怠った側の支配の手に再び陥るだろう。共和主義者が膝を屈するべきは、もはや想像の産物〔神〕の足元でも、卑しい詐欺師《イエス・キリスト》の足元でもない。今や、共和主義者の唯一の神は、勇気と自由でなければならない。ローマ帝国は、キリスト教が布教を始めるや滅んだ。キリスト教を畏敬するかぎり、フランスもまた滅びることになる。[*9]

　この唾棄すべき宗教は、実に馬鹿馬鹿しい教義、ぞっとするような神秘や秘蹟、とんでもない儀式、実行不可能な道徳を有している。それらを入念に吟味してほしい。そうすれば分かるはずだ。そんなものが共和国にふさわしいかどうかが。今の今までイエスの愚かな司祭の足元にひれ伏していた男だと分かっているのに、そいつが述べた意見にころっといってしまう、そんなことが私に起こるとは、よもやあなたがたも思うまい。なぜなら、そうした男は卑しい心を入れ替えるはずもなく、あさましい了見からいつまでも冷酷な旧体制に固執することは確かだろうから。われわれが愚かにも受け入れてしまった宗教のような卑屈で馬鹿馬鹿しい宗教に屈しかねないということが知れた時点で、この男は私に法律を課すことも知恵の光を伝えることもできなくなり、ただ偏見と迷信の奴隷としか見えなくなる。われらが祖先の常軌を逸した宗教にしがみついている者が、まだわずかながら残っている。やつらに目を投じれば、今述べたことは本当だと納得できるはずだ。こうした者はことごとく現政体の不倶戴天の敵であり、その中には王党派やエリート支配層《アリストクラット》といった、まさにわれわれの蔑《さげす》みの対象となっている特権階級全員が含まれているのが分かる。王冠を戴いた山賊の奴隷どもは、勝手に粉製の偶像の足元に跪《ひざまず》いていればいい。そんな偶像は、泥でできたやつらの魂にこそ、ふさわしいのだ。王に仕えることができる者は、必ずや神々を崇《あが》めることになる。しかし、われらフランス人は、わが同胞たちはみな、これほど軽蔑すべき軛のもとにまたも伏して這いつくばり、再び隷従するくらいなら、むしろ一〇〇〇回でも死ぬことを選ぶだろう。われわれは宗教が必要だと感じている。ならば、ローマ人たちの宗教を真似ればよい。行動、情熱、英雄こそ、とりもなおさずその崇敬の対象だった。人はこうした偶像によって魂を高められ、強く感動させられ《エレクトリゼ》ただけでなく、崇敬の対象がもつ諸々の美徳を伝えられた。知恵の神ミネルウァの信奉者は思慮深くあろうと欲し、軍神マルスに跪《ひざまず》く者の心には勇気が宿っていた。この偉大なる民の神は、どれもこれもエネルギーに満ちており、己が内で燃える炎を崇拝する者の魂の中に移し伝えた。人々はいつかは自分も崇拝されたいという希望をもち、それゆえとにかく自分の手本と同じくらい偉大になりたいと切望したのであった。だが、これに対して、キリスト教のもったいぶった神々には何を見出せるだろうか。いったい、この愚かな宗教は人に何を提供するというのか(2)。ナザレの軽蔑すべきペテン師は、何か偉大な思想をあなたがたにもたらしただろうか。こいつの汚らしい唾棄すべき母親こと、ふしだらなマリアは、人々に何かしら美徳を吹き込んだだろうか。こいつの楽園《エリゼ》に群がる聖人どもに、人の手本になるような偉大さや、英雄的精神・行動、美徳を見出すことができるだろうか。この馬鹿げた宗教が偉大な思想に資するところがあまりにもないため、どの芸術家も記念碑を建立する際、キリスト教のアトリビュートを使うことができずにいるではないか。ローマですら、教皇の宮殿がモデルとした装飾調度のほとんどは異教のものだった。この世が続くかぎり、偉大な人間の霊感を燃え上がらせるのは、ひとえにこの異教だけであろう。

では、純粋な有神論には、こうした異教よりなおも偉大さと気高さに人を向かわせるものがあるだろうか。空想の産物を一つ使えば、人の魂に共和主義的美徳に不可欠の多大なエネルギーを与え、人をしてその美徳を慈《いつく》しんだり、実行させたりできるというのだろうか。そんな想像はやめにしよう。かかる幻想は捨てたはずではないか。今、理性を用いることができる人々にとって唯一の学説は、無神論である。人は蒙が啓《ひら》かれるにつれて気づいたのだ。運動は物質に本来的に属するものなのだから、物質に運動を伝えるのに必要な動作主の存在は必要ない、ということに。存在するすべてのものは本質的に運動状態にあり、したがって動因は無用であることに。そうだ、人は気づいたのだ。神というものは用心深い最初の立法者たちによって捏造された空想の産物であり、人を鎖につなぐために彼らが用いた方法の一つにすぎない、ということに。やつらはこの幻に語らせる権利を独り占めし、馬鹿げた法律にお墨つきを与えるようなことだけを言わせて、われわれの隷属を図ったのだ。リュクルゴス、ヌマ、モーセ、イエス・キリスト、マホメットらは、どいつもこいつも大ペテン師で、われわれの精神を操る大暴君だった。やつらは神をでっち上げ、自分の度外れた野心のための協力者に仕立てる術《すべ》を知っていた。そして、神の賞罰なるもので人民を思いのままにできると確信し、人も知るように、常に自分たちに都合のよいことだけ神に伺いを立て、自分たちに役に立つと思えることしか答えさせないように注意していたのだ。*10 ならば、今こそわれわれは、これらの詐欺師どもが説いた無意味な神々を、その馬鹿馬鹿しい帰依から生じる煩瑣な信教上の規定ともども、蔑《さげす》み、軽んじなければならない。自由な人間は、もはやこんな気休めにごまかされることはない。ならば、われわれが全ヨーロッパに広めるべき諸原理の中に、神の崇敬と祭儀の完全なる抹消を加えなければならない。王杖をへし折るだけで満足せず、偶像が再帰しないように、一つ残らず粉砕し尽くすのだ。いつの時も、迷信から王権まではほんの一歩だった。(3) それもそのはず、戴冠式で王が誓う最も重要な条項の一つは、いつだって支配的な宗教を維持することだったのだから。宗教は、王座を支える最良の政治的基礎の一つだったのだ。だが、この王座が破壊された今、しかも幸いにも永久に破壊された今、その支えを一緒に根絶することを恐れる必要はまったくない。そうだ、市民諸君、宗教は自由な体制に相対立するものだ。そのことにみな気がついた。だから、自由人がキリスト教の神々にひれ伏すことなど間違ってもありえず、またその教義や儀式、秘蹟、さらには道徳が共和主義者の気に入ることも決してないだろう。もうひとがんばりだ。あなたがたは偏見を破壊しようと努めている。ならば、そのうちの一つとして生かしておいてはいけない。たった一つからすべてが甦ることだってあるのだ。まして、あなたがたが手をこまねいている偏見は疑いなく他のすべての偏見の源なのだ。ならば、それらも必ずや復活するだろう。このことを肝に銘じなければならない。

宗教が人間の役に立ちうる、などと考えるのは、もうやめようではないか。よい法律さえあれば、宗教などなくても済むのだ。しかし、民衆には宗教が必要だ、宗教は民衆の心をまぎらわせ、制御するのだ、と言う者もあろう。それならば、よろしい、自由人にふさわしい宗教をお与えいただきたい。異教の神々をわれわれにお返し願いたい。喜んでユッピテル、ヘラクレスあるいはパラスを崇《あが》め、拝むことにしよう。だが、宇宙はみずからを動かしているのだから、宇宙の創造者などというお伽話はもうごめんこうむろう。広がりをもたないにもかかわらず万物をみずからの無限性で満たす神〔『旧約聖書』「エレミヤ書」二三・二四「私は天と地を満たす」〕、全能であるにもかかわらずみずからの欲するところを一度として行いえない神、この上なく善でありながら不平不満の輩ばかりを作りなす神、秩序を愛しながらすべてを混乱させたまま支配する神[*11]。そんなものはもう願い下げだ。そうだ、自然を乱す神、混沌の父たる神、人を駆り立てておぞましい行為に勤《いそ》しませる神など、もういらないのだ。こうした神を前にして、われわれは怒りで打ち震えざるをえない。こんな神は永久の忘却へと追いやらねばならない。あろうことか、あのおぞましいロベスピエールめは、この忘却の底から神を連れ戻そうとしたのだが[4]。

フランス人よ、こんな恥ずべき幻影は捨てて、ローマを世界の主人に押し上げた、あの堂々たる神像に代えようではないか。王の偶像を扱ったのと同じ仕方で、キリスト教のすべての偶像を扱おうではないか。われわれは、かつて暴君たちの立像を支えていた礎石の上に、自由の象徴を置き換えた。同様に、キリスト教が崇めたごろつきどもが置かれた台座に、偉大な人々の像を打ち建てようではないか(5)。農村への無神論の影響を懸念するには及ばない。農民たちは、真の自由の原理と相容れないカトリックの祭儀は一掃すべきだ、と感じたのではないか。自分たちの祭壇と司祭館が倒されるのを恐れも苦痛もなく静観したのではないか。そう、きっと彼らは嘲笑すべき神とも同様に縁を切るだろう。彼らの集落のひときわ目を引くあちこちに、マルスやミネルウァや自由の像が置かれるだろう。そこでは毎年、年に一度の祭りが行われ、祖国に貢献するところ最も大であった市民に市民の栄冠が与えられる。人里離れた森の入り口のひなびた寺院には、ウェヌス、結婚の神、アムールの像が建てられ、恋人たちの礼拝を受けるだろう。そして、美の女神たちが手ずから彼らの変わることなき愛情に美の栄冠を授けるだろう。しかし、この栄冠を得るには、相手を愛しているだけでは十分でなく、それに恥じない資格の持ち主でなければならない。英雄的精神、才能、思いやり、高貴な魂、固い愛国心、こうしたものを男は恋人の足元で証明しなければならないのだ。これらは、過去の人々が愚かな思い上がりから求めた家柄や金に、いやまさるものだ。かつてわれわれが弱さゆえに信じると誓ってしまった宗教が罪悪しか生み出さないのに比べて、この崇拝は少なくともいくつかの美徳を花開かせるだろう。有神論がその本質からして、われらが仕える自由の死を願う最大の敵であるのに対して、この崇拝は自由に生命を吹き込み、育《はぐく》み、そして燃え上がらせるのである。

ローマ帝国末期に〔テオドシウス帝による異教の祭儀、偶像崇拝などの禁止にともなって」異教の偶像が破壊されたとき、一滴の血でも流されただろうか。その革命は、またもや奴隷と化してしまっていた愚かな民衆によって準備され、何の抵抗もなく遂行されたのである。こうした専制主義の事業より哲学の事業のほうが困難だからといって、何を恐れることがあろうか。民衆を架空の神の足元に引きとめているのは、今や僧侶だけだ。あなたがたは民衆が啓蒙されるのをひどく恐れているが、民衆を僧侶どもから遠ざけてみたまえ。そうすれば、彼らも自然とものが見えるようになる。民衆はあなたがたが考えているよりずっと賢明だということを疑ってはならない。暴君の鉄鎖をふりほどいた彼らのことだ、偏見の鉄鎖からもすぐに自由になるだろう。あなたがたは民衆を抑えるものがなくなったらどうなってしまうことかと怯《おび》えているが、思い違いもはなはだしい。民衆を信じるのだ。市民諸君、法の剣をもってしても歯止めのきかない民衆が、地獄の責め苦などといった精神的な恐怖でどうにかなるものでもあるまい。何しろ、そんなものは子供の頃からまるで信じていないのだ。はっきり言って、あなたがたの有神論によって民衆が罪を犯すのを思いとどまったことなど一度もない。いや、むしろ、それゆえにこそ大罪を重ねてきたのだ。人は情念によって盲目になる。情念は目の前を濃い霧で塞ぎ、危険がすぐそこに迫っていても分からないようにしてしまう。だとしたら、神が下す罰のような、はるか遠くにある危険が、この霧を晴らすことができるだろうか。情念の脇には片時も離れず法が剣を構えている。それでも晴らすことができないこの雲を、である。神という観念によってこうした歯止めをもう一つ増やしたところで無駄なことが証明され、それどころか、いろいろ危険な影響を及ぼすことが明らかになった今、それでもまだ宗教が何かの役に立つとあなたがたは言うのだろうか。宗教を延命させるのに十分な理由があるというのだろうか。あるいは、こんな答えが返ってくるかもしれない。われわれはまだそこまで成熟していないのだ、革命をそんなにいきなり揺るぎないものにすることはできないのだ、と。何ということだ。市民諸君、われわれは一七八九年以来、実に困難な道をたどってきたではないか。それに比べれば、残された道程など大したものではあるまい。バスティーユ獄の陥落以来、われわれはあらゆる方面に手を尽くし、世論に訴えてきた。それに比べれば、私の提案など、さほど世論に働きかける必要もないものだ。民衆は、賢く勇気があった。だからこそ、恥知らずな君主を権勢の絶頂から断頭台の足元に引きずり下ろすことができたのだ。たった数年のあいだに、幾多の偏見に打ち勝ち、愚かしい束縛のことごとくを断ち切ることができたのだ。ならば、信じようではないか。民衆はこれからも賢く勇気をもち、公共の幸福のため、共和国の繁栄のため、王の幻影よりいっそう虚しい幻影を葬り去るであろう、と。フランス人よ、まずはあなたがたが最初の一撃を加え、そのあとを国民教育によって完成させなければならない。すぐさまこの仕事に取りかかりなさい。あなたがたが最も気にかけなくてはいけないのが、この国民教育なのだ。この仕事の第一の基礎とすべきは、宗教教育がなおざりにしてきた真の道徳である。これまで子供たちは若い頭や目や耳を神に関する戯言《たわごと》で痛めつけられてきた。しかし、これからは社会の最高原理を学ぶのだ。これまで子供たちは何の役にも立たないお祈りの文句を唱えさせられてきた。どうせ一六歳にもなれば、これ幸いと忘れてしまうというのに。しかし、これからは社会の中でなすべき義務を学ばせなければならない。美徳を愛することを教えるのだ。かつて子供は美徳について、ほとんど何も聞かされなかった。しかし、個人の幸福には、宗教の作り話などなくても、美徳だけで十分なのだ。彼らに感じ取らせるべきなのは、自分たちがそうありたいと望むほどに他人をも幸せにすることで初めて自分も幸福になれる、ということである。だが、この真実を、かつて人々が愚かにもそうしたように、キリスト教の幻影の上に打ち建ててみたまえ。生徒たちは、この土台がどれほど無意味であるかに気づいて、ひと息に上の建物も壊してしまうだろう。そして、彼らは悪人になる。自分たちが打ち倒した宗教が悪人になることを禁止しているからという、たったそれだけの理由で悪人になるのだ。生徒たちに感得させるべきなのは、逆に、自分たちの幸福は美徳を行うことにかかっており、ただそれゆえにこそ美徳は必要である、ということだ。生徒たちはエゴイズムから真っ当な人間になるだろう。エゴイズムの法に従わない人間などいないのだから、これこそが古今東西、数多《あまた》ある法の中で最も確かな法である。国民教育に宗教的なお伽話が入り込むのを何としても阻止しなければならない。われわれが育てようとしているのは、神などというものを崇拝する卑しい人間ではない。自由な人間なのだ。この一事を忘れてはいけない。学を衒《てら》うことのない哲学者が、新米の生徒たちに、自然がいかに人知を超えた崇高なものか、神のことを知ろうとするのは人間にとってすこぶる危険であり、幸福には一瞬たりとも役に立たない、ということを教えなければならない。何かが理解できないからといって、その原因として何だかもっとわけの分からないものを持ち出してきても、何ら幸福になれるわけではないのだ。自然を理解することより重要なのは、自然を享楽し、自然の法を遵守することだ。この法たるや、賢明かつシンプル、どんな人間の心にも書き込まれている。だから、心に問うてみるだけで、それが自分をどこに向けて動かそうとしているのかを読み取ることができる。こう教えても、生徒たちから、それでもぜひ創造主について話してほしいと乞われたら、こう言ってやればよい。すなわち、事物は今も昔も何ら変わらず、決して始まりも終わりももたない、だから想像をめぐらして起源に遡ろうとしても無駄であるし、できようはずもない、と。そんなことをしても、何も説明できないし、何の進展も見込めない、と。[*12]われわれのどの感覚にも働きかけない存在について、人間は正しい観念をもつことができない、そう言ってやるのだ。観念というものはすべて、対象がわれわれの感覚を打つことで生じる対象の表象である。では、神についての観念は、どんな対象を表象するというのだろうか。神についての観念が対象がないのに生じる観念であることは明らかではないか。さらにこう言ってやればいい。こんな観念は、原因がないのに生じる結果という観念と同様、ありえないではないか、原型《プロトタイプ》をもたない観念というのは夢想とどこが違うのか、と。確かに、神の観念は生得的なものであり、人間は母親の胎内にいる時からこの観念をもつ、と主張する博士が何人かいる。しかし、それは間違いだ。すべての原理は一つの判断であり、すべての判断は経験の産物である。そして、経験は感覚を働かせることでしか得られない。この点からするなら、宗教的原理がいかなる対象とも関わらないことは明らかであり、生得的なものではさらさらない。それに加えて、こう言ってやれ。ならば、なぜ理性をもつはずの人間が、最も理解しがたいことこそ最も大切なものだ、などと納得させられてしまったのか、と。それは、むやみやたらに脅かされたせいだ。人は恐怖を抱くとき、理性を使うのをやめるのだ。何よりも理性を軽蔑しろと命じられ、頭を乱されたせいだ。そんなとき、人は何でも信じてしまう。自分で確かめ、考えることをしないのだ。無知と恐怖の二つを基礎としない宗教はない、そう生徒に言ってやれ。人間は神に対して確信をもてない。そのことが逆に人間を宗教につなぎとめる動機になる。暗闇の中にいる人間は、肉体的にも精神的にも恐怖を覚える。恐怖は習慣となり、欲求に変わる。そんなとき、望んだり恐れたりできるものがなくなってしまうと、自分には欠けているものがあると思い込んでしまうのが人間なのだ。そう述べたあと、話を道徳の有用性に戻し、この大問題について、講義よりも彼らの鑑《かがみ》になるような実例を、書物よりも証拠を生徒にふんだんに与えてやるのだ。そうすれば、あなたがたは彼らをよき市民にすることができるだろう、よき戦士、よき父親、よき夫にすることができるだろう。隷属という考えが彼らの心に浮かぶことも、宗教的な恐怖が彼らのもって生まれた資質をかき乱すこともいっさいなくなれば、それだけいっそう彼らは自国の自由を重んじるようになるだろう。その時こそ、すべての魂は真の祖国愛ではちきれんばかりになる。それは本来の力と純粋さで人の魂にみなぎりわたる。それだけが魂を支配する唯一の感情となり、しかも外から考えを吹き込まれてエネルギーを削がれることもないのだから。その時こそ、あなたがたに続く世代は盤石になるだろう。あなたがたの事業は彼らによって確固としたものになり、時を移さず世界を席捲するに至るだろう。だが、少しでも恐れたり、尻込みしてこれらの忠告に従わなかったり、破壊したと思い込んで建物の土台をそのままにしたりしていたら、どうなるだろうか。またもや、この土台の上に建物が築かれ、以前のままの巨像が打ち建てられてしまうはずだ。そして、以前にもまして悪いことに、今度はあなたがたと次の世代が総がかりになっても打ち倒せないほど強固に築かれてしまうのである。宗教が専制の温床であることを疑ってはならない。専制君主は、どれもこれも最初は僧侶だった。ローマの初代の王ヌマと初代皇帝アウグストゥスは、ともに祭司の職にあった。コンスタンティヌスやクローヴィスに至っては、君主というより神父であった。ヘリオガバルスも祭司として太陽に仕えていた。あらゆる時代、あらゆる世紀を通じて、専制と宗教はかくも緊密に結び合い、常に一方が他方の法として仕えてきたのであれば、一方を倒すと他方も切り崩す必要があることは歴然たる事実である。しかし、私には虐殺や流刑を勧めるつもりはない。こうしたものは私の魂からかけ離れた恐ろしい行為であり、たとえ一瞬でも考えたくもない。何としても殺してはいけない。追放してはいけない。こんな残虐なことは王たちと王を真似する悪人どもがすることだ。残酷なことをするやつらを震え上がらせるのに、同じように残酷なことをしてどうするのだ。力を行使していいのは偶像に対してだけであり、偶像に仕えるやつらは、ただ愚弄してやればよい。信者をことごとく責め殺したネロより、嘲弄に徹したユリアヌス帝のほうが、キリスト教に大きな打撃を与えたではないか。そうだ、神についての観念はことごとく永久に破壊し、神の司祭たちは兵士にしてしまおう。やつらの中にはすでに兵士になっている者もいるが、共和主義者にとってかくも高貴なこの職だけで満足させて、われわれが軽蔑の念しか抱かない、あの空想的な存在や嘘で固めた宗教について、二度と口を開かせてはいけない。それでもなお、神だ、宗教だと話す神がかりのイカサマ師どもが現れるようなら、その時はその頭目をフランスの大都市の四つ辻にさらし、愚弄し、嘲罵し、貶《おとし》めてやるがいい。二度も同じ過ちに陥った者には、一生の監獄暮らしが刑として言い渡されるべきだ。逆に、ごくごく侮蔑的な言葉で神を罵《ののし》ったり、徹底的に無神論的な著作を出版することは、すべて公認しよう。そうやって、われわれが幼く未熟だった時にあてがわれた、この恐ろしい玩具を一つ残らず人々の心と記憶から除去するのだ。また、かくも重大なテーマについては懸賞をかけ、ついにはヨーロッパの人々すべての蒙を啓くことのできる著作を募集して、莫大な賞金を国民の手から授与してはどうだろう。褒賞を手にすることができるのは、このテーマについてすべてを言い尽くし、証明しきることで、同胞市民の手にただ宗教の幻影すべてを刈り切る大鎌とそれらを嫌悪するまっすぐな心だけを与える作者である。そうすれば、半年も経たないうちに、すべては終わっているだろう[*13]。恥ずべき神は無に帰すだろう。しかし、それでも、あなたがたが正しく、他人の評価を配慮し、法の剣を恐れる紳士《オネットム》であることに変わりはない。なぜなら、その時にはもう誰もが理解しているからだ。祖国の真の友は王たちの奴隷のように、そんな幻想に導かれてはならないこと、つまり共和主義者を導くのは、ここよりよい世界があるという根拠のない期待や、自然が与えるより大きな不幸《わざわい》が待っているという恐れではないこと、共和主義者を導く唯一のものは美徳であり、彼を制する唯一のものは良心の呵責であることを。

## 習俗[*14]

有神論が共和政体に微塵もふさわしくないことが明らかになった今、必要なのは、フランスの習俗もそれに劣らず、これにふさわしくないことを証明することだろう。まもなく法律が発布されることになっているが、習俗はこの法の動機の役目を果たすのであり、それだけに、この問題は重要である[*15]。

フランス人よ、新しい政体は新しい習俗を必要とする。この上なく教化啓蒙されたあなたがたであれば、このことに気がつかないはずはない。自由な国家の市民が専制主義の王の奴隷のようにふるまうことなど、ありうるはずもない。市民と奴隷は異なる利害関心、義務、人間関係を有し、このことが両者のこの世での生き方を根本的に異なるものにするのだ。王の支配のもとでは、数多くの些細な落ち度や社交上の微罪がきわめて重大なものとみなされた。王たちは、みずからを尊敬され、近寄りがたいものとするために、臣下にいくつもの拘束を課す必要があり、そのため彼らに多くのことを強要しなくてはならなかった。しかし、そうした過失や罪は、ここではまったく無効になる。また、王殺しや瀆聖という名で知られていた大罪も、もはや王も宗教も知らない政体、共和主義国家においては同様に消滅すべきものとなる。市民諸君よ、考えてほしい。良心の自由と出版の自由を認めるなら、ごくわずかのことを除いて行動の自由も認めなければならない、ということを。また、政体の根本を揺るがすものを除くと、はたして罰すべき罪がどれだけ残るか、ということを。実際、自由と平等を基盤とする社会において、犯罪行為はごくわずかしか存在せず、事物を熟慮検討するなら、実にただ法が許さないものを犯罪行為と呼ぶにすぎないのである。[*16] なぜなら、自然は、われわれの身体組織に応じて、より哲学的に言えば、自然が美徳と悪徳のどちらを必要とするかに応じて、われわれに悪徳と美徳をともに等しく命じるので、自然がわれわれに吹き込むものは、何が善いことで何が悪いことかを的確に決定するための尺度としては、はなはだ不確かなものになるからである。ともあれ、これほど根本的な問題については、私の考えをさらに詳しく述べる必要があろう。そのために、これまで人々が一致して犯罪と呼び慣らわしてきたさまざまな生活上の行為を分類し、次いでそれらを共和主義者の真の義務と照らし合わせていこう。

人間の諸義務は、いつの時代も以下の三つの異なる関係のもとで考察されてきた。

一　良心および軽信が人に課す至高存在に対する義務
二　同胞に対して果たすべき義務
三　最後に、自分自身にのみ関わる義務[*17]

これまでわれわれ人間に干渉しえた神などおらず、また人間も植物や動物と同じく、自然が必要として生み出したものであり、存在しないことはできないから、ここに存在する、ということが確実で疑いえない以上、当然、この第一の義務、すなわち、われわれが誤って神に対して負うべきだと信じ込んでいる義務には即座に消えていただこう。それとともに、不信心、瀆聖、瀆神、無神論など、これまで曖昧模糊とした名で知られてきた宗教的な罪のことごとくが消え失せる。一言で言えば、アテナイ人がきわめて不当にもアルキビアデスを罰したり、フランスがラ・バールを罰したりした、そうした諸々の罪が消えてなくなるのだ。人間は、神や神が要求するところを自分たちの偏狭な頭でしか認識できない。にもかかわらず、想像力がでっち上げたこの愚劣な幻影を満足させたり怒らせたりするものの性質を明確にしようというのだ。この世でこれ以上、奇怪千万なことがあるだろうか。私は、みながすべての宗教を差別なく認めればそれでよい、と言っているのではない。私が願ってやまないのは、人がどのような宗教でも嘲笑したり、馬鹿にしたりできる自由であり、どこかの寺院に集まって自分勝手に神にお守りくださいなどと祈っている輩を舞台上の喜劇役者のようにみなし、みんながその道化ぶりを笑いものにしに行くことが許されることなのだ。もしあなたがたがそのような仕方で宗教を見ないなら、宗教はどれも再び厳粛なものとなって影響力を増し、やがて世論を味方につけるに至って、またもや宗教議論が即座に宗教戦争に変ずる、そんな羽目に陥るだろう[6]。また、さまざまな宗教のうちの一つを優遇したり保護したりすれば、平等が損なわれて、まもなくその政体から消滅し、神権政治が再建されて、程なくそこから貴族政治が再生してくるだろう。何度でも繰り返し言おう。神はもう要らない、フランス人よ、もしもあなたがたがその有害な支配を受け、あっというまに残虐この上ない専制主義に引き戻されることを望まないなら、神はもう要らない、と。しかし、神を打ち倒すには、ひたすら神を嘲笑することが必要だ。むやみにいらついたり、大げさにものものしい態度をとったりするなら、神についてまわる危険のすべてが群れをなし、即座に息を吹き返すことになるだろう。怒りに任せて神の偶像を打ち倒すのではなく、あくまでもふざけながら粉砕するのだ。そうすれば、世論もみずから勢いを失っていくはずである。

以上、宗教的犯罪に対してはいかなる法律も発布してはならないことが、十分証明されたものと思う。空想の産物を侮辱しても何も侮辱しないのと同じだし、ある宗教と他の宗教の優劣などはっきりつかないというのに、その一つに背《そむ》いたり、侮蔑したりしたからといって処罰するなど、これほど理屈に合わないことはない。もしそんなことをすれば、ある一つの党派に与《くみ》したことになり、あなたがたの新政体の第一の法たる平等に影響を及ぼして、いきおい、その均衡を突き崩すことになるだろう。

ここで、人間の第二の義務、すなわち人をその同胞と結びつける義務に移りたい。この種の義務は、疑問の余地なく最も広範なものである。

キリスト教の道徳は、人と同胞の関係についてきわめて曖昧で、その根底には詭弁が満ちている。われわれは、そんなものを認めることはできない。というのも、原理を打ち立てようと試みるとき、何としても避けなければならないのが、詭弁を土台とすることだからだ。キリスト教の馬鹿げた道徳は、隣人を自分自身のように愛せ、と命じている。なるほど、嘘偽りにも崇高なところがありうるのだとしたら、これほど感嘆すべきことはないだろうが、しかし同胞を自分のように愛するというのは自然の法にことごとく反することであり、われわれが生きて行うことすべてはこの自然の声によってのみ導かれるべきなのだから、まったくもって論外と言うほかない。大事なのは、自然がわれわれに与えてくれた同胞をあくまで兄弟として、友として愛することだ。共和主義国家においては、人との隔たりが消失して互いの結びつきが強まることは必定であり、だからこそ彼らとともによりよく生きることがわれわれの務めとなるのだ。

したがって、思いやりや友愛、慈善といったものがわれわれ相互の義務を規定すればよく、人は各々、ただ自然から与えられたエネルギーの度合いに応じて、その義務を果たせばよいのである。たとえ人より冷淡だったり、怒りっぽかったりして、そうした人との心を打つような結びつきの中に他の人だったら感じるはずの喜びや満足を感じられない者がいても、彼らを非難したり、とりわけ罰するなどということはしてはならない。こうした場合に、いつでもどこでも誰にでも適用できる法を定めようと望むのは愚の骨頂と言うべきであることは、誰もが同意してくれるだろう。こんなやり方は、自分の兵士全員に同じ寸法で作られた軍服を着せようとする大将と同じくらい、おかしくないだろうか。等しくない性格をもった人間を等しい法に従わせようとするのは、正義に悖《もと》る恐るべきことである。ある者にふさわしいものが他の者にもふさわしいわけではない。人の数だけ法を作ることができないことは、私も認めよう。しかし、法というものは、どのような性格の持ち主であっても、たやすく従うことができるほど、寛容で、数少ないものであってもいいはずだ。私は、この数少ない法が、あらゆる異なった性格の持ち主にも容易に適用できるものであるように強く要求する。法に携わる者の精神とは、罰すべき個人に応じて軽重を決め、刑を課す、というものだろう。実際、ある体質に合わない薬があるように、ある人間には実行に移すことができない徳があることが証明されている。さて、法に従うことができない人間に法を適用するとしたら、それこそ極めつきの不公平と言えるのではないか。このような不正を犯すのは、目の見えない人に色を識別するよう強いることにも等しい、罪深いことではないだろうか。さて、これら第一原理から結果するのは、すでにお分かりのとおり、寛大な法を作り、また何より死刑のような残酷なものを永久に廃止しなければならない、ということである。人一人の命を奪う法など、とうてい適用しがたく、不正で、認めがたいものだ。すぐあとに述べるように、人間が自然に反することなく――あとで証明するのは、この点である――互いに命を奪い合う、まったき自由を、この共通の母から受け取っている場合もないわけではない。しかし、法律がそれと同じ特権を獲得することはありえない。というのも、法は本来、冷徹なものであり、人間において殺人という残酷な行為を正当化しうる情念の影響を受けることはできないのだから。[*18] 人間は自然から促しを受けてこうした行為をするのだから許してももらえようが、逆に法は常に自然と対立し、自然から何一つ受け取っておらず、したがって人間と同じ逸脱をみずから行う権限をもたない。法は人間と同じ動機をもっていないので、人間と同じ権利をもちえないのである。この難解で込み入った区別こそ、多くの人が見逃してきたものである。実際、物事を深く考えることのできる者は、かくも少ない。しかし、私がここで語りかけている教育を受けた人々にあっては、この区別も難なく受け入れてもらえるだろう。この区別の認識が今準備されている新しい法典に反映されることを、私はつとに願っている。[*19]

死刑を廃止すべき第二の理由は、それが犯罪を抑止することが一度としてなかったことである。犯罪は日々、死刑台の足元で行われている。

この刑罰は廃止されなければならないが、それは要するに、人一人を殺したからといって、一人の人間の命を奪っていては、どうにも計算が合わない、ということである。このやり方でいくと、マイナス一人ではなく、いきなりマイナス二人になってしまうことは明らかだ。[*20] こんな算術になじめるのは、死刑執行人か馬鹿者くらいのものだろう。

いずれにせよ、われわれが兄弟たちに対して犯しうる大罪は、主として次の四つに帰着するだろう。すなわち、中傷、窃盗、淫らな言動によって他者を不快にする犯罪、そして殺人である。

すべてこれらの行為は、君主政体では死罪に値するものとみなされてきたが、共和制国家においても、やはり重い罪なのだろうか。われわれは、次にこの問題を哲学の松明《たいまつ》を手に分析していきたい。このような検討は、ただ哲学の光のもとでなされるべきものである。こう言ったからといって、おまえは危険な改革者だと決めつけないでほしい。おまえの著作は悪人の魂の中の後悔の念を鈍らせる危険性がある、おまえの甘っちょろい道徳は悪人の犯罪志向を高めるという最悪の事態を招く、などとは言わないでほしい。私がそのような邪《よこしま》な意図を露ほどももっていないことを、ここではっきりと述べておく。以下で私が示したいのは、私が物心ついて以来、私の一部ともなってきた考えであり、それこそ幾世紀ものあいだ、暴君による恥ずべき専制主義によって虐《しいた》げられてきたものである。この高邁な思想を聞いて腐敗する人たち、哲学的な意見の中に害悪しか見出せない人は、気の毒としか言いようがない。何事につけ、みずからの腐敗を招くこうした輩なら、キケロやシャロンを読んで堕落することさえ、ありえないことではない。私が語りかけているのは、こんな者たちではない。私は私を理解できる才ある人を相手にしているのであり、そうした人たちなら、私の語るところを危険なく読み進めていくだろう。

さて、ごく率直に言って、私は中傷が悪事だと考えたことは一度もない。特に、われわれの政体のように、すべての人がより密に結ばれ、より近くにあって、互いをよく知ることが明らかに有益であるようなところでは、なおさらそうである。中傷というものは、真に邪悪な人を対象とするか、有徳な人に降りかかるか、二つのうちどちらかだ。最初の場合、数多くの悪事で知られている者について少しばかり余計に悪く言っても、どうということもない、このことは誰しも否定しないだろう。それどころか、事実とは異なる悪口ですら、現実の悪業に光をあてる糸口となり、かくしてその悪人はそれだけ世に知れわたることになる。

こんな仮定をしてみよう。ハノーヴァーで危険なインフルエンザが猛威をふるっているが、そこでひどい大気に身をさらすことによって私がこうむるべき危険は発熱だけだとする。その場合、私が行くのを妨げるために、そんなところに行ったらすぐに死んでしまうぞ、と言ってくれる人に、私は不満を覚えるだろうか。疑問の余地なく、否であろう。なぜならない。この人は、大きな災いで私をたじろがせることによって、小さな災いをこうむらないようにしてくれたのだから。

これとは反対に、有徳な人が中傷を受けた場合、その人はそんなことでびくびくせず、人前に姿を見せていればいい。そうすれば、誹謗者が吐いた毒は、すべてそのまま誹謗者に舞い戻るはずだ。中傷は、有徳な人々にとっては追放投票でしかない。彼らの徳はそれを切り抜けた時には輝きを増すばかりだろうし、[*21]それは共和国の徳の総量にとって有益ですらある。というのも、有徳で感じやすいこの人は、わが身に体験した不当な中傷に奮起して、なおいっそう善行に励むだろうから。彼は自分には無縁だと思い込んでいた中傷を受けて、何とかそれを否定しようと努め、さらなるエネルギーを注いで立派な行為に勤《いそ》しむはずだ。このように、中傷家というものは、第一の場合には、危険な人間の悪徳を誇張することで十分によい結果をもたらし、第二の場合も、人をしてみずからの美徳を十全な姿で世に示すようにさせることで優れた結果をもたらす。さて、そこであなたがたにお尋ねしたい。誰が悪人なのかを見分け、善人のエネルギーを増大させることを何よりも必要とする政体において、どこをどう見れば中傷家が恐ろしく見えるというのか。中傷に対しては、いかなる刑も課さないように留意してほしいものだ。中傷は、以上のような二つの観点から、すなわち一つは標識灯として、また一つは刺激剤として見るべきであり、どちらの場合も大変役に立つものとして重んじなければならないのである。立法者が考えることは、どのようなものでも、彼が専心している仕事と同様の規模の大きなものでなくてはならず、その結果が個々の人を襲うだけの犯罪などは決して研究すべきではない。彼が検討すべきなのは、全体に結果が及ぶようなものであるべきだ。立法家が中傷がもたらす結果をこのような観点から考察するなら、彼はそこに何か罰すべきものを見出せるだろうか。中傷を罰する法にわずかでも正しさを認めることができるだろうか。いや、そんなことはとうていできないはずだ。反対に、立法家が中傷を奨励し、それに褒賞を出すなら、彼はこの上なく清廉な正義の人となるだろう。

われわれが検討することにした第二の道徳的犯罪は、窃盗である。

古代史を眺め渡してみると、窃盗はギリシアのどの共和国でも許され、褒美を与えられていたことが分かる。スパルタあるいはラケダイモンはおおっぴらに窃盗を奨励していたし、またそれを兵士の美徳とみなす民もあった。窃盗が勇気、力、器用さ、抜け目なさといった、要は共和政体に、すなわち、われわれの政体に有用な美徳すべてを養い育てるものであることは明らかである。私は偏見を捨てて、こう尋ねてみよう。富の平等化をもたらす窃盗が平等を目標に掲げる政体において大きな悪たりうるか、と。言うまでもなく、否だろう。なぜなら、窃盗は、一つには平等を維持するものだし、二つには自分の財産を前よりきっちり守るようにさせるからである。自分の所有物を大事にすることを教えるために、泥棒ではなく盗まれた者のほうを罰する民もあったほどだ。こうしたことは、さらなる考察へとわれわれを導く。

先頃、わが国民は所有権の尊重を誓うに至った。[*22] 私は、これを批判したり、破棄したりするつもりはまったくないが、ただ、この誓いが正義にかなっていないということについて、いくつか考えを述べさせていただきたい。国民一人一人が行ったこの誓いの精神とは、どのようなものだろうか。市民のあいだに完全な平等を保つこと、全員の所有権を保護する法律に全員を平等に従わせること、ではないだろうか。では今、私はこうお尋ねしたい。何ももたない者にすべてをもつ者を尊重せよ、と命じる法は、はたして正義であるか、と。社会契約の基礎原理とは何だろうか。自分の自由と所有権を少しばかり譲渡することで、この二つの残りの部分を保証し、維持することではないだろうか。法律は、すべてこの基礎の上に築かれている。これが己の自由を濫用する者に処罰を科すための動機となり、また課税を可能にもする。税を要求されても人が激しく抗議しないのは、それを与えることによって残りの部分が保護されるからだ。しかし、もう一度繰り返すが、何ももたない者は、どのような義務によって、何もかももっている人しか保護しない契約に縛られなくてはならないのだろうか。この誓いによって、あなたがたが金持ちの所有物を保護するのは、公正な行いではあるだろう。だが、〔己が生存を〕維持するのに何一つもたない者にこれを誓えと言うのは、正義に悖《もと》るのではないだろうか。この一文なしは、あなたがたが求める誓いをすると、どんな利益を得られるというのか。彼とは比べものにならないくらい裕福な者にのみ得になるようなことを、なぜ彼に約束させようというのか。どう考えても、これ以上、正義に反することはないだろう。誓いというものは、誓いをするすべての個人に平等な結果をもたらすものでなくてはならない。誓いを守っても何の利益も得られない者を、誓いによって拘束することなどできない。なぜなら、そんな誓いは、もはや自由な人民による契約ではなく、強者が弱者に向けた武器にほかならず、それに対して弱者は絶えず抗うしか術がないからだ。まさにこのことが、近頃わが国民が要求した所有権尊重の誓いの場合に起こっていることである。そこでは、金持ちたちが一方的に貧乏人を服従させ、貧乏人が行った誓いから利益を得ているのだ。貧乏人たちは、まったく何も考えておらず、そのため善意につけ込まれて、むりやりさせられたこの誓いによって、相手からはしてもらえないことを相手にする義務を負ってしまったことに気がついていない。[*23] ここまで述べれば、あなたがたもこうした不平等がいかに野蛮なものか、納得されただろう。ならば、何ももっていない者が何でももっている者から何かをくすねる気になったとしても、これを罰して不正をもう一つ重ねるようなことはしないでほしい。あなたがたの不公平な誓いは、貧乏人にかつてないほど窃盗の権利を与えてしまっているのだ。貧乏人が彼にとっては理屈に合わない約束を破っても、そうさせているのはあなたがたなのだから、この誓約違反によって彼が起こす犯罪はすべて正当なものとなる。要するに、あなたがたが原因で生じたことを罰する権限はあなたがたにはない、ということだ。泥棒を罰することがいかに残酷なことかを理解してもらうのに、もうこれ以上述べる必要はないだろう。そして、先ほど述べた人民の賢明な法律を真似てほしい。泥棒に盗まれるほどだらしない人間には罰を与え、逆に盗んだ者にはいかなる種類の刑も言い渡さないようにしてほしい。あなたがたの誓いが泥棒の行為に権限を与えていることを忘れないでほしい。この行為に耽《ふけ》ることで、泥棒は自然の第一にして最も聖なる運動に、すなわち誰を犠牲にしてでも己が生存を維持するという運動に従っているにすぎないのだ。

同胞に対する人間の義務の二番目の範疇において次に考察すべき犯罪はリベルティナージュが企てる諸行為にあるが、中でも特に人の目を引くのが、各人が他人に負うているものを侵害することはなはだしい、売春、不義、近親相姦、強姦、そしてソドミーである。だが、道徳的犯罪と呼ばれるもの、つまり今挙げたような行為は、どれもみな、われわれの政体にとって、あってもなくてもよいものだ、などとはくれぐれも考えないようにしてほしい。すなわち、それによってのみ存続が可能になるような〔統治〕形態を保つことを至上の義務とし、そのためには手段を選ばない――これこそが共和政体が従うべき、ただ一つの道徳だ――、そうした政体にとっては、である。さて、共和政体は、そのまわりを囲んでいる専制君主たちから妨害を受けるのが常である。この場合、己を保持するために用いる手段が道徳的な手段であるというのは、どう考えてもおかしい。共和国は戦争によってしか己を保持できず、そして戦争ほど道徳的でないものはないからだ。だとすれば、こうした義務を果たすために反道徳的な状態にある国家において個々人が道徳的である必要性は、どうすれば立証できるだろうか。いや、むしろ、はっきり言って個人は道徳的でないほうがよいのだ。ギリシアの立法家たちは、国の成員たちを堕落させることがいかに重要であるかを、はっきりと自覚していた。共和政体のような完全に幸福な政体は、どうしても近隣諸国の憎悪と嫉妬をかき立ててしまう。そうした政体にとって、成員たちの道徳的退廃は機械〔国家〕に有用な退廃に作用し、それによってこの政体に常に不可欠な反乱が引き起こされたのである。この賢明な立法者たちは、反乱はまったく道徳的な状態ではないが、しかし共和国にとってはあるべき永久的な状態だと考えたのだ。したがって、機械が永久に反道徳的な激震を続けることを保守すべき人々に向かって、あなたがた自身は道徳的であらねばならない、などと要求することほど、理屈に合わず、かつ危険なことはないだろう。なぜなら、道徳的な状態にあるとき、人は平和でのどかな状態にあり、反対に反道徳的な状態にある時は永久運動[*24]の状態にあって、これが人をして欠くべからざる反乱へと近づけるからである。共和主義者は、自分が成員である政体を常にこの反乱の状態に維持しなくてはならない。

事細かく見ていこう。まずはじめに分析するのは羞恥心であるが、これは好色の対極にある臆病な心の動きである。もし自然が、人間が恥じらいをもつことを意図したのだとしたら、人間を裸のままで生み出しはしなかっただろう。われわれほどには文明によって堕落していない非常に多くの民族が裸で生活しているが、彼らはそのことを何ら恥ずかしいとは思っていない。服を着るという習慣の唯一の根拠は、間違いなく気候の厳しさと女の嬌態《コケットリー》にある。女たちは、欲望をかき立てる前にそれを満足させてしまうと欲望の効果を台なしにしてしまうことに気がついたのである。また、自然は自分たちを欠点だらけに創造したので、着飾ってこの欠点を隠せば、男に気に入られるための手立ても万全であろう、と考えたのである。したがって、恥じらいは美徳であるどころか、堕落の最初の結果の一つ、女の嬌態が最初に用いた手段の一つでしかない。リュクルゴスとソロンは、恥じらいをなくせば、市民が共和政体の法律にとって不可欠な背徳的状態にとどまることを深く理解し、劇場で若い娘たちに裸でいるよう義務づけた。(7)[*25] やがてローマもこれに倣って、フローラの祭りでは人々は裸で踊った。異教の密儀の大部分は裸で行われたし、ひいては裸を美徳とみなした民族さえいくつかあった。いずれにせよ、羞恥心がなくなると好色な傾向が生じ、その傾向から生じるのが、今われわれが分析しようとしている、いわゆる犯罪を構成する。そこから生じる第一のものが、売春である。さて、今やわれわれは、こうしたことについて、これまでわれわれを捉えてきたおびただしい宗教的誤謬から解放された。幾多の偏見を無に帰すことで、それだけいっそう自然に近づき、自然の声にだけ耳を傾けようとしている。われわれは、罪というものがあるとしたら、それは自然がわれわれに吹き込む傾向と四つに取り組むことではなく、それを拒絶することだと確信し、色欲はこうした傾向から生じる結果の一つである以上、われわれの内で情欲を消し去ろうとするのではなく、邪魔されずに満足させる手段を講じる必要があると信じて疑わない。われわれが取り組まなければならないのは、売春の世界に秩序を与え、市民をして必要とする淫行の相手に近づき、その相手とともに己の情欲が命じるすべてのことに耽ることができるような万全の体制を築くことである。[*26] 情欲《パッシオン》は何ものにも妨げられてはならない。というのも、人間の内でこの情熱《パッシオン》ほど全幅の自由を要求する情熱は他にないからである。そのためには、健康的で広く、こぎれいな家具がそなえられた、どこから見ても安全な場所が町々に設けられる必要がある。そこでは、性別年齢を問わず、ありとあらゆる人間が、楽しみに訪れるリベルタンの気まぐれに供される。供される者たちには完全な服従が課され、彼らがちょっとでも嫌なそぶりを見せれば、拒絶された人間はすぐさま好きなように罰を与えることができるのである。このことは、さらなる説明を要し、また共和国の習俗ともすり合わせなければならないだろう。私はさまざまなところでこの議論《ロジック》を約束してきた。ここで、その約束を果たそうと思う。今述べたように、情欲ほど全幅の自由を要求する情熱は他にないが、それほど専制的《デスポティック》なものが他にないことも確かである[*27]。人間が命令したり、服従させたり、自分を満足させるよう人に強いて奴隷としてかしずかせたりといったことをしたいと思うのは、まさにこの情欲においてである。人間の心の奥底には自然から与えられた一定量の横暴さ《デスポティスム》が存在するが、これを秘密裏に発散する手段を得られないと、人はまわりに居合わせた誰彼に飛びかかって、何とかこれを行使しようとし、かくして政体に混乱をもたらすことになる。当人もこの暴君的な欲望に絶えず苦しめられてどうにもならないのだから、この危険を避けたいと思うなら、この欲望に自由なはけ口を与えてやらねばならない。こうした男も、あなたがたの配慮と当人に金がありさえすれば、小姓や愛妾たちの作るハーレムでかしずかれて、ちょっとした至上権を発揮でき、そこを出る時にはすっかり満足して、色欲を満たすあれこれの手段を保証してくれる心憎いばかりの政体を混乱させようという気など、とっくに消え失せているだろう。ところが、反対に、これとは異なる措置をとり、かつて横暴な大臣やこの国の淫《みだ》らなサルダナパロスたちが発明した、あの滑稽な文字どおりの足枷を公衆の色欲の対象につけようとしてみよ(8)。すぐさま、あなたがたの政府に対して態度を悪化させ、あなたたちだけが横暴さ《デスポティスム》を発揮しているのを見て妬み、自分たちに強いられた軛《くびき》をふり払おうとするだろう。あなたがたの支配ぶりに嫌気がさして、つい先頃したように、政府を変えようとするだろう。こうした理屈をよく理解していたギリシアの立法家たちがラケダイモンやアテナイで淫蕩をどう扱ったか、見てみよ。彼らは市民に淫蕩を禁止するどころか、淫蕩で酔わせたのだ。いかなる類いの淫行も禁止されず、地上で最も賢い哲学者というご神託が下ったソクラテスなどは、アスパシアの腕からアルキビアデスの腕の中に頓着もせずに身を移しながら、やはりギリシアの誉れであることに変わりはなかったのだ。さらに一歩進めてみよう。私の目的は、われわれが採用したこの政体をこのまま保持しようと願うなら、急いで現在の習慣を変える必要があるということの証明にある。そうである以上、私の考えがどれほど現在の慣習に反していようとも、あなたがたにぜひ理解してほしいのは、貞淑ぶりで知られる女たちが買春するのも、男のそれと同じく、決して危険なことではないということ、したがってわれわれは、先ほど設けた施設で行われる淫蕩への参加を許すだけでなく、彼女たちのための施設を建てる必要さえあるということである。その施設では、男よりもはるかに激しい彼女たちの気まぐれや体質から生じる欲求が男女を相手に満足させられるのである。

まず、あなたがたは、どのような権利があって、自然によって男の気まぐれに盲目的に従うように命じられているはずの女がそれを免除されるべきだと主張するのだろうか。次に、あなたがたは、どのような権利から、女の肉体にとって無理であるばかりか、彼女たちの名誉にとって何の役にも立たない禁欲に彼女たちを従わせようと主張するのだろうか。

以下、この二つの問題を順に論じていきたい。

自然状態において、女は誰にでも身を任せるという他の動物の雌と同様の特権を享受し、またこの雌と同様に例外なくすべての雄に属すべき者として生まれてくる。これこそが疑いなく最初の自然の法であり、人類が作り出した最初の集団が有した、ただ一つの制度だった。しかし、利害、エゴイズム、そして愛が、このかくも素朴な自然の意図を台なしにした。女を一人妻とし、また彼女とともにその家族の財産も手に入れれば裕福になると思ったのである。そうして、今挙げた利害、エゴイズムという最初の二つの感情が満たされる。さらには女を略奪し、それに愛着をもつこともよくあり、ここには愛というまた別の動機の働きが見られるが、いずれにせよ、正義に反することに変わりはない。独占的に所有するという行為は、いかなる場合でも、自由な存在に対して行使することはできないのである。一人の女を専有することは、奴隷をもつのと同じくらい不正なことなのだ。すべての人間は自由な者として生まれ、権利において平等である。この原理を片時も忘れてはならない。したがって、男にしろ女にしろ、異性の相手を独占することに正当な権利が与えられることはありえないし、また性別の一方が、あるいは性別の一方の集団が他方を好き勝手に所有することなどできようはずもない。女もまた、純粋な自然の法によれば、他の男を愛しているからという理由で、自分を求めてくる男を拒絶することはできない。なぜなら、この理由は一つの独占の理由になるからであり、一人の女はすべての男のものであることが明らかである以上、どのような男であっても、その女を所有することから除外されてはならないからである。独占的に所有する行為は、もっぱら不動産や動物に対してのみ有効であり、われわれに似た個人に対しては、いかなる時もなされてはならない。一人の女を一人の男につなぐ絆は、想像しうるいかなる類いのものであろうとも、すべて不正であり、根拠のない繰り言である。さて、われわれがどんな女に対しても区別なく自分の願望を伝える権利を自然から受け取っていることが本当だということになれば、われわれは女を自分の願望に従わせる権利をもつということにも同様に疑いをもちえなくなる。もっとも、それは独占的なものではなく——そんなことを言ったら自家撞着に陥るだろう——、一時的なものである[9]。また、疑いなく、われわれは欲望する男の情火に身を委ねることを女に強制する法を制定する権利も有している。暴行ですら、この権利から生じる結果の一つであり、したがって合法的に行うことができるのだ。そうではないか！　自然は、われわれに女たちを欲望に従わせるのに必要な力を分かち与えることで、われわれがこの権利をもっていることをはっきり証明してはいないだろうか。

女たちが身を守るために羞恥心や他の男への愛着を盾にしても無駄なことだ。そんな見え透いた手は通用しない。羞恥心がいかに不自然《つくりもの》で軽蔑すべき感情であるかは、すでに見たとおりである。また、愛とは魂の狂気とも呼べるものだが、愛される者と愛する者の二人しか満足させないのだから、これにも女たちの貞操を正当化する資格はない。愛は他の人間の幸福に何ら資するところがない。ところが、女がわれわれに与えられたのは、こうしたエゴイスティックで特権的な幸福のためではなく、万人の幸福のためなのである。したがって、すべての男はすべての女を平等に用益《たのしむ》する権利を有しており、そのため自然の法によれば、いかなる男も一人の女に対して自分だけの私的な権利を言い立てることはできない。だとすれば、先に話した娼館で男の望むまま女たちに身を売るように強いる法律、嫌がる女には強制し、逆らう者は罰する、そうした法律こそが最も公平な法律であり、それに対して異議申し立てのできる合法的かつ正当な理由は皆無なのである。あなたがたが公布する法律が公正なものなら、どこぞの人の妻なり娘を享楽したいと思った男は誰でも、相手に先述の娼館まで来るように命じることができる。そこで、このウェヌスの社《やしろ》の女将《おかみ》に見守られながら、女は男に身を任せ、いたくかしこまって言われるがまま、男が自分としてみたがっている気まぐれをすべて満足させてやるのだ。その気まぐれがどれほど奇妙で道を踏み外したものであっても変わりはない。どんな気まぐれであっても、自然の中にないものはなく、自然が認めていないものはないのだ。そうなれば、あと必要なのは年齢を決めることくらいだろうと思われるかもしれないが、しかし私の考えでは、そうした制限は、ある特定の年齢の少女を楽しみたいと望む者の自由を妨げずにはできないものだ。ある木の実を食べる権利をもっている者は、彼の好みが促すのに従って、熟した実であろうと、まだ青い実であろうと、好きに摘むことができるではないか。こう言えば、男の行為によって少女が健康を損なうことが明らかな年齢というものがあるはずだ、と反論されるだろう。しかし、そんな考慮には何の価値もない。あなたがたが私に享楽を所有する権利を与えたその時から、この権利は享楽によって生じる結果とは何の関係もなくなる。その時から、私の享楽がそれに従わなければならない相手に益をもたらすか、害をもたらすかは、どうでもよくなるのだ。すでに私は証明したはずだ。享楽という目的のためなら女の意志に逆らっても何ら構わないし、女もいったん男に享楽の欲望を引き起こしたら、あらゆるエゴイスティックな感情から離れて、それに服従しなければならない。女の健康についても事はまったく同じで、それを配慮すべきとする考えがその女を欲望し、自分のものにする権利をもっている者の享楽を台なしにしたり弱らせたりするとなれば、年齢への配慮など何の役にも立たない。何となれば、自然と法律によって他者の欲望を一時満足させるように命じられている対象が何を感じようが、ここでは問題にもならないからである。この検討で問題になるのは、欲望している者の気に入るか気に入らないかだけだ。とはいえ、これでは不公平にすぎるというものだろう。

であれば、バランスを立て直そう。それは間違いなく、われわれの義務ですらある。今われわれは実に残酷な仕方で女たちを男に隷属させたが、その償《つぐな》いをしてやらねばならないことは改めて言うまでもない。これが、先に私が提出した二つめの問いに対する答えとなる。

われわれが今しがた認めたように、すべての女はわれわれの欲望に従わなくてはならないとすれば、同様に女にも自分の欲望を思う存分、満足させることを許してやってもよいのではないだろうか。われわれの法は、こうした点において、女の火のような好色性に特別の計らいをする必要がある。女もまた、われわれと同様、自然から淫《みだ》らな傾向を多量に受け取っているというのに、これまでは不合理にも反自然的な力でそれに抗うことにこそ女の名誉や徳がある、とされてきた。実に嘆かわしいことに、われわれの道徳習慣は、こうした不正を行ってきたが、その嘆かわしさたるや、次の一事によっていや増すはずだ。すなわち、われわれは彼女たちを誘惑に弱い存在にしようと努め、彼女たちを落とそうとして、あの手この手を使っておきながら、それに屈した途端、罰する、ということをしているのだ。われわれの道徳習慣の不合理さが、こうした酷い不公平のうちによくよく見て取れるように思われるが、以上のことだけをとってみても、われわれは、われわれの道徳習慣全体をより純粋なものに改める抑えがたい欲求を感じずにはいられないだろう。

そこで、私はこう言いたい。女はわれわれよりも激しい淫らな快楽への傾向を与えられている以上、婚姻がもたらすすべての絆、羞恥心をめぐるすべての誤った偏見から完全に解放され、完全に自然状態に戻って、思う存分、快楽に耽ることができるようになるべきである、と。女は好きなだけ多くの男に身を任せることを法律によって認められるのが望ましい。相手が男であろうと女であろうと、身体中のどの部分であろうと、すべてを享楽することが、男においてと同様に、女たちにも許されてしかるべきなのだ。自分を欲する者すべてに身を差し出す、という特別な条項と引き換えに、彼女たちも自分を満たしてくれそうな者すべてを享楽する自由をもたなければならない。では、このような乱行から何か危険が生じるだろうか。父親が誰か分からない子供が生まれるということが、そうだろうか。だが、それがどうしたというのだ。共和国のすべての個人にとって、母とは祖国以外にない。ここで生まれる子供は一人残らず祖国の子供であるべきなのだ。ああ！　生まれた時から祖国しか知らず、頼るべきは祖国だけと信じて疑わない者が、どれほど祖国を愛することか。共和国のものであるべき子供たちを家族の中に孤立させるかぎり、よき共和主義者は作り出せない、と考えるべきである。同胞全員に分け隔てなく与えるべき愛情の一定量を家族のほんの数人に与え、往々にして危険な彼らの偏見を取り込んで、孤立した特殊な意見や考えを抱くようになる、そうなれば国家の人間としての美徳をそなえるなどというのは、とうてい無理な話である。子供は心のありったけを自分を産んでくれた人に捧げてしまうので、自分を生かし、自分の名を世に知らしめ、高めてくれるはずの国家に対する愛情などは心に残る余地がない。まるで国家の恩恵は親の恩ほど大切ではないかのようだ。子供を家族に任せ、祖国の利害とは異なることの多い利害を学び取るままにしておくことが有害であるなら、何よりよい結果をもたらすのは、家族から引き離すことである[*28]。私が提唱している方法によれば、子供たちは生まれながらに家族から切り離される。実際、婚姻の絆を完全に断ち切ってしまえば、女の快楽の結晶として生まれてくるのは、父親など知るよしもない子供ばかりということになり、それとともに本来、国家のものであるべき子供たちを、それぞれたった一つの家庭に所属させてしまう術《すべ》も失われるのである。

そこで、女のリベルティナージュ専用の娼館が、男の場合と同様に、政府の庇護のもとで設けられねばならない。そこには女たちの意にかないそうな、とりどりの男女が取り揃えられていて、彼女たちはこの館に通いつめるほど、尊敬を受けることになる。自然から受け取ったものなのに、欲望に抵抗することをもって女の名誉や徳としてきたことほど野蛮で滑稽なことはない。しかも、その欲望を絶えずかき立てているのが[10]、それを非難する当の男たちだというのだから、なおさらである。しかし、ごく幼い頃に親の絆から解放された娘なら、もはや結婚——これは、私が望む賢明な法律によれば、完全に廃止される——のためにとっておくべきものなど何もないので、これまで女たちを束縛してきた偏見など歯牙にもかけず、それ専用の館で、己の気質が命じるすべてに身を委ねることができる。女はそこで、うやうやしく迎えられ、たっぷりと満足し、社交界に戻ると、自分が味わってきた快楽について、当節舞踏会や散策について話すような調子で、おおっぴらにしゃべることができるようになるだろう。愛すべき女たちよ、あなたがたは自由になる。あなたがたは何事につけ、自分で自分を縛るということをやめ、男と同じく、自然が義務としたあらゆる快楽を楽しむことができるようになる。いったいぜんたい、人類の最も神聖な半分が他の半分から鉄鎖で縛られねばならない、どんないわれがあるのだろう。ああ、そんな鎖は断ち切るのだ。自然もそれを望んでいるではないか。もはやあなたがたにとって、自分の性癖以外に拘束はなく、欲望以外に法はなく、自然の道徳以外に道徳はない。野蛮な偏見によって、あなたがたの色香は失われ、気高い心の激情が抑えつけられている。だが、そんなものにとらわれて、これ以上苦しむ必要はないのだ[11]。あなたがたは、われわれと同様に自由であり、あなたがたの人生にも、われわれと同様に愛欲《ウエヌス》の戦場が開かれている。馬鹿げた非難など恐れることはない。学問をふりかざして迷信で脅かす者はいなくなった。愛らしく羽目を外しただけなのに、それを非難してあなたがたを恥じ入らせようとする者など、もういないのである。これから先、ミルトと薔薇の冠を戴いたあなたがたにわれわれが捧げる敬意は、あなたがたがどれほど外れた行いをしえたかにのみかかっている。

　以上、売春について述べてきたことからすれば、今さら不義を検討する必要はないだろう。不義は先の私の法律が実現した暁《あかつき》には消滅するわけだが、しかし、ひとわたり目を通しておこう。われわれの旧制度はこれを罪悪とみなしてきたが、これほど滑稽なこともない。この世で何が道理に反するかといって、夫婦の絆は永遠だとすることほど、おかしなものはないのだ。この絆がいかに重苦しいものかを検討ないし感じ取ることができるなら、その負担を軽くする不倫行為を罪とみなすことなど、おのずとなくなるはずだ。先にも言ったように、自然はわれわれ男よりずっと激しい体質や感受性を女に授けたのだから、婚姻の軛の重みをより強く感じているのは、明らかに女のほうである。愛欲の火に身を焦がす、心やさしい女たちよ、今こそ恐れず、その償いを求めよ。自然の衝動に従うことは畢竟、悪いことではない。自然があなたがたを造ったのは、たった一人の男のためではなく、すべての男を等しく喜ばせるためである。このことを心に刻み、どんな拘束によっても思いとどまってはいけない。共和国ギリシアの女たちを真似るがよい。立法家たちは彼女たちに法律を与えたが、不義を罪に仕立て上げようなどとは思いつきもしなかった。彼らのほとんどが女の放蕩を許していたではないか。トマス・モアは『ユートピア』の中で、乱行に耽ることが女たちにとって有利に働くことを証明している。この偉人の考えたことも、全部が全部、絵空事だったわけではない(12)。また、韃靼《タタール》人のところでは、女は身を売れば売るほど、人々の尊敬を集め、ふしだらの証を公然と首につけたが、その印をつけていない女は誰にも尊敬されなかった。ペグーでは、家族が自分から妻や娘を異国の旅人に差し出す。女たちを馬や車のように一日いくらで貸し借りすることもある。このように、地球上のどの賢明な民族も淫蕩を罪悪とみなさなかったが、このことを例証しようと思うなら、何冊本を書いてもまだ足りないだろう。それに対して、われわれは淫蕩を罪にしてしまったが、これは哲学者なら誰でもよく知っているように、ひとえにキリスト教のペテン師どものせいである。僧侶どもには、われわれに淫行を禁じる彼らなりの理由があった。やつらは、この禁止の命令のおかげで、自分たちだけが人々の罪の秘密を知り、また許すことができるようになり、かくして女たちに対する絶大な支配権を得て、尽きることのない淫蕩三昧の生活を保障されたのである。やつらがいかにこれを利用したかは周知のとおりだし、また、もしやつらの信用がこれほど地に堕ちていなかったら、今なお、なりふり構わず悪用し続けていたことだろう。

ならば、近親相姦には危険な点があるだろうか。もちろん、否である。近親相姦は家族の絆を拡大し、その結果、祖国に対する市民の愛着を強める。近親相姦をわれわれに課すのは、われわれがそう感じるとおり、自然の基本法であって、自分の家族を相手に享楽するのは、どんな時でも、それは素晴らしいものに思えるのである。人類の最初の制度はどれも近親相姦を奨励していたし、どの社会の起源にも近親相姦は見出せる。これを認めない宗教は存在せず、すべての法律がこれを庇護したのである。世界中を見てまわるなら、至る所、近親相姦が根を下ろしているのを発見するだろう。胡椒海岸やリオ-ガボンの黒人たちは、妻を自分の息子に売る。ユイダ王国では、長男は自分の父親の妻と結婚しなければならない。チリの人々は自分の姉妹や娘の誰とでも寝るし、母と娘の二人と同時に結婚することもよくある。[*29] 要するに、近親相姦は友愛を基礎とするあらゆる政体の法になるべきなのである、私はあえてそう断言したい。しかし、いったいどうすれば理性をそなえた人間が、自分の母親や姉妹やあるいは娘を享楽することは罪になる、などといった馬鹿げたことを信じることができたのだろうか。自然の感情によって最も近しい人を享楽にうってつけの対象にすること、このことを責め立てる偏見ほど忌まわしいものはないのではないだろうか。これでは、自然から誰よりも愛せ、ときつく言い渡されている相手をあまり愛してはいけない、と禁じるのと同じではないだろうか。われわれは自然からある対象に対する愛着を与えられているが、その愛着が強ければ強いほど、いっそう対象から遠ざかるように命じられている、そう言っているのと同じではないか。これほど馬鹿げた矛盾はないだろう。こんなことを真に受けたり、受け入れるのは、迷信に腑抜けにされた民族だけだろう。私が提唱している女性の共有は必然的に近親相姦をもたらすものだから、この罪と言われているものについて言うべきことはほとんど残っていない。その無意味なことはあまりに明白なので、これ以上くどくど述べるのはやめよう。そこで、次に強姦の話に移りたいと思うが、これは一瞥したかぎりでは、相手を辱《はずかし》めるように見える点で、リベルティナージュの乱行すべての中でも、損害が最もはっきりしているように思える行為である。しかし、確かなのは、強姦は、いたって稀で、立証することも難しく、しかも隣人に対して窃盗ほどにも損害を与えない行為だということである。窃盗は所有権を奪うが、強姦はそれに傷をつけるだけだ。もし強姦犯に「自分の犯した悪など大したことはない。自分が犯《や》った相手だって、結婚やら恋愛やらで遅かれ早かれ同じ状態になったんだから、自分はそれをちょっと早めてやっただけだ」と言われたら、あなたがたに反論の余地があるだろうか。

では、ソドミーはどうだろうか。このいわゆる罪は、昔それに耽った町々の上に天の火を招き寄せたと言われているが、これはどんな処罰でも軽すぎるような、恐ろしい過ちなのだろうか。われわれの祖先は、この問題をめぐって勇みきり、幾多の殺人を法に則って犯してきた。実につらいことであるが、われわれはこれを非難しないわけにはいかない。罪といえば、せいぜいあなたがたと趣味が違うというだけの不幸な人を恥知らずにも死刑にするほど野蛮なことがあるだろうか。今からほんの四〇年前、愚かな立法者たちがまだその野蛮な状態にあったことを思えば、誰しも戦慄を禁じえないだろう。しかし、安心していただきたい。市民諸君、こんな馬鹿なことはもう二度と起こらないはずだ。あなたがたの賢明な立法者たちに任せておけばよいのだ。[*30] 今日では、この少数の男たちの弱点について完全に解明が進み、このような過ちも犯罪にはならないこと、自然はわれわれの臓腑を流れる液体にさほど大きな価値を与えることができず、われわれがこの液体をどんな道に注ぎ込もうと腹など立てようもないことが、よく理解されているのである。では、この場合、罪はどこにありうるのだろう。もちろん、身体のどの場所に入れるかには問題はない。身体の諸部分はどれも互いに違っており、清浄なところもあれば、穢れたところもあると考えるのなら別だが、そんな馬鹿なことを主張することはできるわけもない。そうなると唯一、罪と言えそうなものは、種液の損失くらいなものであろう。では、この種液は自然にとってきわめて貴重なもので、それを浪費することは常に罪になると言えるだろうか。もし本当にそうなら、自然は毎日われわれがそれを無駄にするがままにさせているのだろうか。夢において、妊娠した女相手の享楽において、自然がこの浪費を許しているということは、すなわちそれを正当なものと認めている、ということではないだろうか。自然がわれわれに自分に背《そむ》き、侮辱する罪の可能性を与える、などということがあるだろうか。自然は人間が己の快楽をぶち壊し、その結果、自分より強い存在になることに同意する、などということがあるだろうか。さて、ものを考える《レゾネ》時には理性の松明《たいまつ》で照らすことが必要であり、それを捨てたら、どんな不合理な暗い淵に引きずり込まれてしまうことか、想像もつかない。ならば、われわれは、女を前から楽しもうが、後ろから楽しもうが、ただそれだけの単純なことであり、また享楽の相手が娘であろうが、少年であろうが大差ないというのは確かなことだと考えようではないか。また、われわれの中には明らかに自然に起因する傾向しかありえない、そして自然はきわめて賢く、首尾一貫しているのだから、みずからに背く可能性のあるものをわれわれに与えるわけがない、このことを信じて疑ってはならないのである。

　ソドミーの傾向というのは身体組織の結果であり、われわれにはこの組織をどうこうする力はない。ごく年端のいかぬ子供の時にこの趣味を示し、終生治らない人もいる。長じる前に飽きるという人も時としてあるが、しかしこの場合も自然に従ってであることに変わりはない。あらゆる点から見てソドミーは自然の仕事であり、どのような場合であろうとも、人間は自然の促しを尊重しなければならない。正確な調査が行われ、それによってこちらの趣味のほうがもう一つの趣味よりもはるかに人心に影響を及ぼし、はるかに強い快楽をもたらし、そのため反対者より何千倍もの数の崇拝者がいる、ということが巧まずして証明されたらよいのだが。そうすれば、その結論として、この悪徳が自然に背くどころか、むしろ自然の目的であり、自然はわれわれが愚かにもそう思っているほど子孫のことにこだわっていない、ということがはっきりしようというものだ。さて、世界中を見渡してみると、実に多くの民族が女を軽蔑していることが分かる。後継者として必要な子供を作る時以外は、いっさい女を用いない、という民族もあるほどだ。共和国においては、男たちが共同生活をする習慣をもち、そのためこの悪徳が盛んになるのが常なのだが、だからといって、もちろん危険は何もない。ギリシアの立法家たちは、もしこれを危険と考えたなら、自分たちの共和国に採用しただろうか。[*31] 彼らはそう考えるどころか、戦士である人民にとって必要なものとさえ信じていたのである。プルタルコスは、愛する男と愛される男が作る部隊について情熱的に語っている。彼らだけが長いあいだギリシアの自由を守りえたのだ〔プルタルコス『対比列伝』「ペロピダス」一八〕。この悪徳は、戦友たちを支配し、その結びつきを強固にした。最も偉大な人物たちもまた、この傾向をもっていた。アメリカ大陸が発見されたとき、そこに住んでいたのは、この趣味の人ばかりだった。ルイジアナやイリノイでは、女装したインディアンたちが遊女のように売淫していたのである。ベンガル〔ベンゲラの間違い〕の黒人たちは公然と男を囲っていたし、今日アルジェリアではほとんどの売春宿に少年しかいない。テバイでは、少年愛は黙認の域を超え、法によって命じられるほどだった。先のカイロネイアの哲学者〔プルタルコス〕は、若者たちの心情をおだやかにするために、これを法に定めた〔同書「ペロピダス」一九〕。ローマで少年愛が猖獗《しょうけつ》を極めたことは、よく知られている。ローマには、少年が少女の格好をして、少女たちが少年の格好をして春をひさぐ公共の場所があった。マルティアリス、カトゥルス、ティブルス、ホラティウス、ウェルギリウスといった詩人たちは、まるで愛人にでも書くように、男たちに恋を綴ったものだった。また、プルタルコスの本には、女は男同士の愛への関わりをいっさい許されていなかった、とさえ書かれている。(13) 昔、クレタ島のアマジア人は実に変わった儀式で少年を誘拐した。誰か一人気に入った子が見つかると、彼らはいついつその子を誘拐したい旨を親に知らせる。少年は相手が気に入らない時には多少の抵抗をするものの、気に入れば一緒に家を出て、用が済み次第、帰された。これはつまり少年愛の情熱も女相手の時と同じであって、十分堪能したら、もう相手の顔も見たくなくなる、ということである。ストラボンによれば、このクレタ島では売春宿にいるのは一人残らず少年で、公然と売春させていたという〔『地誌』一〇・四〕。この悪徳が共和国でどれほど役に立つかを証明するのにふさわしい権威の話が聞きたいなら、逍遥学派のヒエロニムスがいちばんだろう。彼によれば、少年愛がギリシア全土に広がったのは、それが勇気と力を与え、暴君を追い出すのに役立ったからである。恋人同士が陰謀を企てると、捕まっても共犯者を売ることなく、進んで拷問を受けたという。彼らの愛国心は、国家の繁栄のためにすべてを犠牲にしたのである。こうした男同士の結びつきが共和国を揺るぎないものにすると信じていたので、人々は女を罵《ののし》り、遠ざけた。女などにうつつを抜かすのは、専制主義にこそふさわしい弱さの現れだった。少年愛は、いつの時も戦闘的国民が行う悪徳となった。カエサルによれば、殊にガリア人はこれに耽溺していたという。どんな共和国も敵と戦い続けなければならず、そのため男女が引き離されて、この悪徳が広まると、これが国家にたいそう有益な結果をもたらすことが分かり、今度は宗教がこの悪徳を認めるようになった。よく知られているように、ローマ人はユッピテルとガニュメデスの恋を神聖なものとみなした。セクストス・エンペイリコスが明言しているように、この奇癖はペルシア人のあいだでは法律で命じられていた〔『ピュロン主義哲学の概要』一・一四・一五二〕[*32]。しまいには妻たちが嫉妬と侮辱に耐えきれず、少年が夫にしているのと同じことをしてあげると申し出て、それで試してみた夫もあったようだが、どうにもしらけて、結局、元の習慣に戻った、ということだ。トルコ人も、マホメットが『クルアーン』の中で認めた〔『クルアーン』一五・六七―七七のことか〕この悪習が大のお気に入りなのだが、ごく若い処女なら十分に少年の代わりになる、と述べている。ちなみに、その少女たちは、この試練を経て初めて、彼らの妻になることができるのである。シクストゥス五世とサンチェスもこの放蕩を認めており、特に後者は、これが繁殖に有用で、これを予備段階として生まれた子供は人並み外れて体格がよくなる、ということを証明しようとさえしている。こうなると、女たちも自分たちで埋め合わせをするようになる。とはいえ、この気まぐれも、男のそれと同じく、何の差し障りもない。なぜなら、その結果はせいぜい子作りの拒否ということだけであるし、それにそんな反対をしたところで、人口を増やそうという趣味をもつ者のほうがだんぜん勢いがあるので、しょせん焼け石に水だからである。ギリシア人たちも同様に、こうした女の乱行を国家理性の見地から後押しした。その結果、女たちは自分たちだけで満足し、男たちと接触することもめっきり減って、そうして共和国の仕事の邪魔をすることもなくなったのである。ルキアノスは、この女同士の放蕩がどれほど広まったかを後世に伝えているが〔『遊女の対話』「第五の対話」〕、これがすでにサッポーの詩にも見受けられるのは興味深いことである。とどのつまり、すべてこうした情熱には、いかなる類いの危険もないということだが、この偏愛がさらに激しくなって、いくつもの民族が実例を示すように奇形や動物を愛撫するまでになったとしても、別段大したことではなく、さしたる不都合もないはずである。なぜなら、道徳習慣の退廃は往々にして政体にとってきわめて有益であり、害をなすことなど、いかなる点からしてもありえないのだから。われわれの立法家がこうした人たちの悲しい性《さが》を抑えつける法を作ることがないよう、彼らが十分に賢明かつ慎重であることを望まずにはいられない。こうした性は身体の組織に起因し、そういう傾向があるからといって罪人扱いするのは、自然が奇形として生んだ人を罪人扱いするようなものである。

さて、同胞に対する人間の罪という二番目の範疇の検討において、残すところは殺人のみとなった。このあと、自分自身に対する義務の検討に移りたい。さて、人はさまざまな仕方で同胞を傷つけるが、殺人がその中で最も残虐なものであることに異論はなかろう。殺人は、自然から受け取った、たった一つしかない財産、一度失ったら二度と取り戻せない、この唯一のものを同胞から奪い取ってしまうのだから。しかしながら、殺人がその被害者となる者に引き起こす、こうした損害を考慮から外すなら、ここにはいくつもの問いが生じてくる。

一　この行為は、ただ自然の法だけを考慮した場合、真に犯罪であるか。
二　それは政治の法に照らして犯罪であるか。
三　それは社会にとって有害か。
四　それは共和政体においては、どのように考えるべきか。
五　最後に、殺人は殺人によって抑止すべきか。

これらの問いを、一つ一つ別個に検討していこう。このテーマははなはだ本質的なものなので、しばらくここに立ち止まることも許してもらえるはずだ。おそらく、私の考えは少しばかり過激と思われるだろう。しかし、だったらどうだというのか。われわれは、すべてを言う権利を得たのではないか。人類に偉大な真理を詳《つまび》らかに示そうではないか。それこそが、われわれに求められていることなのだ。今や謬見は消え去る時だ。われわれの目を覆ってきた謬見の目隠しは、王のそれの傍らに捨て去られねばならない。

では、殺人は自然の目から見て犯罪であろうか。これが最初の設問である。
人間を自然のあらゆる産物と同列に引き下げることは、おそらく人間の高慢を挫《くじ》くことになるだろう。しかし、哲学者たるもの、人間のちっぽけな虚栄心におもねったりはしない。ひたすら真実の追求に情熱を注ぐのが哲学者だ。真実は自己愛が作り上げる愚かな偏見に隠されている。それを見透かし、つかみ、全貌を明らかにし、ためらいなく示して、世を唖然とさせるのである。

人間とは何だろうか。人間と植物のあいだに、人間と自然界のすべての動物とのあいだに何か違いがあるのだろうか。そんなものは、もちろん何もない。人間は、動植物と同じように偶然この星の上に置かれ、彼らと同じように生まれ、彼らと同じように繁殖し、増大し、減少する。彼らと同じように老い、寿命が来ると同じように無に帰す。寿命は自然から諸器官の組み立てに応じて、それぞれの動物の種に割り当てられている。もしこうした比較によって哲学者の観察眼にどんな相違も認められないほど、すべてが近しい存在であるというのが正しいなら、一匹の動物を殺すことは一人の人間を殺すのと変わらぬ悪事となるか、あるいはどちらを殺すのも大したことではないか、二つに一つということになるだろう。人間と動物の隔たりは、ただわれわれの傲慢さが生み出す偏見のうちに根をもっている。そして、生憎なことに、傲慢さによる偏見ほど馬鹿馬鹿しいものはないのである。けれども、問題を進めていこう。一人の人間を破壊するのも一匹の動物を破壊するのも同じことである。今やあなたがたもこのことを認めないわけにはいかないだろう。しかし、生命をもつどんな動物を破壊するのも等しく悪いことだというのも、また確かなことではないだろうか。ピュタゴラス主義者たちはそう考えていたし、ガンジス川のほとりには今でもそう考えている人々が住んでいるではないか。しかし、これに答える前に、今われわれはこの問題をただ自然との関わりにおいて検討している、ということを読者諸兄に確認しておこう。人間との関わりにおいては、のちほど考察することになる。

さて、ここで、あなたがたにお聞きしたい。自然は人間のためにほんの少しの労力も払っておらず、何の世話もしていない。そんな人間が自然にとって何か価値をもつだろうか。職人は自分の作品を、それに要した仕事、制作にかかった時間に応じて評価する。では、自然は人間に何か手間暇をかけているだろうか。仮にそうだとして、ではその手間暇は猿や象を作る時よりも余分にかかっているだろうか。さらに一歩踏み込んで、こう問おう、自然を再生させる素材は何だろうか。生きている諸物を構成するものは何だろうか。生命体を構成している三元素は、もともと他の物体〔corps.「身体」の意もある〕の破壊から生じたものではないだろうか。もしすべての個体が不滅のものだとしたら、自然が新たな個体を作り出すことは不可能ではないだろうか。自然にとって生物は不滅であってはならないということは、破壊こそが自然の法の一つということである。さて、自然にとって破壊が絶対に欠かせないほど有用なものであり、死がもたらす破壊のうちから材料を汲み取ることなしには自然は何も創造できないということは、われわれが死と一緒くたにしている消滅という観念が現実的なものでなくなるということである。消滅は、もはや事実として認められるものではなくなるのである。われわれが生命ある動物の最期と呼んでいるものは、現実の最後ではなく、単なる変形にすぎなくなるだろう。この変形は、現代の哲学者たちがこぞって物質の基本法の一つとして認めている物体の真の本質である永久運動に基づいている。この否定しがたい原理によれば、死はもはや単なる一つの形の変化でしかなく、ある存在の別の存在への知覚しえない移行にすぎない。さまざまに変化し、新しい姿をとっていく、というだけのことなのだ。生まれるとは前と違ったものになることの始まりを言い、死とは前と同じ状態をやめることを言う。そして、これこそピュタゴラスが輪廻転生と呼んでいたものなのである。*33

あなたがたは、ひとたびこれを真実と認めた上で、破壊は犯罪であると主張できるだろうか。馬鹿馬鹿しい偏見を手放したくないばかりに、変形とは破壊だ、と恥知らずにも言うのだろうか。よもや、そんなことはないだろう。なぜなら、そのためには、物体には活動していない瞬間、制止している瞬間が存在することを証明しなければならないが、しかしそんな瞬間はまかり間違っても発見できないからだ。小動物の生命は、大きな動物が息を引き取ると、小さな動物がすぐさま何匹となく形作られる。大きな動物が束の間の眠りにつくことから生じる必然的な結果の一つでしかない。さて、あなたがたは、この期に及んでなお、大きな動物と小さな動物のどちらか一方が他方よりも自然の意にかなっている、などと主張するのだろうか。しかし、そのためには不可能なことを証明してみせなければならない。すなわち、自然にとっては長方形や正方形のほうが細長形や三角形より有用で心地よい、ということだ。*34 自然の崇高な計画に鑑みて、何の活動もせず、怠《なま》けきって、肥え太った、ぐうたら男のほうが、馬——その働きはなくてはならないものである——や牛——その身体は大変貴重で、どの部分も役に立つ——よりも役に立つ、ということを証明しなければならないだろう。毒蛇は忠実な犬よりも必要なものだ、と言わなければならないだろう。さて、こうした考えはどれも支持できないのだから、どうしても次のことを認めざるをえなくなる。すなわち、われわれには自然が造り出した作品を無に帰すことはできず、破壊に勤《いそ》しむことでわれわれにできるのは、ただ形に変化をもたらすことだけで、生命の火を消すことはできないのだから、年齢、性別、種のいかんにかかわらず、被造物をいわゆる破壊することが罪になりうると証明することは、とうてい人間の力の及ぶところではない、ということだ。以上、われわれは一つ一つ論をたどってきたが、それに後押しされて、最後に次のことを認めなければならなくなる。すなわち、自然が造り出すさまざまなものの形を変える行為は、自然を害するどころか、むしろ自然にとって好都合な行為である、ということである。その行為によって、あなたがたは再編するための原材料を自然に提供するのだ。もしあなたがたが破壊しなければ、自然の仕事は実行不可能になる。自然のことは自然のするがままに放っておけばいいさ、と言う人がいるかもしれない。そう、確かに自然はするがままにしておく必要があるが、実は人が殺人に励むとき、人はまさにこの自然の促しに従っているのである。人に殺人を勧めるのは自然であり、同胞を破壊する者は自然にとってペストや飢饉にも等しい存在なのだ。ペストや飢饉も自然の手によって放たれたものだが、自然は己の作品作りのためになくてはならない原材料を破壊によってより速やかに得るために、あらゆる可能な手立てを講じるのである。ここで、しばらくわれわれの魂を哲学の聖なる光で照らし出してみよう。

そもそも自然の声以外のいかなる声が、われわれに個人的な憎悪や復讐、戦争など、一言で言えば殺人をさせ続けるありとあらゆる動機を示唆するというのだろうか。さて、自然がわれわれに殺人を勧めているのなら、つまりそれは自然がそれを必要としている、ということである。その場合、ただ自然の意図に従っているにすぎないというのに、どうして自分たちは自然に対して罪を犯しているのだ、などと考えることができるだろうか。

見識ある読者諸兄に、殺人は自然に背《そむ》き、侮蔑する行為では決してありえないと納得してもらうには、もうこれくらいで十分だろう。

では、次に、殺人は政治においては犯罪なのか。あえて言えば、残念ながら事実は反対で、殺人は政治が有する最強の力の一つにほかならないのである。ローマが世界の覇者になったのは、おびただしい殺人のおかげではなかっただろうか。フランスが今日、自由であるのも、数々の殺人のおかげではないだろうか。重ねて言う必要もないだろうが、ここで問題にしているのは、あくまで戦争が引き起こす殺人であって、反徒や秩序破壊者が犯す残虐行為ではない。こうした残虐行為は、もとより人民の憎悪の的となるもので、人々はこれを思い出すだけでみな恐れおののき、怒りに我を忘れるのである。さて、ただ人間を騙すことを目的とし、他の国民を犠牲にして、ひたすら自国民の増大を目指す政治以上に殺人の力を必要とする人間の技術があるだろうか。戦争はもっぱらこの野蛮な政治によって引き起こされる。政治はひたすらこの方策によって、わが身を養い、強固にし、支えるのではないだろうか。戦争とは、破壊の技術でないとしたら、いったい何であろう。*35 一方では殺す技術を公に教えて、それを最もよくなしえた者に褒賞を与え、他方では特殊な〔個人的な〕理由で自分の敵を厄介払いした者を罰するとは、人間の盲目さ加減もここに極まれり、といった観すらある。今こそ、かくも野蛮な誤りを正す時ではないだろうか。

最後に、殺人は社会に対する犯罪だろうか。いまだかつて、こんな問題を理性的に考えええた者がいただろうか。ああ！　これほど大勢の人から成る社会にとって、そのメンバーが一人増えようが一人減ろうが、どうでもよいことではないか。社会の法律、良俗、習慣は、そのために損なわれるだろうか。かつて一個人の死が社会全体に影響を与えたことがあるだろうか。きわめて大きな戦闘が起こって、多くの人間が失われるとか、それどころか人類の半分が消滅するとか、さらにはそのほとんどが消滅したとして、生き残ったわずかな人間が何か物的な変化をこうむるというのだろうか。悲しいかな、そんなことはありえない。自然全体にとってみても同様である。愚かな自尊心から、すべては自分のために作られている、と思い込んでいる人間が、人類が破壊され尽くしたあとでも、自然に何ら変わるところがなく、天体の運行に遅れが生じることすらないのを見たら、さぞや仰天することだろう。先を急ごう。

殺人は、戦闘的で共和主義の国家においては、どのようなものとみなすべきだろうか。

この行為を疎《うと》んじたり罰したりするのは、明らかにとんでもなく危険なことである。勇猛な共和主義者には多少の残虐さが求められる。ひ弱になって、エネルギーを失えば、またたくまに征服されてしまうではないか。ここで一つ奇抜な見解を示そう。大胆ではあるが真実のことなので話したいのだ。ある国民がみずからを統治するにあたって、はじめから共和政体をとる時は、彼らを支えるのはもっぱら何らかの美徳であろう。そうやって微々たるところから始めて、やがて大国に転じるのが常道である。それに対して、すでに老い、腐敗した国民が勇敢にも君主政体の支配を脱して共和政体をとった場合には、多くの犯罪によってしか保持されないはずである。というのも、その国民はとっくに犯罪に手を染めているからだ。そして、もしその国民が犯罪から美徳に移行するとしたら、すなわち激動からおだやかな状態に移行することを望むとしたら、彼らは必ずや破滅に至る無活動な状態に陥るだろう。[*36] 生命の力に満ちた土地から乾いた砂丘に移された木は、どうなるだろうか。農業が提供するこうした比較は、道徳においてわれわれを欺くことは決してない。すべて知的な観念は自然の物理に従属しきっているのである。

人間のうちで最も自立し、最も自然に近い野生児たちは、日々殺人に身を委ねて罰されることもない。[*37] スパルタ、ラケダイモンでは、われわれがヤマウズラの狩りに行くように、下層民を狩りに行ったものだ。最も自由な民族は、最もよく殺人を受け入れる民族である。ミンダナオでは、殺人を犯そうという者は勇者の列に加えられ、すぐさま仲間からターバンで飾られる。カラゴス人のところでは、この被《かぶ》り物の名誉に与《あずか》るためには七人殺していることが必要になる。ボルネオの住民たちは、あの世へ行ったとき、手をかけた者全員が自分に仕えると信じている。スペインの信心家たちは、毎日一二人のアメリカ原住民を殺す、とガリシアの大ヤコブに誓ったものだ。タンググートの王国では、力強く、逞《たくま》しい男子が一人選ばれ、一年の何日かのあいだ、出会った人全員を殺すことを許可される。ユダヤ人ほど殺人を愛好する民族がいただろうか。彼らの歴史のどの頁にも、ありとあらゆる形でなされた殺人の記録が見出せる。中国の皇帝と高官たちは、人民を蜂起させる措置を時々講じるが、それはこの策謀によって人民をむごたらしく虐殺する権利を手に入れるためである。逆に、この軟弱で女のような人民が暴君の軛《くびき》から解放されると、今度は彼らが当然の報いとばかりに暴君をなぶり殺す。このように、どんな時も殺人が採用され、必要とされてきた。違いは誰が犠牲になるかということだけだった。かつて誰かの喜びであった殺人は、やがて他の誰かの至福になる。暗殺を公然と黙許している国々も無数にある。ジェノヴァ、ヴェニス、ナポリ、そしてアルバニア全土では、暗殺は全面的に許可されている。サン・ドミンゴ川沿いのカシャオでは、殺し屋は一目でそれと分かる周知の衣装に身を包み、依頼者の命によって、その面前で指示された人物の喉をかき切る。インド人は、殺人の景気づけにアヘンを吸い、それから街の中央に繰り出して、出会った人間を片っ端から虐殺するのである。これと同じ情熱は、イギリス人旅行者たちによってバタヴィアでも目撃されている。さて、ローマ人以上に偉大であると同時に残虐でもある民族がはたしてあっただろうか。国家の栄光と自由を彼ら以上に長い期間にわたって維持しえた国民があっただろうか。彼らは剣闘士が闘うのを見て勇気を養った。殺人を楽しむ習慣によって、戦士になるのである。毎日一二〇〇人から一五〇〇人もの犠牲者がコロッセウムの闘技場を満たすが、見物席では男よりもずっと残酷な女たちが、やれ瀕死の敗者は優雅に倒れろだの、断末魔の痙攣で苦しむ姿をもっとはっきり見せろだのと要求したのである。まもなくこれに飽きたローマ人たちは、自分たちの前で小びとたちが喉を斬り合うのを見て楽しむ、という快楽に乗り換えた。やがてキリスト教が世界を毒し、殺し合いは悪だと人々に信じ込ませると、暴君たちは程なくこの人民を鎖でつなぎ、世の英雄たちもまもなく暴君のおもちゃになってしまった。そして、しまいにはどこでも次のように信じられるようになったが、それも当然のことだった。すなわち、殺人者、つまり自分に似た同類を殺し、しかも公の、あるいは私的な復讐を歯牙にもかけないほど己の感受性を麻痺させうる人間は、かえって非常に勇気のある人間に違いない、ならば戦闘的な共和政体においては非常に貴重な存在である、と。さらに残忍で、子供を、しかもしばしば自分たちの子供を屠《ほふ》らずには満足できないような国の人々を見ていこう。[*38]こうした行為は世界中で受け入れられており、時には法律の一部をなしていることすらある。蛮族の中には、生まれたばかりの子供を殺してしまうものがいくつもある。オリノコ川のほとりに住む母親たちは、女の子はゆくゆくは土地の女嫌いの野蛮人の妻になるしかないのだから、不幸になるために生まれてくるようなものだと確信し、産み落とすや否や、みずから殺《あや》めてしまう。トラポバネ〔タプロバネの間違い〕とソピット王国では、奇形の子供はすべて親の手で殺される。マダガスカルの女たちは、一週間のうち決まった曜日に生まれた子供を遺棄して野獣の餌にした。ギリシアのどの共和国でも、生まれてきた子供はみな慎重に検査され、将来共和国の防衛を担うのに不適格と思われた子供は、すぐさま殺されてしまった。これらの国では、人類の卑しい泡のような存在のために金をかけて設備を整えた施設を建てることが必要である、などとは誰も考えなかった[14]。帝国の遷都が行われるまで、ローマ人たちは、自分の子供を育てたくない時にはみな、それをゴミ捨て場に放り捨てたものだ。古代の立法家たちは、子供を死に至らしめることに何の疑念ももたず、彼らが作ったどの法典も、父親が常に自分の家族に対してもっていると信じていた諸権利を抑えつけようなどとは間違ってもしなかった。アリストテレスは堕胎を勧めていた[*39]。これら古代の共和主義者たちは、祖国に対して熱狂的な愛国心を抱いていて、現代の諸国民に見られる個人的な憐憫など、はなから認めていなかった。彼らは、わが子を愛することが少なかったぶん、祖国を深く愛したのである。中国では、どの街でも朝方、とんでもない数の子供が通りに捨てられる。明け方になると、荷車がやって来て、子供たちをさらい、穴に放り込んでいく。産婆がみずから、取り上げたばかりの子を熱湯の入った桶の中で窒息させたり、川に投げ込んだりして母親の手間を省いてやることもよくある。北京では、子供を小さな藺草《いぐさ》の籠に入れて、運河に捨ててしまう。運河では毎日ゴミをさらうが、そのたびに引き揚げられる子供の数は日々三万を越すだろう〔出典では「年に二、三万」〕、と高名な旅行家デュ・アルドは推定している。共和政体において、何より重要で、きわめて政治的な課題は人口に制限を設けることである、と言えば、誰もがうなずくはずだ。これとはまるきり反対の観点から、王政にあっては人口の増殖を奨励しなければならない。暴君たちが豊かでいられるのは、ひとえに奴隷の数にかかっているのだから、何としても多くの人間を確保しなければならないのだ。しかし、共和政体においては、人口の過剰は間違いなく現実的な悪の一つである。とはいえ、現代の十人委員

〔恐怖政治期の公安委員会メンバー〕の首領〔ロベスピエール〕のように、人口減少のためには住民の喉をかき切る必要がある、ということはない。人々が幸福でいられる人口の上限を見定め、それを越えてしまうような手段を与えないだけでよいのだ。人民はその一人一人が君主〔主権者〕なのだから、増えすぎないように用心することだ。革命はあまりに多くなりすぎた人口の結果でしかないことを肝に銘じるのだ。そして、国家の繁栄のため、戦士になる人を破壊する権利を与えるのなら、同じくこの国家の保持のため、各個人にも子供を始末する権利を、すなわち個人が養えない子供や政府にとって何の役にも立ちそうにない子供を厄介払いできる権利を与え、好きにさせてやるべきなのだ。このことは自然に背《そむ》くことなくできることである。また、同様に、その個人の全責任において、彼に害をなしうる敵を一人残らず始末する許可を与えるのだ。というのも、これらの行為は、それ自体はまったく取るに足らないものだが、その結果、あなたがたの人口は適度な状態に保たれ、政府を覆《くつがえ》すほどの数には至らないからである。国家は過剰な人口によってのみ強大である、などというのは王政主義者に勝手に言わせておけばよいことだ。国家というものは、人口が生活手段を越えてしまえば決まって貧しくなり、適切なところにとどめ置かれていれば、その余剰物を貿易にまわすことができる。枝の多すぎる木は剪定するだろう。幹を保つために小枝は伐り落とすのではないか。この原理から外れた考えは、どれも戯言《たわごと》であり、その弊害たるや、われわれがこれほど苦労して建てたばかりの建物をあっというまに全面的倒壊へと至らせるだろう。しかし、人口を減らすためとはいっても、成熟した人間を破壊してはならない。よく育った個人の生命を縮めるのは、不正なことである。それに対して、間違いなくこの世に不要となるであろう存在が生まれることを妨げても、不正にはならない。人類は揺り籠の時点で浄化すべきである。決して社会の役に立つことがないと予想される者は、社会の懐《ふところ》から切り離さなければならない。これだけが、人口――今、証明したように、その過剰こそがすこぶる危険な弊害をもたらす――を減らす、道理にかなった唯一の方法である。

さて、これまでのことをまとめる時が来た。

殺人は、やはり殺人によって抑止されるべきだろうか。疑いなく、否である。殺人者がこうむる罰は、あるいはその者が殺害した人の友人や家族が果たす復讐に任せ、それ以外の罰は科さないようにしよう。ルイ一五世は、気晴らしに人を一人殺したばかりのシャロレに、こう言った。「あなたに恩赦を与えよう。もっとも、恩赦はあなたを殺す人にも与えるがね」。この見事な言葉の中に、殺人者に対する法律の原理のすべてが示されている⒂。

要するに、殺人は残虐なものだが、しばしば必要になる残虐であり、決して犯罪ではない。共和制国家では、これを大目に見ることが肝心なのだ。私は世界中で殺人の範例が示されているのをご覧に入れた。にもかかわらず、これを死罪に処されるべき行為とみなさなければならないのだろうか。この問いに満足のいく答えを見出せるのは、次のジレンマに答えられる人である。

殺人は犯罪だろうか、それともそうではないのだろうか。もし犯罪でないのなら、なぜそれを罰する法律を作るのだろうか。また、もしそれが犯罪の一つなら、同様の犯罪でそれを罰するのは野蛮で愚かで筋が通らないことではないだろうか。

さて、残すところ、自分自身に対する義務について語ることだけとなった。哲学者はこの義務を自己の快楽と保存を目的とするかぎりで受け入れるので、この義務の遂行を彼に命じるのはまったく無駄であるし、またこの義務に反したとして彼に罰を科すなど、なおさら無駄なことだろう。人間がこの種の義務において犯しうる唯一の罪は、自殺である。[*40] しかし、私はここで、この行為を犯罪に仕立て上げている人々の愚かさを証明して時間を無駄にするつもりはない。この点について、まだ何らかの疑いをもっている人は、あのルソーの有名な書簡を参照してほしい〔『新エロイーズ』第三部、書簡二一〕。古代の国々のほとんどは、自殺を政治的にも宗教的にも認めていた。アテナイの人々は、アレオパゴス会議で自分が自殺する理由を陳述し、そのあと短刀で自死したものである。[*41] ギリシアの共和国は、ことごとく自殺を容認し、自殺は古い立法者の構想の中に含まれていた。自殺は公衆の面前で行われ、それが壮麗な見世物になるのである。ローマ共和国では、自殺は奨励されている。祖国への華々しい自己犠牲は、何よりも自殺だった。実際、ローマがガリア人に占領されると、元老院の名だたる人々が己の身を捧げている。われわれは、この精神を引き継ぎ、この徳を自分たちのものとした。一七九二年の対オーストリア戦で一人の兵士が自殺したが、それは戦友とともにジェマップの戦いに赴くことができないのを悲観してのことだった。われわれも、これらの誇り高い共和国民たちの高みに身を置き続けるなら、やがて彼らの美徳を凌ぐ日が来るだろう。人を作るのは政体である。あまりに長きにわたった専制主義の習慣によって、われわれはすっかり覇気を挫かれ、道徳は腐敗してしまった。[*42] そんなわれわれが今、生まれ変わりつつある。自由の身になったとき、フランス人の精神が、性格がどれほど崇高な行為をなしうるか、世の人は日ならずして目の当たりにするだろう。すでに数多《あまた》の犠牲者を出して勝ち得た自由なのだ。財産、生命をなげうってでも守り抜こうではないか。目的に達するためなら、どんな犠牲も惜しんではならない。すでに逝った者たちも、みずから身を捧げたのである。彼らの血を無駄にすることは許されない。団結せよ……今こそ団結せよ、さもなくば、われわれがこれまで苦労して得たものすべてが失われてしまうだろう。われわれが得た勝利の上に、最高の法律を築こうではないか。革命初期の立法家たちは、まだ打ち倒されていなかった専制君主の奴隷であり、ひたすらこの暴君におもねって、それにふさわしい法律を定めた。やつらの仕事をやり直そう。これからは共和主義者のために、哲学者とともに働くことを忘れてはならない。われわれが作る法は、この法が統治する人民と同様、おだやかであるべきことを忘れてはならない。以上、私はわれわれの祖先が誤った宗教に惑わされて罪悪とみなしてきた実に多くの行為を取り上げ、それがいかに無意味で、どうでもよいことなのかを示してきた。このことによって、われわれのなすべき仕事は、ごくわずかなことに限られる。すなわち、法律の数をごくごく減らし、しかしよい法律を作る、ということである。拘束を増やしてはならない。重要なのは、われわれが用いるその拘束に不滅の性格を与えること、それだけである。われわれが発布する法律は、ひとえに市民の平和と幸福、そして共和国の栄華を目的とすべきである。しかし、あなたがたの土地から敵を駆逐し終わった暁《あかつき》には、フランス人よ、あなたがたの原理を世に広めることに躍起になって深追いするのはやめてほしい。あなたがたの主義を世界の果てまでもたらすには、鉄と火を使わなくてはならない。そのような決心を実行に移す前に、十字軍の不幸な結末を思い出してほしい。敵がライン川の向こう岸まで撤退したなら、国境を守ることに徹して、国を離れてはならない。商業を立て直し、工場にエネルギーと販路を与え、技術を再興し、農業を奨励するのだ。農業こそ、あなたがたのような政体にとってなくてはならないものであり、その精神は他人の力を借りずに万人に糧《かて》を与えることにあるはずである。ヨーロッパの王座は、どれも勝手に滅びるに任せておけばいい。あなたがたが干渉する必要などない。あなたがたが模範となり、繁栄することが、やがてそれらの王座を打ち倒すことになるのである。国内において不屈の強さを示し、秩序とよき法によってあらゆる国民の模範となるなら、あなたがたを模倣しようと努めない政体も、あなたがたとの同盟を名誉としない国も、世界に一つとしてなくなるだろう。しかし、もし浅はかにもあなたがたの原理を遠くまで広めようという名誉にとらわれ、自分たちの幸福を蔑《ないがし》ろにするようなことがあれば、仮眠状態にある専制主義が息を吹き返し、国内に不和紛争を引き起こして、あなたがたを引き裂き、財政と兵を疲弊させてしまうだろう。暴君どもは、あなたがたの不在に乗じて国を制圧し、その挙げ句、戻ってきたあなたがたは、やつらに鉄鎖を科されて、それを受け入れざるをえなくなる。あなたがたが望んでいるのは、どれも故国を離れなくても実現できることだ。あなたがたが幸福なら、それを見た他の国民も、あなたがたが切り開いたその道をたどって、幸福を目指して

突き進んでいくことだろう。(16)

ウージェニー　（ドルマンセに）知恵に満ちた書きものっていうのは、こういうものを言うのね。でも、ドルマンセさんがお話になった原理そのままというか、そっくりなところがたくさんあったわ。思わず、本当はあなたが作者なんでしょ、って聞きたくなりましてよ。

ドルマンセ　なるほど、ここに書かれていることのいくつかは私の考えどおりだね。今までいろいろ議論してきたけど、私の話のあとにこの書を読んだら、なんだ同じことを繰り返して、と……

ウージェニー　（話をさえぎって）思いませんわ、そんなこと。立派なことって、何度お聞きしてもいいものよ。でも、この本に書かれてる原理には少し危険なところもあるようね。

ドルマンセ　この世で危険なものはね、憐れみと慈善の二つだけだよ。人にやさしいというのは、どんな時も一つの弱点でしかない。弱い人間は揃って恩知らずで、なりふり構わないものだから、そんなご立派な人間は、いつもあとになって後悔するのがおちさ。誰かが冷静に観察して、憐れみが引き起こす危険を全部算出し、何ものにも心を動かされない場合と比較してくれるといいんだがね。そうすれば、危険度において憐れみのほうが抜きん出ていることが分かるだろう。

だが、ちょっと話を先走りしすぎたようだ。ウージェニー、今いろいろ聞いたはずだけど、そこから得られる教えはただ一つ、君の教育のために要約すれば、心の言うことなど決して聞いてはいけない、ということだよ。心というのはね、ウージェニー、われわれが自然から受け取った最も偽りの導き手なのだ。[*43] 不幸のまことしやかな口ぶりには十分に注意して、心を閉ざさなくてはならない。金をやったやつが悪人だったり、イカサマ師だったり、陰謀家だったりなんてことにでもなってみろ。その被害たるや甚大だ。それよりは施しを拒否したほうがどれだけいいか。いかに相手が人の憐れみを誘うように見えたとしても、だ。それなら、さほど困ったことにはならないからね。

**騎士**　ドルマンセの原理を土台から見直して、できたら覆《くつがえ》すことを許してもらいたいな。ああ！　ドルマンセは本当に残酷な男だ。それは莫大な財産をもっているからだよ。そのおかげで、いつだって自分の情欲を満足させられる。でも、一文なしになって、何年ものあいだ、つらく苦しい貧困生活をしてみろ。今でこそ、貧乏なのは本人が悪いんだ、などと頭で冷酷に割り切っているけれど、そうなったら、ご説の原理だって大いに違ってくるはずだ。ちょっとは貧乏人を憐れみの目で見たらどうなんだ？　自分の魂を打ち消して、極貧にあえぐ彼らの切ない叫び声を聞いても、もう何も感じないほど頑《かたく》なになってはだめだ。君がただ悦楽に耽《ふけ》って疲れた身体を、やわらかな羽毛のベッドで物憂げに休めているとき、彼らはどうしているか見てみろよ。君が今の生活を続けられるように働いて、疲れきった身体を横たえるのに冷たい地面しかないんだ。まるで獣同然だよ。何とかほんの少しの藁《わら》を集めて、地面の冷気から身を守るんだ。君が毎日、官能を回復するのに、祝宴《コーモス》の神の二〇人の弟子たちに作らせる滋養豊かな料理に取り巻かれているとき、見てみろよ、この不幸な人たちは、森の中で痩せた土を掘り返しては、苦い根菜をオオカミと奪い合っているんだ。愛の国《シテール》の寺院から、実に魅力的な娼婦たちが、愛嬌たっぷりに笑い戯れながら、君の不潔な褥《しとね》に滑り込んでくるとき、この貧乏な男は、痛ましい妻の横に身を横たえ、涙に濡れた胸からいくらかの快楽を得て満足し、もっと違った快楽があるかもしれない、などとは思いつきもしない。君がしたい放題をして、ありとあらゆる贅沢品に囲まれて生活している時だって、いいかい、この亭主には生きていくのに必要最小限のものもないんだ。彼のかわいそうな家族に目を向けてごらん。妻は身を震わせながら、彼女の傍らで憔悴しきった夫の面倒と、二人の愛の結晶のために自然が命じる世話を、二つながら愛情を込めてしなければならない。感じやすい魂にとって、妻にして母たる義務は神聖この上ないものだ。それなのに、彼女にはその義務の何一つとして満足に果たす術がない。だから、君のところに来て残りものを乞うんじゃないか。だのに、君はそんな女の頼みを平然と聞き流して、残酷にはねつけられるっていうのかい？　なんてひどい男なんだ、君は。彼らだって、君と同じ人間じゃないか。君によく似た同類じゃないか。だのに、なぜ彼らが苦しんでいる時に君だけ享楽するなんてことができるんだい？　ウージェニー、ウージェニー、魂の中の聖なる自然の声を打ち消してはいけない。自然の声を情欲の火から遠ざけて邪魔されないようにしておけば、君はいつのまにか人に善いことをしているはずだよ。宗教的原理については僕も賛成だ。そんなものは放っておけばいい。だけど、感受性から生まれる美徳を放棄してはだめだ。美徳を実行することで初めて、僕たちはこの上なく甘美な魂の喜びを味わうことができるんだからね。君の頭《エスプリ》がいくら間違いを犯しても、善いことを一つすれば償いがつく。不品行から生まれる後悔の念なんか、それできれいさっぱり消えてしまう。良心の奥まったところに神聖な隠れ家を作り、時折そこで自分を省みてみるといい。そうすれば、誤って犯してしまった数々の行いから立ち直ることができるよ。姉さん、確かに僕はまだ若いし、リベルタンで、信仰ももっていないし、頭が思いつけばどんな放蕩にだって耽ることができます。けれど、僕にはまだ心が残っている。汚れのない心です。僕がどんな若気の過ちを犯しても、そのたびに立ち直ることができるのは、みんなこの心のおかげなんです*44。

ドルマンセ　騎士君、確かに若いな、君は。言っていることが実に青くさい。要は、君には経験が足りないってことだが、まあ時間が解決してくれるのを待っているよ。経験を積んで大人になれば、君だって人間についてそんなにいいことばかり言っていられなくなるからね。人間を知るっていうのは、そういうことさ。人間は実に恩知らずなものだ。私の心が干からびてしまったのも、そのためだ。私だって君と違いやしない。生まれつき美徳を知らないわけじゃないんだ。だが、それが災いの元だった。おかげで何度も人に裏切られてね。それで美徳は私の心から一掃された、というわけさ。さて、一部の人間の悪徳のせいで、他の人間がもっているこうした美徳が当人にとっては有害なものになる。だとしたら、手遅れにならない若いうちに美徳を消し去ってやったほうが人のためになる、ってもんじゃないか？後悔について熱弁をふるっていたようだがね、騎士君、しかし何をしても罪悪にならないと考えている人間の魂の中に、後悔なんてものが存在するのかい？　後悔の念に悶々とするのが怖いようだが、そんなもの、原理でもって息の根を止めてしまえばいいのさ。芯からどうでもいい行為をしたって、後悔なんか起こりようがないだろう？　何をしても悪くないと信じるようになった人間が、いったいどんな悪によって後悔させられるっていうんだい？

騎士　後悔は頭から生まれるんじゃない。後悔は心の賜物だ。いくら頭で詭弁を弄したって、魂の動きは止められないんだ。

ドルマンセ　だが、心は人を騙す。なぜといって、心というのは、いつだって精神が計算違いをした結果にすぎないからだ。だから、精神が熟せば、心なんてすぐに屈するよ。定義を誤ると、推論はあらぬ方向に向かうのが常だ。心とは何か、なんて私は知らんさ。ただ精神の弱さをそう呼んでいるだけだ。私の中でただ一つ、精神という松明《たいまつ》が光り輝いている。私が健康でしっかりしているあいだは、精神の松明は私に正しい道を示す。しかし、歳をとったり、憂鬱になったり、気が弱くなったりすると、精神は私を裏切るんだ。自分も情に脆《もろ》くなったな、と思うのはそんな時だが、本当は弱くて臆病な人間になっただけだ。もう一度言うが、ウージェニー、この不実な感受性に欺《あざむ》かれないようにするんだ。そんなものは魂の弱さにすぎない、と肝に銘じるんだ。人が涙を流すのは、ただ恐れているからであって、だからこそ王たちは暴君なんだ。[*45]騎士君の忠告は的外れもいいところだ。そんなものはうっちゃって、唾を吐きかけてやるがいい。逆境にあえぐ人間の不幸に心を開かなくてはならない、などという騎士君のご託に乗ったら最後、他人の心痛を背負い込まされて、ぼろぼろになり、身を滅ぼすのがおちさ。よく覚えておくんだ、ウージェニー、〔他人の不幸に対する〕アパテイアから生まれる快楽は感受性から生じるものよりだんぜん上だ、ってことをね。なぜといって、感受性〔思いやり〕は心のほんの一面に触れることしかできないが、アパテイアはそれをあらゆる方面からくすぐり、そして激しく揺さぶるんだからね。この享楽たるや、世に認められている享楽なんか、てんで比較にもならないものだ。なにせ、それでなくても強烈な上に、社会的拘束を断ち切ったり、法律を蹴散らしたりする、っていう至上のお楽しみがついてくるんだからね。

ウージェニー　ドルマンセさんの圧倒的な勝ちね。騎士さんのお話は、あたしの心の表面をかすめただけ。でも、ドルマンセさんのお話には心から引きこまれて、その気にさせられたもの。よろしいこと、騎士さん、女を説得しようと思ったら、美徳なんかじゃなくて、情欲《パッシオン》に訴えなきゃだめよ。

サン・タンジュ夫人　（騎士に向かって）そうですよ、あなた。あたしたちになにしてくださるのは大変けっこう。でも、説教はいただけないわね。そんなことしても、誰も改宗などしませんよ。それに、このかわいい子の魂と精神に正しい教えをうんと授けようと思っている時に、邪魔するような真似はよしてちょうだい。

ウージェニー　邪魔ですって？　いいえ、いいえ、そんなことないわ。だって、先生がたのお仕事は、もうすっかり済んでますもの。馬鹿な人たちが腐敗と呼んでいるものは、あたしの中に根を下ろしているわ。後戻りなんてしようと思ってもできないくらいにね。先生がたの原理は心の中にしっかり定着しているのよ。騎士さんがいくら詭弁でごまかしても、もうだいじょうぶ。びくともしないわ。

ドルマンセ　ウージェニーの言うとおりだ。もうこの話はいいよ、騎士君。続けたところで、間違いの上塗りをするだけさ。君はやることだけやってくれたら、それでいいんだよ。

騎士　そういうことなら。ここに集まった目的は僕の目指しているものとはまったく違う、ってことは僕も分かっていますよ。では、脇目もふらず、本来の目標に向かうとしましょうか。道徳の話は、あなたがたほどいかれてなくて、僕の話をまともに聞ける人のためにとっておきますよ。

サン・タンジュ夫人　そう、そう、そうですよ、おまえ。ここでは精水だけ出していればいいの。お道徳なんてけっこうよ。そんな甘っちょろいもの、あたしたちのような極悪人には無用ですよ。

ウージェニー　あの、ドルマンセさん、気になっていることがあるの。残虐さをずいぶん熱心に勧めてらしたけど、それってあなたの快楽に何かしら影響してるんじゃなくって？さっき思ったのよ。お楽しみのとき、ずいぶん冷酷でいらっしゃるって。そういう悪徳に惹かれる素質って、あたしにもあるみたいなんです。それで、このことについて、きちんと考えられるようになりたいの。ですから、ぜひ教えていただきたいのよ。ご自分の快楽の相手をどんなふうに見てらっしゃるのか。

ドルマンセ　はなから相手にしてないよ。そいつが私と享楽をともにしようがしまいが、満足を感じていようが何も感じてなかろうが、それどころか苦痛を感じていようが、私は自分さえよければ他のことはまったくどうでもいいんだよ。

ウージェニー　むしろ、相手が苦痛を感じているほうがよろしいんじゃなくって？

ドルマンセ　それは、だんぜんそうさ。前にも言ったと思うけどね、そのほうが、相手に与えた衝突がわれわれに活発にはね返ってきて、動物精気を悦楽のために必要な方向へエネルギッシュに、そして速やかに決定づけるんだよ。アフリカやアジアや南ヨーロッパ〔バルカン〕にある後宮を覗いてごらん。そうした名高いハーレムの主たちが、自分が勃起しているとき、自分に仕えているやつらにも快楽をくれてやろうなどと考えているかどうか、見てごらん。主人が命令すると、そいつらがかしずき、主人が享楽するあいだ、恐れて声もあげない。そして、主人が満足すれば、さっと引き揚げる。一緒になって楽しんだら、無礼者め、と罰する主人もいるくらいだ。アケムの王さまは、相手が王の前にいることを忘れてよがったりしようものなら、無慈悲にも首を刎《は》ねてしまう。みずから手を下して首を斬り落とすこともよくある。この王さま、アジアの風変わりな暴君の一人で、女だけに護衛をさせ、命令は決まって身ぶり手ぶりだけ、それを理解しそこなった者には極刑が下される。しかも、刑の執行はみずからの手によるか、そうでなければ自分の見ている前で行わせるのが常だ。どうだい、ウージェニー？　どれもこれも、これまで私が話してきた原理原則に実によく則っているだろう？　享楽するとき、人は何を望んでいるんだい？　まわりの者がわれわれのことだけに心を配り、われわれのことだけを考え、尽くすことだ。しかし、われわれに仕えている相手が享楽したら、どうなる？　やつらはわれわれのことより自分のことにかまけきって、その結果、われわれの享楽は水を差されてしまう。勃起しているとき、男というものは誰でも専制君主でありたいと望むものだよ。相手が自分と同じくらい快楽を得ているようだと、快楽は半減してしまいがちだ。こうした場合、ごく自然と自尊心が動き出して、この快楽を感じているのは世界で自分だけだと思いたがるんだな。相手が自分と同じように享楽する光景が頭に浮かぶと、いわば平等へと連れ戻されて、専制主義から得ている言葉にできないほどの魅力が損なわれてしまうんだ[17]。それに、他人に快楽を与えるのはそれ自体が快楽だ、などというのは嘘っぱちだ。それは他人に奉仕することだよ。そもそも、勃起している男が他人の役に立とうなどと思うはずがない。逆に、人に害《あく》をなすことに大きな魅力を感じるものだ。精悍な男が力をふるう時に喜びを感じるのと同じだよ。そうして、男は支配者となり、暴君となる。奉仕と支配、自尊心にとって、どれほどの違いがあるか、考えてみろ。この場合に限って自尊心が沈黙するなどとは夢にも思わないことだ。さて、享楽行為をなす情欲《パッシオン》は、確かに他の情念《パッシオン》をことごとく自分に従わせようとするが、同時に一つにまとめ上げもする。享楽行為に付随するこの支配したいという欲望は、自然界にあっても実に強固で、どんな動物にも認められるものだ。動物が人に隷属しているとき、自由な時と同じくらい繁殖に精を出すかどうか、見てごらん。ヒトコブラクダはもっと極端で、雄は人がいると生殖をやめてしまうんだよ。二頭がしているところを急に襲ってみろ。主人を目の当たりにした雄は途端に逃げ出し、以後、相手の前に姿を見せなくなる。自然は男が上位に立つことを望んでいるんだ。そうでなければ、自然は男より弱い存在を作り出して男の享楽にあてがうことなどしなかったはずさ。弱さは自然が女に与えた宿命だ。このことは男が享楽においてこそ最もよく力を有し、楽しみ、それも好きなだけ暴力をふるったり、望むなら拷問をしたってかまわない、という自然の意図の動かしがたい証拠だよ。人類の母たる自然が意図的に交接と怒りを同じものとして扱っているんじゃないとしたら、どうして悦楽の頂点で人は怒り狂うのだろうか。立派な体格をしていて、つまり強健な器官をそなえている男が、やり方はいろいろだろうが、とにかく享楽の相手を痛めつけてやりたいと思わないとしたら驚きだよ。世の中には、自分が何を感じているのかを少しも分かろうとせず、私が主張する理論などてんで理解できない馬鹿な男がうようよいるのも確かさ。しかし、そんな愚か者どものことはどうでもいい。私はそんな手合いに向かって話しているわけではないんだ。つまらない女の崇拝者どもは、どうぞご自由に、お高くとまったドルネシア〔ドン・キホーテの想い人〕の足元で甘い吐息をかけてもらうのを待つがいいさ。そんなもの一つで舞い上がってりゃいいのさ。女なんぞ組み敷いてしかるべきものなのに、浅ましくもその奴隷に成り下がったやつらなんか、鉄の鎖につながれて、さもしくうっとりさせておくがいいさ。自然はやつらにこの鎖で他人をいたぶる権利を与えている、っていうのにね。こんな犬畜生どもは、いつまでも卑しい生活に身を沈めて、うじうじ生きていけばいい。やつらに何を言っても無駄さ。だがな、自分たちが理解できないからって、あれこれ口を挟むのはやめてほしいよ。やつらには肝に銘じてほしい。こうした諸々の問題にあっては、マダムや私がそうしているように、屈強な魂と何ものにも縛られない想像力の高まりに従って原理を組み立てようっていう人間の言うことだけを聞いていればいい、ってね。そうした人間こそ、自分たちに法を定め、教えを垂れるにふさわしい唯一の者だとね……さあ、やろうか。こんなに勃起してしまったよ。マダム、オーギュスタンを呼び戻してください。お願いします。(呼び鈴が鳴らされ、オーギュスタンが部屋に入ってくる) われながらあきれますが、話しているあいだ中、この美少年の見事な尻のことで頭がいっぱいだったんですよ。そんなつもりはなかったんですが、どうも私がお話しした考えは、どれもオーギュスタンを念頭に置いていたようです。さあ、オーギュスタン、おまえの逸物を拝ませてくれ。オーギュスタン……一五分ほど、やつにキスして、愛撫してやろう。こっちへおいで。かわいい子だ。おまえの素晴らしい尻の中で、わが身を焦がすソドムの炎にふさわしいものになりたいものだ。しかし、まったくもって美しい尻だ……極めつきに真っ白ときてる。さあ、その間、ウージェニーには、膝をついて、こやつの陰茎を吸ってもらおう。尻は騎士君に突き出して、騎士君に掘ってもらえるような姿勢をとってくれ。サン・タンジュ夫人は、オーギュスタンの背中におぶさって、尻は私に向けて、キスを受けていただきましょう。夫人には合わせて鞭を一束、手にもって、少し前かがみになっていただければ、うまく騎士君を打ちすえられると思いますよ。この刺激的な儀式を受ければ、騎士君とて生徒をいたわるどころではなくなるでしょう。(体勢が整う) そうです。これで万全です。みなさん、あなたがたにポーズをお願いするのは本当に楽しい。世界にあなたがたほど上手にこんな美景を仕上げられる芸術家はいませんよ……それにしても、この坊主の尻は狭いな……ここまで入れるのがせいいっぱいだ……マダム、オーギュスタンをやりながら、あなたの美しい尻の肉を噛んだり、つねったりさせていただけると、ありがたいんですが。

サン・タンジュ夫人　お好きになさればいいわ。でも、すぐにお仕返しはするわよ。ご用心なさってね。よろしいこと。そんなひどいことをするたびに、あなたの口の中におならをしてさしあげるわ。

ドルマンセ　あぁ！　神さまの馬鹿野郎、なんて脅迫ですか。早く痛い思いをさせてく

れ、って言ってるようなものだ。(ドルマンセ、夫人に嚙みつく) ほら、約束を守ってください。(ドルマンセ、屁をひられる) あぁ! くそ、いいぞ……たまらない。(ドルマンセ、夫人の尻を叩き、すぐに屁のおかわりをもらう) まったくもって素晴らしい、私の天使! 残りのぶんは絶頂の瞬間までとっておいてください……でも、あなたも覚悟なさい。その時は残酷非道にもてなしてあげますから……くそ……もう我慢できない……いっちまう……。(ドルマンセ、夫人を嚙み、叩く。夫人、屁をひり続ける) どうだ、ひどい扱われようだろう? あばずれめ、俺の意のままじゃないか。ほら、これはどうだ?……じゃあ、これは? ……最後の攻撃は今さっき犠牲を捧げた偶像にお見舞いしてやろう。(ドルマンセ、夫人の尻の穴に嚙みつき、体勢が崩れる) それで、他のみんなは何をしたんだい?

ウージェニー (尻と口の中の精水を外に出しながら) 見てちょうだい、先生……これがあなたの生徒さんたちのもてなし方よ。後ろも口の中も精水だらけ。あっちからもこっちからも精水しか出てこないわ。

ドルマンセ (勢い込んで) ちょっと待って。騎士君が尻に放ったやつを一つ私の口にももらえまいか?

ウージェニー (尻をドルマンセの口にあてて) まともじゃないわ!

ドルマンセ あぁ! 美しい尻の穴の奥から出てくる精水ほどいいものはない……これこそ神にふさわしい食べ物だ。(ドルマンセ、精水を貪《むさぼ》り飲む) 私がどれだけ精水を尊んでいるか、分かるでしょう? (ドルマンセ、オーギュスタンの尻に移り、口で吸う) ご婦人がた、お隣の小部屋でこの若者とひとときを過ごしたいんですが、お許し願えますか？
サン・タンジュ夫人　なさりたいことがあるなら、ここでなさったらよろしいじゃない。何かできないことがあるのかしら？
ドルマンセ　（小声で秘密めいて）ええ、人目についてはどうしてもまずい、ってことがいくつかあるんですよ。
ウージェニー　あぁ！　それなら、せめて何をするのかだけでも教えていただきたいわ。
サン・タンジュ夫人　教えてもらえないなら、ここから出しませんわ。
ドルマンセ　知りたいとおっしゃるんですか？
ウージェニー　ええ、どうしてもよ。
ドルマンセ　（オーギュスタンを連れていこうとしながら）うーん。ご婦人がた、私がしようとしているのは……いや、ほんとのところ、これはちょっと言えませんね。
サン・タンジュ夫人　世の中には、聞くのもするのもあたしにふさわしくない、それほど浅ましいことがあるっていうの？
騎士　それなら、姉さん、僕が教えてあげますよ。
（騎士、二人の女に小さい声で話す）
ウージェニー　（不快そうに）ドルマンセさんの言うとおりね。虫唾《むしず》が走るわ。
サン・タンジュ夫人　まあ、そんなところだと思っていたわ。
ドルマンセ　この奇癖について黙っていなくちゃいけない訳がお分かりになったでしょ

う？　それで、こんな恥ずべきこと、一人でこっそり耽るべきだ、ってことが、ご理解いただけたと思うんですが。

**ウージェニー**　あたしもご一緒したほうがよろしいんじゃなくって？　オーギュスタンを楽しんでいるあいだ、せんずってさしあげてよ。

**ドルマンセ**　いや、だめだ。これは名誉に関わる問題〔「決闘」の意もある〕だから、男だけですべきであって、女は邪魔になるのさ……では、またすぐ戻ってきますよ、お二人さん。

（ドルマンセ、オーギュスタンを連れて出ていく）

原注

（1）　このテーマに関する、より突っ込んだ議論は本書のあとの部分で行う予定なので、ここではごく簡単な説明にとどめておいた。

（2）　もしこの宗教を仔細に調べるなら、そこに染みわたった不敬な言動が、一つにはユダヤ人の残虐さと愚直さに、一つには異教徒の無関心と混乱によるものであることが分かるだろう。キリスト教徒は、これら古代ギリシア・ローマの人々がもっていたよきものを己がものとする代わりに、さまざまな場所で見出した諸々の悪徳だけを混ぜ合わせて自分たちの宗教を形成したように見える。

（3）　あらゆる民族の歴史をたどってほしい。そうすれば、彼らが自分たちの政体を君主制に変えたのは、ただただ迷信に捉えられて呆けたためであることが分かるだろう。いつの時も王たちが宗教を支え、宗教が彼らを聖別して王としてきたことが分かるはずだ。誰でも知っているだろう。「胡椒をとってくれないか、そうしたらバターを渡すよ」という執事と料理人のやり取りを。不幸な人間たちよ、あなたがたは常にこの二人の詐欺師の親方に似るべく、永久に運命づけられているのか。

(4) どのような宗教も、神の本質である叡智と力を称えることにおいて一致している。だが、宗教が神の挙動を説き始めるや、そこには軽率さと弱さと狂気しか見出せなくなる。人は言う、神は己のために世界を創造したが、今日に至るまで、それにふさわしい尊敬を勝ち得ていない、神は己を崇めさせるためにわれわれを創造したが、われわれは日々、神を馬鹿にすることに余念がない、と。この神たるや、何と憐れな神であることか!

(5) ここで言う偉大な人とは、すでに名声が確立されて久しい人のことである。

(6) どの民族も、自分たちの宗教がいちばんだと主張し、それを人に信じ込ませようとして、あれやこれやと証拠を持ち出してくるが、この証拠たるや、辻褄が合わないばかりか、ほとんど互いに矛盾さえしている。神の気に入る宗教がどれなのか——神が存在すると仮定するなら——、われわれは本質的に無知な状態にあるのだから、われわれは賢明であろうとするなら、あるいはすべての宗教を平等に保護するか、あるいはすべてを等しく禁止するかしなくてはならない。さて、すべて禁止するのが最も確実であることは明らかである。というのも、どの宗教も偽善的な茶番にすぎず、どれもこれも神の気に入りようがない——しかも神は存在しない——、という確かな心証を、われわれは有しているのだから。

(7) これらの立法家の意図は、男が裸の娘に対して感じる情欲を弱め、時に同性の者に対して感じる情欲を活発にさせることにあった、と言われている。これらの賢者たちは、人に嫌悪してほしいものを露出させ、甘美この上ない欲望を喚起すると思われるものを人の目から隠したのである。いずれにせよ、彼らは、われわれが今しがた述べた目的のために働いた、と言えるのではないか。彼らが共和国の習俗の中には不道徳が必要であることを感じ取っていたことは明白である。

(8) よく知られているように、恥ずべき悪漢サルティーヌ(プレイヤード版)アントワーヌ・ド・サルティーヌ。一七五九年から七四年まで、パリ警視総監。サドの行状を監視させた張本人〕は、ルイ一五世の淫欲を満足させるために種々の手立てを講じた人物である。彼は週三回、パリの悪所で起きたあらゆる秘め事にみずから脚色を施した詳細な報告を愛妾デュバリー夫人を通してルイ一五世の耳に入れた。このフランスのネロはリベルティナージュのこの分野のためだけに、三〇〇万フランを国庫から供出させた。

(9) おまえは自家撞着に陥っている。前には、男は一人の女を自分に結びつけるいかなる権利ももっていないと主張していたくせに、今度はその原理を覆して、われわれは女にそれを強いる権利をもっていると言っているのだから、などとは言わないでほしい。繰り返し言うが、ここで問題になっているのは、所有ではなく用益＝享楽〔jouissance〕なのだ。道すがら見つけた泉の所有権は私にはまったくないが、それを用い＝楽しむ権利は確かにもっている。喉の渇きを癒やすのに泉が提供してくれる澄んだ水を利用する権利は、私にもあるのだ。同様に、これこれの女性に対する所有に関して私にはいかなる物権もないが、それを用い＝楽しむ権利は間違いなくもっている。女がどんな理由を挙げて拒絶しようと、私は用益＝享楽するために彼女を強いる権利を有するのである〔ローマ法で区別され、やがて大きな議論を引き起こすことになる支配・所有（権）(dominium) と用益（権）の問題をめぐるパロディー。例えば、この区別を踏襲するドゥンス・スコトゥスは書いている。「自然の、あるいは神の法の下にある〔キリスト教的な意味で堕落していない〕無垢の状態においては、物の個別の dominium は存在せず、実にすべては共有されている〔…〕。個別の dominium なしにともに使用することが万人にとってより大切なことであり〔…〕」(『問題集』)。「物権 (droit réel)」は、法律ラテン語 jus in re（物における権利）の訳だが、これも複雑な経歴をもつ概念なので、ここでのサドのように、たびたびこの dominium と同一視されてきた、とだけ述べておく。「第三の対話」訳注＊14も参照〕。

(10) バビュロニアの女たちは、七歳になるのを待たずにウェヌスの神殿に初穂を捧げた。少女が淫欲の最初の動きを感じる時が、自然が春をひさぐように命じる時である。自然が語り始めるや、彼女は他の何ものをも考慮することなく、それに従わねばならない。抗うことは、自然の法に背くことである。

(11) 女たちは、淫乱好色によってどれほど美しくなるか、気がついていない。年齢的にも容貌の点でもほとんど同じだが、一人は禁欲生活を、もう一人は放蕩生活をしている二人の女を比較してほしい。そうすれば、後者のほうが肌艶といい、若々しさといい、上であることが分かるだろう。禁欲によって自然に無理を強いることは、快楽に耽ることより、ずっと人を消耗させてしまうのである。実際、夫婦の交わりが女を美しくすることを知らない者はいない。

(12) トマス・モアは、婚約者同士が結婚前に互いの裸体を見せ合うことを望んでいた。この法が施行されたら、実に多くの結婚が破談になることだろう。ただ、そうしなければ、いわゆる商品を見ずに買う羽目になる、というのは事実である（『ユートピア』第二巻第七章）。

(13)「愛をめぐる対話」（プレイヤード版）七五一A―B）、『モラリア』所収。

(14) わが国民がこんな無益きわまりない出費を取りやめることを願わずにはいられない。将来、共和国に役に立つために必要な資質をもたずに生まれてくる個人は、すべて生命を維持する権利をまったくもたない。この場合、われわれにできる最善のことは、子が生命を得た時点でそれを奪うことである。

(15) サリカ法典では、殺人者には処罰として単に罰金が科された。しかも、犯人は簡単に支払いを逃れる方法を見つけ出せたので、アウストラシア王キルデベルトは、ケルンで定めた法規に従って、殺人者に対してではなく、殺人者に命じられた罰金を逃れた者に対して死刑を科した。リブラリア法典も同様に殺人行為に対して罰金を命じたが、それは殺した相手に見合ったものだった。僧侶を殺すと、きわめて高くついた。殺人者の身の丈に合わせて鉛の長衣が作られ、この長衣の重さに等しいだけの金が罰金とされた。それが支払えないと、犯人とその家族は教会の奴隷にならなければならなかった。

(16) 対外戦争を提言しえたのは、つまるところ破廉恥漢デュムーリエ将軍のみだったことを忘れてはならない（フランスは、一七九二年四月にオーストリアに対して宣戦布告した。確かに、このときデュムーリエは外務大臣だったが、実際には彼が属していたブリソ（ジロンド）派がラファイエット派と結び、議会の圧倒的賛成を得て（反対したのは七名のみ）開戦に持ち込んだ。デュムーリエは、一七九三年三月、ネールヴィンデン（ベルギー）での大敗を機に、武力で国民公会を解散させ、王政を再建しようと企てたが失敗し、オーストリアに寝返って革命の危機を頂点に導いた。同年八月一二日の公会で、ロベスピエールも「暴君どもが勝利を得ているのは、デュムーリエとラファイエットとキュスティーヌがまだ処罰されていないおかげだ」と述べている」。

(17) フランス語の貧しさゆえに、今日わが類い稀なる政体がきわめて正当にも排斥するに至った語を用いざるをえない。賢明な読者諸君には、われわれの言うことをよく理解し、くれぐれもリベルティナージュにおいて情欲が求める甘美きわまりない専制主義を、あの政治的な専制主義と混同することなきよう、お願いしたい。

訳注

＊1 聖書の黄金律（「第三の対話」訳注＊15参照）は、キリスト教の教父たちによって万人の心に書き記された「自然法」とみなされた（アウグスティヌス『詩編注解』第五七編など）。

＊2 「第三の対話」訳注＊16参照。

＊3 「法は一般意志の表明である」（『人および市民の権利の宣言』一七八九年、第六条）。

＊4 ここで「国家」と訳した gouvernement は、「統治、支配」、共和政体などの「政治形態、政体」、革命政府といった場合の「政府」などの意味の他に、「ある支配権の行きわたった都市や国」（『フュルティエール辞典』一六九〇年）のことも指した。以下、単に「政体」と訳した場合も、こうした含みをもって読んだほうがいいものがある。

＊5 「民主主義的な、あるいは人民の政体の基本原理は、すなわち、それを支え、動かす力は何であろう

か。それは徳である。私が言いたいのは、ギリシアやローマであれほどの奇跡をもたらし、共和国フランスではさらに驚くべき奇跡を生み出すべき公的な徳のことである。そして、この徳は祖国と法に対する愛にほかならない」（ロベスピエール「共和国の内政において国民公会を導く政治的道徳原理について」一七九四年二月七日）。こうした共和主義的徳のあり方は、モンテスキューを介して広く知られていた（ロベスピエールも、すでに一七八四年の「名誉刑についての演説」で同じことを述べる際には、これを『法の精神』〔第一部第三編「三政体の原理について」〕の著者が証明したように」とモンテスキューに帰している）。しかし、ロベスピエールは続けて、こうした崇高な感情は「特殊な」利害よりも「公共の」利益の優先を前提とし（「名誉刑についての演説」でも「あらゆる特殊な利益、すべての個人的な結びつきが絶えず一般の幸福と善に従うことが求められる」と述べている）、その結果、祖国愛は「あらゆる徳」を前提とし、また生み出しもする、と言う。ロベスピエールに限らず、公的な徳と私的な品行・良俗が一つになって共和政の原理をなす、という考えはルソーの影響とされている（「訳者解説」参照）。

＊6　元・王宮（パレ・ロワイヤル）。一七八四年、当主のオルレアン公（ルイ＝フィリップ。ルイ一六世のいとこ）が庭園を囲む回廊に改築しておしゃれな店舗として貸し出してから、買い物や食事、見世物だけでなく、売春や賭博を提供する一大歓楽施設となって人気を博した。警察は入れなかったので、至る所で辻説法が行われ、デモが行われ、おびただしい「動議書」が書かれては配られ、「小冊子（パンフレット）」が出版されて、と革命の渦の中心になったという。その後、政治の中心がヴェルサイユから隣接するテュイルリー宮殿に移ると、政治的活動や事件（「第三の対話」訳注＊10で取り上げたルペルティエの暗殺も、ここのレストランで行われた）の場となった。一七九二年九月一五日、公がパリ・コミューンから「フィリップ・エガリテ（平等）」の名を与えられるとともに「平等宮（パレ・エガリテ）」と呼ばれた。快楽と政治が激しくぶつかり合うこの場所は、サドのパンフレットの出所として、また『閨房の哲学』が売買される場所としてふさわしいところだった。サドの『ジュスティーヌあるいは美徳の不幸』

は、ここで飛ぶように（「プチ・パンのように」）売れたと言われている。

＊7　一七九〇年五月九日、教皇ピウス六世は秘密枢機卿会議で述べている。フランス国民のほとんどが「カトリックの教えこそすべての王国の安泰の最も強固な礎であり、〔…〕聖アウグスティヌスがそう述べているように〔「上に立つ者には絶対に逆らってはいけない。このような掟が汝に与えられている」（『説教集』六二・五・八）〕、王たちに服従し、その軛のうちにあることが至福を約束するということを忘れている」。以下でサドが聖地ローマの不穏な動きを示唆しているように、教皇はこのフランス国民の健忘を正すかのように革命に干渉したが、『閨房の哲学』出版後の一七九八年、フランス軍がローマを占領した際に捕えられ、一七九九年にフランスのヴァランスで没している（後注＊39、41も参照）。

＊8　「結婚」も、「告解」、「聖体拝領」とともにカトリック教会の七秘蹟に含まれる。ここで「聖体の宴」と訳したのはbanquet apostolique（文字どおりには「使徒の宴」）で、キリストが十二使徒とともにとった最後の晩餐と、そこで制定された「聖体拝領」のイメージが重ね合わされていると思われるが、出典も分からず、聞き慣れない表現なので、こう訳出した。「小麦粉でできた神々」は、サドのお気に入りの表現で、もちろん聖体のパンのこと。一八世紀の唯物論的無神論地下文書の金字塔と言えるジャン・メリエの『思想と見解の覚え書き』には、「キリスト狂いたち」は「練り粉と小麦粉でできた神々を、それも好きなだけ作り出す力が自分たちにはあると称している」、聖体は「練り粉と小麦粉でできた神々」にすぎず、異教の木や石でできた偶像と何ら変わらない根拠のない嘘偽りだ、といった批判が見られる。サドは、この箇所を含むヴォルテールによる縮約・編集版をラコスト城に所有していた（同版、第六章）。

＊9　サドが読んでいたマキアヴェッリの『ディスコルシ』は、「今の人々に比べて古代の人々が自由により強く愛着したのはなぜか」と問い、その理由として、今の「人々が昔よりも勇敢でない」ことを挙げ、さらにそれを古代の宗教とキリスト教の教育の違いに帰している。異教はこの世での栄誉を得るのに必要な勇気と力を鼓舞し、将軍や国の支配者だけを認めるのに、「われわれの宗教は、謙虚で、行動より瞑想

を大切にする人しか認めず、以来、恭順と自己否定とこの世の軽視を最高に善いこととしてきた」。そうして人々は脆弱になり、虐げられても耐えるだけで、「世は無活動に陥り」、「ヴィルトゥ」を求めることもなくなり、祖国への愛を、したがって自由への愛着を失ってしまったのである（第二巻第二章。一八世紀のフランス語訳による）。以下でサドが述べているキリスト教に対するローマの宗教の優越は、まさしくマキアヴェッリの考えであった。

＊10　リュクルゴスはスパルタの立法家。ヌマはローマの第二代の国王（あとでサドは「初代の王」と言っているが間違い）。マキアヴェッリ『ディスコルシ』の「ローマ人の宗教について」には、ヌマが「獰猛な」人民を従順にするために宗教を採用し、与えるべき助言はすべて一人のニンフから得ていると偽って、物分かりの悪い人民を納得させた、とある。「事実、いかなる民族においても、神に頼らずに新たな法を定めた者はいなかった。〔…〕リュクルゴスやソロン、彼らと同じ目的をもっていた人々は、この手法を用いたものである」（第一巻第一一章）。この人民制御の手段としての宗教という視点から、すでに一七世紀にマキャヴェリストの自由思想家（リベルタン）ガブリエル・ノーデがマホメットらの「ペテン」ぶりを分析しているというが、イエス、モーセ、マホメットの三人組に関して、このときサドの念頭にあったのは、彼らを最大の「狡猾な立法家」とみなす一八世紀の有名な地下文書『三人のペテン師論』だと考えられる（サドは、この著作をラコスト城の書庫に所有していた）。

＊11　（プレイヤード版）ドルバック『良識』（一七七二年）第二七章から、ほんの少し手を加えて借用している。

＊12　（プレイヤード版）以下、次頁の「思い込んでしまうのが人間なのだ。」まで、ドルバック『良識』第四、九、一〇章からの少し手を加えた引用。

＊13　（プレイヤード版）一七九三年一一月、小教区廃止の政令が出され、パリ司教ゴベルが国民公会の演壇に引き出されて、還俗を宣言した。ノートルダム寺院が「理性の寺院」となり、オペラ座の女優が「自

由の女神」に扮した理性の祭典が開催され、パリのすべての教会・寺院が封鎖され、と非キリスト教化運動が最盛期を迎えていた。この頁が書かれたのは、その時期と推定される。

＊14　ここで「習俗」と訳したmœursは、先のウージェニーの問いにあったような「習俗や品行のよさ」も意味するが、一般的には「人々あるいは個人がそれに従って生活行為を導く、自然の、あるいは人為的な習慣」（『フュルティエール辞典』）、すなわち単なる「習俗や品行」を意味する語であり、ここでは文脈上、そう訳した。

＊15　この法の発布は、一七九五年一一月二五日（後注＊19参照）。習俗と法の関係については多くの記述があるが、代表的なものとして「個々の〔法の〕規定は丸天井のアーチにすぎず、習俗は〔…〕丸天井の揺るぎない要石となるのである」（ルソー『社会契約論』第二編第一二章）。

＊16　「罪とは、人が国家の理性、すなわち法に反して、したりしなかったり、言ったり望んだりしたことのことである」（ホッブズ『市民論』第一四章第一七節）。

＊17　プーフェンドルフが『自然法によって規定される人間および市民の義務』（一六七三年）で行った、神が作った「自然法が人間に課す義務の分類」（第一巻第三章第一三節）。もちろん、プーフェンドルフは神への義務に「軽信」などという語は用いていない。この書は、バルベラックのフランス語訳を通して、一八世紀のフランス思想にも大きな影響を与えた（『百科全書』の項目「義務」も「自然法」としての三つの義務をそのまま踏襲している）。その内容が、ここでのサドの攻撃対象になっている。また、「自然法」と言うとき、一般的には「自然の」という形容詞を「法」に付す（« loi naturelle »）のに対して、サドは実詞の「自然」を用いる（« loi de la nature »）。これは、前者が神を立法者にもち、「自然の」というのはその法の属性にすぎないのに対して、サドは「神」を排して「自然」を独立させ、立法の主体とみなしたため、と考えられる。また、近代自然法学者たちの「自然法」が主として「自然界」から切り離された人間の「本性（自然）」を統べる法を意味するのに対して、唯物論者サドは人も物として同じ「自

然が課した法」に従う、と考えた。ややこしくなるが、本書では「自然法」と区別して、これを「自然の法」と訳す。

＊18　「法は情念をもたない知性である」（アリストテレス『政治学』第三巻第一六章、一二八七a）。

＊19　一七九五年一一月二五日、「犯罪と刑罰法」（ベッカリーアの『犯罪と刑罰』（一七六四年）からとられた名）が制定され、死刑は廃止された。プレイヤード版は、このサドの記述から『閨房の哲学』の脱稿をこれに先立つ時期としている（前注＊15参照）。

＊20　「処罰は、さらに重大な犯罪を予防するために必要不可欠ではある。しかし、一人の人間を殺害したことで二人以上の生命を奪う以上、人類の損失を現実的に倍にせずにはおかない」（ルソー『人間不平等起源論』坂倉裕治訳、講談社学術文庫、二〇一六年、原注（9）、一六〇頁）。本文のこの段落と前段落のつながりは不自然に見えるが、サドの念頭にルソーのこの議論があって、それを書き換えたのだとしたら納得できる。なお、前段落でルソーの前半の主張を論駁するためにサドが用いているのは、ドルバックの次の一節である。「やつらは日々、罪人を罰すべき死刑台の足元で盗みを働いている」（ドルバック『自然の体系』第一部第一二章、注六四）。

＊21　ロベスピエールらは、権力を掌握したあと、ジャコバン・クラブの「純化（エピュレ）」――これは文字どおりの「心の清さ」も意味する――のため、告発された腐敗分子を壇上に立たせて尋問し、追放（エピュレ）し続けた。それだけでなく、クラブ所属の「国民の代表」（議員）全員が、この試練に立たされている。一七九三年一二月一二日には、結婚という「自然の要求に従い、〔子をなして〕国に市民を与えた」聖職者仲間を馬鹿にする手紙を書き――告発者は、くだんの手紙を入手していた――、みずからは結婚しないクーペが「狂信者」として除名されたあと、ビオー・ヴァレンヌやロベスピエールが合格して喝采を受けた。次いで王の処刑に投票しなかったなどの廉《かど》でカサビアンカが除名され、その後、画家のダヴィッドを含む八名が、さまざまな疑いを晴らさなければならなかったのか、まさしくサドが言うよう

に、「純（ピュル）なものとして試練の釜から出る」……。彼らは他の人民クラブやセクションにもこうした「純化=追放」を強いたので、サドにも苦々しい体験があったのだろう。

＊22　ロベスピエールらの失脚後にテルミドール派公会が制定した共和暦三年憲法（一七九五年八月二二日制定、同年九月二三日に国民投票で採択批准された）に付された「人および市民の権利と義務の宣言」を指す。「義務第八条　土地の耕作、すべての生産、すべての労働手段、そして社会秩序を基礎づけるものは、所有権の維持である」など。起草者の一人ボワシー・ダングラは「所有者が統治する国は社会秩序のうちにあり、非所有者の統治する国は自然状態にある」と述べた（同年六月二三日）。プレイヤード版は、サドのここでの記述から『閨房の哲学』の脱稿時期の下限をこの制定日以後としている。上限については、前注＊19参照。

＊23　「貧しい者たちは、自由の他には失うべきものを何ももっていなかったのだから、引き換えに何も得るものがないというのに、自分に残った唯一の財産〔自由〕を手放すとしたら、まったくもって正気の沙汰ではなかったと言えよう。これに対して、富んだ者たちは、いわば、およそありとあらゆる自分の財産に神経をとがらせていたので〔…〕。何かを発明するのは〔…〕利益を引き出す者たちのほうだと考えるのが理にかなっている」（ルソー『人間不平等起源論』前掲、一二〇頁。一部訳を変えた）。

＊24　「運動は、物質とともに永久なものである。〔…〕宇宙の諸部分は必然的に〔…〕結合しては解体し、さまざまな形を受け取り、絶え間ない衝突によってその形を変えてきた。〔…〕その全体は、それ自身のエネルギーによって永久運動のうちにあらねばならない」（ドルバック『自然の体系』第二部第四章）。サドは徹底した唯物論者として「物質の基本法である永久運動」を、一般的にメタファーとして用いられている国家「機械」に文字どおりのものとして適用している。後注＊36参照。

＊25　プルタルコス『対比列伝』「リュクルゴス」によれば、リュクルゴスは少女たちに公衆の前に裸で現れたり、青年と一緒に祭儀で踊ったり歌ったりさせたが、それはもちろん背徳教育のためではなく、飾り

のない品性や活力を身につける、といった健全な教育と結婚の助長のためだった。裸であっても徳に覆われ、淫らな考えを遠ざけたので、まったく恥ずかしくなかったという。なお、アテナイのソロンがこのような法を定めたという記述はない。サドの言うように、服を着ること、恥じらいが美徳どころか女の媚態が用いる策である、という箇所は、エルヴェシウスの『精神論』（一七五八年）第二編第一五章（リュクルゴスにも言及している）からとってきたものだろう。ただし、裸になる場所が「劇場」になっていたり、その目的がサドの原注にあるように「男色」の助長のためとされていることなどは、プレイヤード版の言うように、ニコラ・ショリエのリベルタン小説『貴婦人のアカデミー』によるものだろう。ちなみに、革命家たちはみなギリシア・ローマの共和国を理想とし、みずからをその英雄たちに見立てたが、ギリシアに関しては、このソロンとリュクルゴスが筆頭であり、一七九三年に国民公会がテュイルリー宮殿に移った際には、会議場にこの二人の胸像を設置したほどである。サドは、先にこのリュクルゴスをイエスらとともに「ペテン師」扱いしていたが、ここではソロンとともに自己の悪徳の共和国の立法家として採用している。

＊26　こうした提案は、サドが行動をともにしていたサン・キュロット活動家たちの精神を逆なでするものだっただろう。革命史家のアルベール・ソブールは、彼らがルソー的に私的な徳と共和国の徳を一つとみなし、さらにはパリの浄化を企てた例として、こうした娼館、娼婦の取り締まりを要請したことを記している。例えば、一七九三年九月一六日には、「革命的女性共和主義者協会」（設立はチョコレート屋のポーリーヌ・レオンと女優のクレール・ラコンブ）が、「娼婦が健康的な環境の国立施設に収容され、女性向きの作業に従事し、そして一日に二度、愛国的な書物を読んで聞かせ、「そして最後に、心身ともに清めるよう尽力すること」を要求している」（『革命暦二年のパリのサン・キュロット』）。ちなみに、こうした女性の政治参加に業を煮やした国民公会議員は、この数ヵ月後、彼女たちを反愛国者の容疑で逮捕し、この会ばかりか、女性が結社を作ることも禁じることになる。以下で示されるようなミソジニーは、サド一

人のものではなかったのだろう。

＊27　（プレイヤード版）「この欲望は、快楽を愛することに、したがって人間の自然そのものの内に起源をもつ」（エルヴェシウス『精神論』第三編第一七章「すべての人間が有する専制君主になりたいという欲望について」）。

＊28　「あなたがたは、間違いなく〔公教育によって〕われわれの政体の本性（ナチュール）とわれわれ共和国の崇高な運命に見合った偉大な性格を人間に刻印するだろう。〔…〕祖国だけが子供を育てる権利をもつ。祖国はこの預かりものを家族の傲慢さや特殊な偏見に任せるわけにはいかない。それらは貴族政治（アリストクラシー）と家族ごとの分権主義（フェデラリスム）というものを育む永久の糧であり、特に家族主義は人を孤立させることで魂を狭小にし、等しく社会秩序の全基盤を破壊するものとなる」（ロベスピエール「宗教的および道徳的観念の共和国原理および国民祭典との関係について」一七九四年五月七日）。

＊29　前の段落の「韃靼（タタール）人」「ペグー」の例は、ジャン・ニコラ・デムーニエ『さまざまな民族の風俗、習慣の本質あるいは旅行家、冒険家から得た観察記録』（一七七六年）第二部第一〇巻第二章「野蛮人および大国における不品行――宗教によって認められた乱行」を、「胡椒海岸」以下は同第四章「腐敗した愛。近親相姦ほか」を典拠とする（以上、プレイヤード版）。後者の最初の二つの酷暑の国では、夫が早くからだめになり、妻がまだ子が産める場合、家族を増やすためとあり、またユイダ王国では長男が父親の複数の妻を財産とともに継ぐが、ただし自分の母は除く、とある。以下、繰り返し参照されるこのデムーニエは、憲法制定国民議会の議員として最初の一七九一年憲法の成立に携わった人物だが、恐怖政治期には亡命していた。

＊30　この罪による最後の火刑は、夜間パリの街中でソドミー行為に及んで逮捕された二人の労働者に対して、一七五〇年七月六日にグレーヴ広場で行われた。通常は「叱責」程度で済むところを極刑が下されたた

ことに、当時の人も驚いたという。しかし、この罪は革命期にはまったく時代遅れのものとなり、一七九一年の刑法にも記載がない。

＊31　デムーニエは、訳注＊29で挙げた第四章「腐敗した愛。近親相姦ほか」で「近親相姦」に続けて「男色」を、最後に「動物愛」を取り上げているが、サドも同じ順序で論じ、その「男色」諸国事情を要約して、最後に一言だけ「動物愛」に言及して終えている。プレイヤード版に従い、本文中に引かれた著者名のあとに〔　〕で出典を示したが、サドの、したがってデムーニエの記述は必ずしも出典に忠実ではないので、注意が必要である。

＊32　出典に忠実でない一例として挙げておく。セクストス・エンペイリコスは、男色が法によって規定されているとは言っておらず、ただ慣習になっていると言っているにすぎない。もっとも、この誤解は一般的だったようで、ヴォルテールも『哲学辞典』（一七六四年）の項目「ソクラテス的と呼ばれる愛」ほかで、この誤解に基づいて、サドが標的にした典型的な議論をしているので、紹介しておく。「自然に背き、侮辱するような法を、もしそれが文字どおり遵守されたら人類が滅びてしまうような法を、人間の本性〔自然〕が定めることなどない」。

＊33　「諸物質は束の間ある形において存在したあと、その崩壊によってまた別の形の産出に寄与しなければならない〔以下、原注〕。*"Destructio unius, generatio alterius"*〔「あるものの破壊は他のものの発生」〕。正しく言うならば、自然においては何も生まれず、何も死なない。〔…〕これはまさにピュタゴラスの教説でもあった。オウィディウスは、ピュタゴラスに言わせている。『変身物語』一五・一二五四〕（ドルバック『自然の体系』第一部第三章）。ピュタゴラスの台詞を、ドルバックの引用箇所の前後も含めて訳出しておく。「どのようなものも己の姿をとどめることはない。万物の更新者である自然が、ある形をまた別の形に作り直していくのだ。私の言うことを信じてほしい。この全世界の中では何も滅びず、ただ変形して外観を新たにするだけだ。生まれるとは別のものになり始めることを言い、死ぬとはそれまでそ

うだったのと同じであるのをやめることを言うのだ」(オウィディウス『変身物語』第一五巻の中の「ピュタゴラスの教え」)。「永久運動」については、前注＊24参照。

＊34 「私が〔自殺によって〕物質のありようを変えたところで、運動の第一の法、すなわち創造と保存の法が丸く作った玉を四角にしたところで、それで私は神の摂理を乱したことになるのか」(モンテスキュー『ペルシア人の手紙』第七六の手紙)(以上、プレイヤード版)。サドは『ジュリエット物語』では、このモンテスキューの自殺擁護論を大々的に引いて、殺人肯定論に読み替えている。

＊35 「政治が人間を騙す技術であるように、戦争の技術は人間を破壊する技術である〔…〕」(ダランベール『文学、歴史、哲学雑集』第五巻「『哲学原理』注釈」一七六四年)。

＊36 「ローマには諸々の分裂がなければならなかった。国外においてあれほど勇猛大胆で、恐るべき兵士だった者が、国内ではごくおだやかであることなど、できるはずもなかった。自由な国家において、戦時には勇敢、平時には臆病な人を求めるのは、不可能を求めることである。そして、一般的規則として、共和国を名乗る国家を眺め、すべての人がおとなしいようなら、その時はいつでも、そこに自由はない、と見て間違いない」(モンテスキュー『ローマ人盛衰原因論』(一七三四年)第九章)。同様の主張は、マキアヴェッリ『ディスコルシ』にも見られる(第一巻第四章)。サドは、伝統的な共和国観とは異質な、こうした対立を原動力とする共和国観を歪め、裏切りながら採用することで、「一にして不可分のフランス」のスローガンのもと、現実の対立に蓋をして、人々を「無活動」状態に陥らせて革命を終結させようとする趨勢を愚弄していると考えられる。

＊37 (プレイヤード版)以下、「小びとたちが喉を斬り合うのを見て楽しむ、という快楽に乗り換えた。」まで、デムーニエ『さまざまな民族の風俗、習慣の本質あるいは旅行家、冒険家から得た観察記録』前掲、第三巻第一六部「殺人、自殺、人身供犠」第一章「殺人」から。

＊38 (プレイヤード版)以下、「子殺し」については、デムーニエ『さまざまな民族の風俗、習慣の本質あ

るいは旅行家、冒険家から得た観察記録』前掲、第一巻第四部「子供の誕生と教育」第四章「子供を殺すこと」からの転写および書き換え。

＊39　サドは『ジュリエット物語あるいは悪徳の栄え』第四部で実在する教皇ピウス六世を登場させ、同様の議論をさせているが、その際には日本を「堕胎」のモデルとして取り上げている。「日本人女性には、自分が望むだけ堕胎を受けることが許されている。彼女たちが実らせることを望まなかった果実について、釈明を求める者は誰もいない」。

＊40　旧体制下において「自殺」は犯罪だった。「ヨーロッパでは、自分自身を殺す者に対して法は凶暴である。いわば彼らを二度死なせるのだ。不当にも〔死骸を〕町中引きずりまわし、汚辱を加え、財産を没収する」（モンテスキュー『ペルシア人の手紙』第七六の手紙）。

＊41　以下、自殺の諸国事情は、デムーニエ『さまざまな民族の風俗、習慣の本質あるいは旅行家、冒険家から得た観察記録』前掲、第三巻第一六部「殺人、自殺、人身供犠」第一章「殺人」の要約的記述（以上、プレイヤード版）。この章の最後では「切腹」紹介のオンパレードとも言える、エンゲルベルト・ケンペルの『日本誌』（一七二七年）を参照し、「日本人は、実に残酷な仕方で自殺する」として「自分の腹を切り開いた二人の領主の話」を紹介しているが、残念なことにサドは取り上げていない。もっとも、『ジュリエット物語』では、デムーニエが他の章で紹介している、押さえつけた罪人の腹を切り、助走をつけて跳躍して、斬首する（？）という日本の処刑（これもケンペルが出典）について、これもピウス六世（前注＊7、39も参照）に語らせている。サディズムのサドたる所以だろうか。

＊42　「いかなる国民も、その政体の作るものでしかない」（ルソー『告白』第二部第九巻）、「人間はただ政体が作るものでしかない。〔…〕専制主義の野蛮な法の下、人々は身を持ち崩し、道徳ももたず〔…〕、至る所に腐敗をもたらし、覇気もない。〔…〕自分たちの政体と同じくらい卑怯で、獰猛で、不実なものとなった」（ダヴィッド「パンテオン埋葬の名誉を若きバラとアグリコラ・ヴィラに捧げるための英雄祭に

ついての報告」一七九四年七月一一日)。

＊43　「理性はあまりに頻繁にわれわれを欺く〔…〕。しかし、良心は決して欺かない。良心は人間の真の導き手なのです。〔…〕良心に従う者は自然に従い、決して迷うことがないのです」(ルソー『エミール』第四編)。

＊44　サドが本書と同年に出版した『アリーヌとヴァルクール』では、善人ヴァルクールが自分の身の上を語る手紙で、ルソーに教えを受けたことを語っている(第五の手紙)。「彼はそこで私の青年期を導き、私に真の美徳を、それを押し殺しているおぞましい諸学説から区別することを教えてくれたのです。「友よ」と彼はある日、言うのでした。「美徳の光が人々を照らすや否や、この輝きに目をくらませた彼らは、迷信のさまざまな偏見でこの光の波をさえぎったのです。もはや美徳には誠実な人の心の奥底以外に聖所は残されていないのです」」。このヴァルクールの身の上話には、生い立ち、軍役など、サドの自伝的要素がいくつも書き込まれていると言われている。サドは自分ができなかった流行の「ジャン＝ジャック詣で」を小説中の分身を使って果たしたのだろうか。

＊45　サドは『ジュリエット物語』でも、生徒の「感受性」を消し去る必要を説き、「憐れみとは何かしら？　それは、私たちが恐れている不幸を他人において憐れむように仕向ける純粋にエゴイスティックな感情よ」と書いている。サドのリベルタン教育は、ルソーが『エミール』第四編で掲げた「憐れみ教育」の論法を採用しながら真逆の結論に逸脱したものである。ルソーは「なぜ王たちは臣下に対して憐れみを欠いているのか。それは彼らが〔みんなと同じ弱い〕人間になるなどとは思ったこともないからだ」、「人はただ自分も免れられないと考えている不幸だけを他人において憐れむ」と述べ、だからこそ教育によって、他人の不幸な運命は明日の自分の運命かもしれないということを理解させ、あらゆる危険によってその想像力を揺り動かし、脅えさせ、他人への感受性を育まねばならない、と説くのである。

# 第六の対話

サン・タンジュ夫人、ウージェニー、騎士

サン・タンジュ夫人　お友だちが立派なリベルタンだっていうのは、ほんとだったわ。
騎士　だから、そうだって言ったでしょう？　僕は嘘は言いませんよ。
ウージェニー　この世に並ぶ者なき、って感じ……。ねえ、お姉さま、ほんとに素敵なかただわ。しょっちゅうお会いしましょうよ。お願いよ。
サン・タンジュ夫人　あら、誰かしら？……戸を叩いてるわね……。誰にも会わない、って言ってあったのに……きっと急ぎの用ね。騎士さん、ちょっと見てきてちょうだい。
騎士　ラフルールが手紙を届けに来たんです。お言いつけは重々承知していますが、何やら緊急事態のようでしたので、と言って、そそくさ退散しましたよ。
サン・タンジュ夫人　あら、まあ！　いったい何事？……あなたのお父さまからよ、ウージェニー。
ウージェニー　お父さまからですって！……ああ、これでもうおしまいだわ。

サン・タンジュ夫人　気を落とす前に、まず読んでみましょう。（夫人が手紙を読む）

信じられぬことが起こりました。麗《うるわ》しき奥さま、鼻もちならぬ愚妻が今、家を出ました。娘がお宅に伺っていることを勘繰って、連れ戻しにまいったのです。あれやこれや想像を逞《たくま》しくしておるようです……仮にその想像があたっていたとしても、とりたてて言うほどのことでもございません。妻の不調法、どうか厳しく罰してやってくださいませ。昨日も同じようなことをしでかし、身体で分からせてやったはずなんですが、どうも教育が足りなかったようです。どうか妻の裏をかいてやってくださいませ。どれほどいたぶってやろうとも、私には異存はございません……実に長いこと、この売女《ばいた》には手を焼いているのです……ですので……実のところ……お分かりでしょう……奥さまになにしていただければ、願ったりかなったりです。私が申し上げられるのは、ここまでです。妻はこの手紙のすぐあとにまいるはずです。どうぞ、ご準備のほどを。早々、私もあなたのお仲間に加わりたく思っています。教育が滞りなく済むまで、ウージェニーはお預けいたします。娘の最初の刈り取り、ご存分になさいませ。もっとも、私のために少々お働きいただくこともお忘れなきよう、お願いいたします。

サン・タンジュ夫人　どうです！　ウージェニー、心配することなんかちっともないわ。それにしても、ずうずうしい下劣な女だこと。

ウージェニー　あの淫売！……そうよ！　お姉さま、お父さまから白紙委任状をもらったんですもの、ぜひともあのあばずれにお似合いのもてなしをお願いいたしますわ。

サン・タンジュ夫人　かわいいねえ、キスしてちょうだい。そんな気持ちになってくれて、ほんとにうれしいわ……だいじょうぶよ、ご安心なさい。こってりかわいがってあげるから。約束するわよ。生け贄が欲しかったんでしょう、ウージェニー？　おあつらえ向きなのが転がり込んできたじゃない？　自然と運命さまさまね。

ウージェニー　みんなでたっぷり楽しみましょう。お姉さま、いやってくらい楽しむのよ。

サン・タンジュ夫人　ああ！　このことをドルマンセさんが知ったら、どんな顔するかしら？　早く見てみたいわ。

ドルマンセ　（オーギュスタンを連れて部屋に戻ってくる）願ったりかなったりですね、お二人さん。近くにいたもんで、お話はすっかり聞こえましたよ。しかし、ミスティヴァル夫人も実にちょうどよいところにいらっしゃる……それで、腹は決められたんですか？　夫君の望みをかなえてあげるんでしょうね？

ウージェニー　（ドルマンセに向かって）望みをかなえる、ですって！　そんなことでは済まなくてよ、ドルマンセさん……ああ、ドルマンセさんがこの淫売にどんな残酷な刑を下しても、あたし、怖じ気づいたりなんかしませんわ。もしもあなたにそう見えたら、あたしの足元の大地よ、裂けよ、ですわ……ドルマンセさん、このお役目、何もかもお任せしていいかしら？

ドルマンセ　うん、すべてマダムと私に任せておけばいい。他のみんなは黙ってわれわれに従うように。私がお願いしたいのは、それだけだよ……しかし、なんて忌々しい女なんだ。これほどの女、今までお目にかかったことがないぞ。

サン・タンジュ夫人　間抜けもいいところよ……でも、あの女を迎えるのに、もう少しちゃんと服を着ておかなくっていいかしら？

ドルマンセ　あべこべですよ、自分の娘がここでわれわれとどんなふうに過ごしているのか、入ってきた途端、一目で分かるようにしておかなくては。お二人とも、見るに耐えないくらい、だらしなくしていてください。

サン・タンジュ夫人　音がしたわ。きっとあの女よ。さあ、気を入れて、ウージェニー。あたしたちの原理を忘れてはだめですよ。あぁ、神さまの馬鹿野郎、お楽しみの場面が始まるわ！

# 第七にして最後の対話

サン・タンジュ夫人、ウージェニー、騎士、
オーギュスタン、ドルマンセ、ミスティヴァル夫人

ミスティヴァル夫人　（サン・タンジュ夫人に）ご通知もせず突然まいりました非礼をお詫びいたします、奥さま。しかし、宅の娘がこちらにうかがっていると知り、なにぶん年端もいきません娘ですので、一人にさせておくわけにもいかず、ぜひお返しいただきたく、まいりました。このような次第ですので、よもや反対などなされませんよう、お願いいたします。

サン・タンジュ夫人　このような次第、って何よ。不躾もいいところね。あなた、まるでお宅のお嬢さんが悪者の手に落ちたみたいな言いようじゃない。

ミスティヴァル夫人　そのとおりですわ。あなたやお仲間と娘のこの姿を拝見して判断するかぎり、奥さま、そう考えてもさほど間違いではないかと存じますが。

ドルマンセ　頭ごなしにずいぶん無礼な物言いですな。奥さん、直截に申し上げて、サ

ン・タンジュ夫人とあなたがごく親しい間柄だと知っていたからいいようなものの、そうでなかったら夫人に代わって窓から放り出させているところでしたよ。

ミスティヴァル夫人　窓から放り出すとは何事です。よろしいですか、わたくしのような女が窓から放り出されるいわれはございません。あなたがどなたか存じ上げませんが、そのお話しぶりといい、そのご様子といい、あなたの性根がどんなものだか、容易に察しがつきますわよ。ウージェニー、さあ行きますよ。

ウージェニー　恐縮ですが、奥さま、謹んでお断り申し上げます。

ミスティヴァル夫人　何ですって！　この子が母親に逆らうなんて。

ドルマンセ　それも実にきっぱりとね。お聞きのとおりです、奥さん。どうです？　こんなことを許しておいてよろしいので？　なんなら鞭をもってこさせましょうか？　この反抗的な子におしおきをしてはどうです？

ウージェニー　鞭なんかもってきたら、あたしじゃなくて、この奥さんのために使われるんじゃないかしら。

ミスティヴァル夫人　この子ったら、なんて口をきくの！　あたし心配だわ。

ドルマンセ　（ミスティヴァル夫人に近づき）まあ、おてやわらかに、奥さん。ここでは人を罵《ののし》るのは御法度です。ウージェニーはわれわれみんなに守られてるんですから、この子にそんなひどいことを言うと後悔することになりますよ。

ミスティヴァル夫人　何ですって！　娘が言うことを聞かないんですのよ。この子に母親の権利というものを思い知らせることもできないんですの？

ドルマンセ　何のことです、その権利って？　教えてもらいたいですね。奥さん、あなたいい気になって、そんなものに正当性があるなんて考えてるんですか？　ミスティヴァル氏だか他の誰だか知りませんがね、とにかくウージェニーを生み出すことになる精液があなたの膣に何滴か注ぎ込まれたとき、あなた、ウージェニーのことを少しでも考えましたか？　考えなかったですよね？　それなら、昔あんたの汚い膣がなにされて、あなたが射精したことがあったからって、ウージェニーが今あなたにどんな感謝をしなくてはいけないんです？　いいですか、奥さん、子供に対する父母の感情だの、自分を産んだ者への子供の感情だの、これほど皮相なものはないですよ。そんな感情、この国では習慣になっているかもしれませんが、根拠とか土台になるものは何もないんです。唾棄すべきものですよ。親が子供を殺す国があるかと思えば、子供が生みの親をかき切る国があるくらいですからね。もし親と子が互いに対して愛情を抱くという運動が自然の内にあるものなら、血の力もあながちでたらめとは言えませんがね。そうなれば、互いの顔も名前も知らずとも、親は相手が息子だと分かって愛情が込み上げてくるだろうし、子は子で、たとえごった返した群衆の中でも、まだ見ぬ父を見つけ出し、相手の胸に飛び込んで愛情を訴えるんでしょうが、われわれが現実に目にするのは何です？　これとはまったく逆、親と子がどうしようもないほどいがみ合う姿じゃないですか。物心がつく前に、はや、父親なんて見るのも嫌だって子供がいるほどです。だか父親だって、中には子供に近寄られるだけでぞっとする、と追っ払う者もいますよ。

ら、愛情の動きとか言われているものは、実に皮相なまやかしです。そんなものを思いつくのは、ただ利害からです。そして、それを慣習が定め、日々の習慣が維持していくんです。しかし、自然がわれわれの心にこんなものを刻みつけたことは、今まで一度としてなかった。動物がこんな愛情を知っているかどうか、見てごらんなさい。もちろん、否です。ところが、自然を知ろうと思ったとき、参考にすべきは、いつだってこの動物たちのほうなんですよ。世の父たちよ！　あなたがたが、自分の情念や利害のなすがまま、いわゆる不当な仕打ちを子供にしたとして、何も気にすることなどない。そいつらは、しょせんあなたがたのスペルマ数滴からこの世に生まれ出た、どうでもいい存在にすぎないのだ。やつらに対する義務など、これっぽっちもない。あなたがたがこの世に生きているのは、子供のためではなく自分のためだ。子供に遠慮するなど愚の骨頂。自分のことだけ考えていればいい。ひたすら自分のためだけに生きなければならないのだ。そして、子供たちよ、親への孝心などという根拠薄弱なものからは徹底的に——その余地がまだあるなら、の話だが——己を解き放つんだ。やつらの血から生まれたからといって、あなたがたもまた、やつらに何の恩義もない、ということを肝に銘じろ。孝心、感謝、愛情、こんな心情のどれ一つとして、やつらに抱くべき義務はない。あなたがたをこの世に生み出しただけの輩に、そんなものを要求する資格は何一つないのだ。やつらは自分のために働いたにすぎないんだから、自分のことは自分で何とかさせればいい。数ある欺瞞の中で最たるものは、どこから見てもする義務がないのに、親の世話をさせられたり、面倒を見させられたりすることだ。法は何も命じていないではないか。慣習に感化されたり、体質が精神に及ぼす影響のために、はからずもそうした義務を命じる声が聞こえるような気がする時も、遠慮することはない。そんな馬鹿げた感情は押し殺してしまえばいい。そんな感情はローカルなものだ。その地域の気候風土が生み出す習俗の結果にすぎない。自然はそんなもの、はなから認めていないし、理性だっていつもがんとはねつけてきたのさ。

ミスティヴァル夫人　なんてことを言うのです。どれほどこの子の世話をして、どれだけ教育に手間をかけたと思ってらっしゃるの？……

ドルマンセ　世話なんて、いつだって慣習や見栄の結果にすぎませんよ。自分が住んでいる国の習俗が命じる以上のことを彼女にしたわけではないんですから、当然、ウージェニーはあなたに何の恩義もありません。それに、その教育ですがね、よっぽどひどいものだったに違いない。あなたに教え込まれた原理原則は一から十まで改めなければなりませんでしたよ。ウージェニーの幸せを願うものも、まともで根拠のあるものも皆無ときてる。神について、まるで本当にそんなものがいるかのように話したそうですね。それから、美徳については、必要不可欠なものであるかのようにね。宗教については、宗教的礼拝が最も強い者の欺瞞と最も弱い者の愚かしさから生じたものではないかのように、イエス・キリストについては、まるでこのげす野郎がペテン師でも悪人でもないかのように講釈を垂れた。おまけに、やるのは罪悪だと言ったそうだが、あべこべもいいところだ。やることこそ人生で最も甘美な行為じゃないですか。そして、ウージェニーに良俗を教え込もうとした。若い娘は放蕩と不道徳のうちでは幸福になれない、とね。しかし、疑いなく、汚穢とリベルティナージュに溺れ、偏見など頭から馬鹿にして、人からどう思われようと、てんで気にしない女こそ、女の中で最も幸福なんですよ。ああ！　目を覚ましなさい、奥さん。心を改めるんです。あなたは娘さんのために何もしてこなかった。自然が命じる義務を何一つ彼女のために果たさなかったんだ。だから、ウージェニーがあなたを憎んだとしても当然なんですよ。

**ミスティヴァル夫人**　ああ、神さま！　あたしのウージェニーが堕落してしまった。間違いないわ……ウージェニー、あたしのかわいいウージェニー、最後にもう一度だけ、おまえを産んだ母の頼みを聞いておくれ。命令じゃない、頭を下げてお願いしているのです。おまえにはかわいそうだけれど、おまえが一緒にいるのは、どう見ても人でなしばかり。こんな恐ろしい人たちと付き合うのはやめて、一緒に来るのです。跪《ひざまず》いてお願いしますよ。

（夫人、跪く）

**ドルマンセ**　これはこれは、お涙頂戴の場面だねえ……ほら、ウージェニー、どうするんだ！

**ウージェニー**　（先ほどと同様に半裸のまま）じゃあ、かあちゃん、あたしのお尻をさしあげるわ……あんたの口の真ん前にあるんだから、ほら、キスしてちょうだい。吸ってちょうだい。ウージェニーがあんたのためにしてあげられるのは、これだけよ……忘れちゃいやよ、ドルマンセさん。あたしはいつだって、あなたの教え子にふさわしく、立派にふるまうわ。

ミスティヴァル夫人（憎々しげにウージェニーを押しやりながら）ああ、この人でなし！……あっちへ行っておしまい！　おまえなど、もう私の娘ではありません。

ウージェニー　それだけじゃだめよ。呪いの言葉の一つも吐きなさいよ、親愛なるお母さま。そうすれば、もっと圧巻の場面ができあがってよ。でも、そんなことであたしが動揺すると思ったら大間違いよ。

ドルマンセ　こりゃまたひどい。奥さん、おてやわらかにお願いしますよ。ずいぶんなさりようじゃないですか。見ましたよ。ひどく手荒にウージェニーを押しやりましたね。申し上げたはずですがね。ウージェニーはわれわれの保護下にある、ってね。こんな罪を犯したんですから、罰を受けるのが当然だ。では、どうぞ奥さん、服を脱いでもらいましょうか。素っ裸になって、乱暴を働いた報いを受けていただきましょう。

ミスティヴァル夫人　服を脱げ、ですって！……

ドルマンセ　オーギュスタン、奥さんのお手伝いをしろ。抵抗なさるようだからな。

（オーギュスタンが乱暴に仕事に取りかかり、ミスティヴァル夫人はもがく）

ミスティヴァル夫人（サン・タンジュ夫人に向かって）ああ、ひどい。ここはどこなんです？　あなたのお宅でこんなことをさせていいんですの？　こんなふるまいに及んで、私が黙っているとでもお思い？

サン・タンジュ夫人　そんなこと、おできになれるかしら？

ミスティヴァル夫人　ああ、神さま！　それじゃ、ここで私を殺すつもりなのね。

ドルマンセ　それもいいかもしれませんな。
サン・タンジュ夫人　ちょっと待って。みなさん、お披露目の前に、この魅力的で美しい身体がどんなありさまか、一言申し上げておくのがよろしいかと思うの。ウージェニーが今、耳打ちしてすっかり話してくれたんですけどね、昨日、旦那さんからこっぴどく鞭で打たれたんですって。家のことで何かちょっとしくじったらしいわ……みなさんがご覧になる尻は、だから、まだらに染まったタフタ織りみたいになっているそうよ。
ドルマンセ　（ミスティヴァル夫人、裸にされる）こりゃなんと、本当ですね。ここまでむごく打たれた身体というのも見たことがない気がします……よくもまあ、前も後ろもひどいもんだ……しかし、実に美しい尻ではある。
（ドルマンセ、尻にキスをし、なでまわす）
ミスティヴァル夫人　おやめになって。やめてちょうだい。じゃないと人を呼びますよ。
サン・タンジュ夫人　（夫人のそばに行って腕をつかむ）お聞き、このすべた。じゃあ、教えてやるがね……おまえは生け贄なんだよ。送ってよこしたのは、ほかならぬおまえの旦那さ。これがおまえの運命なんだ。ありがたくお受けするんだ。運命から逃れるなんてできっこないんだからね……どんな運命か、だって？　そんなこと知るもんか。吊るすか、車裂きか、八つ裂きか、焼いたやっとこでひねり殺すか、生きたまま火炙りか、決めるのはおまえの娘さ。おまえの娘がおまえに判決を下すんだ。だがな、この売女《ばいた》め、その前にたっぷり責め抜いてやる。苦しんで苦しんで、それからやっと殺してもらえるんだ。言っておくがね、泣いても叫んでも無駄だよ。この部屋はね、たとえ中で牛を殺しても外に啼き声一つ漏れることはない。第一、もうおまえの馬も召使いも、みんな帰っちまったよ。いいかい、もう一度言っといてやるが、これはおまえの旦那に許可をもらってやってることだ。おまえは娘を取り戻しに来たつもりだろうが、これはおめでたいおまえをはめる罠だったのさ。それにしても、こんなにうまくはまるとはね。

ドルマンセ　これで奥さんも何とか静かになってくれるといいんですがね。

ウージェニー　ここまで教えてもらえるなんて、敬意を払ってもらってる、ってことなのよ。

ドルマンセ　（相変わらず夫人の尻をなでたり叩いたりしながら）そうですよ、奥さん。サン・タンジュ夫人のように情に厚いご友人をおもちで何よりですね……今のご時世、こんな率直なお友だち、どこで見つかります？　夫人は何より本当のことを言ってくださってるんですからね……さあ、ウージェニー、お尻をお母さんの尻の隣りに並べてごらん。二つの尻を比較させてもらおう。（ウージェニー、従う）何といっても、ウージェニーの尻のほうがきれいだね。でも、そうだな、お母さんの尻も捨てたもんじゃない……ちょっと二つの尻をものして、お楽しみといかなくちゃならんな……オーギュスタン、奥さんを押さえるんだ。

ミスティヴァル夫人　ああ、神さま、侮辱にも程があります。

ドルマンセ　（抵抗など、われ関せずで、母親の尻を掘り始める）なんてことありませんよ。ごくごく簡単なことです……ほう、ほとんど入るのを感じなかったんじゃないですか？……ああ、これはこれは、お宅の旦那はこの道の常習者だったんですね。じゃあ、今度はウージェニー……いや、これほど違うとは……こっちは私も大満足。ここまでは景気づけにちょっと下調べをしたまでです。ここからは少し秩序が必要になりますよ。まずサン・タンジュ夫人、ウージェニーの両婦人には張形をつけていただきましょう。お二人には、このご立派なご婦人の相手をしていただいて、代わる代わる前門肛門に強烈な突きをお見舞いしていただくことになります。騎士君とオーギュスタンと私は自前の陰茎でもってなにする。ご婦人がたとそつなく入れ替わってね。まずは私から始めますが、お察しのとおり、もう一度ミスティヴァル夫人の尻にオマージュを捧げますよ。各自、夫人を享楽しているあいだは自分が主人だと思って、ここぞと思える体罰を彼女に下すこと。罰は軽いものからだんだんと重くなるように注意して。一気に殺してしまわないように……。オーギュスタン、こんな老いぼれた雌牛の尻を掘らなくちゃならんのだ。私の尻をものして慰めておくれ。ウージェニー、おまえのかあちゃんの尻をやっているあいだ、その美しい尻にキスさせておくれ。それでマダムは尻をこちらに近づけて、揉んで、ソクラテスできるようにね……尻をなにする時は、まわり中、尻で囲まれてなきゃだめなんです。

　ウージェニー　どうなさるつもり、ドルマンセさん？　この性悪女に何をするおつもり？スペルマを放ちながら、どんな判決を下そうっていうの？

**ドルマンセ**　（やり続けながら）この世でいちばん自然なことさ。毛をむしりとって、股をつねって、あざだらけにしてやるのさ。

ミスティヴァル夫人　（この虐待を受けながら）ああ、この人でなし！　悪党！　私を不具にするつもり？……神さま、助けて。

ドルマンセ　神さまにお願いしても無駄さ。お母ちゃん、やつにあんたの声など聞こえないぜ。あんただけじゃない。人間の声なんて、はなから聞こえてやしないのさ。全能の神さまが人間の尻のことに口を挟むなんて、これまであったためしがないだろ？

ミスティヴァル夫人　ああ、痛い、痛い！

ドルマンセ　人間の精神というのは実に奇妙で、信じがたい結果を生むもんだ！……あんたは苦しみ、泣いて、俺は射精する……あぁ！　この淫売野郎、みんなにも味見させてやるんじゃなかったら、おまえなんか絞め殺してやるところなんだが。サン・タンジュ、あんたの番だよ。（サン・タンジュ夫人、張形で彼女の前門と後門をものし、何度か殴る。騎士に交代すると、騎士も両門を貫き、射精しながら平手打ちを食らわす。次いでオーギュスタンに代わり、彼も同じことをして最後に指で何度かこづき、鼻をはじく。ドルマンセは、それぞれが攻撃する最中、言葉をかけて興奮させながら、自分の一物で攻撃者の尻をやってまわる）さあ、ウージェニーがやる番だ。まず前でやっておやり。

ウージェニー　さあ、お母ちゃん、来てちょうだい。旦那の役をしてあげるよ。あんたの亭主よりちょっとばかり太いようだけど、構うもんか。何とか入るさ……おやおや、そんなに叫んで。お母さん、自分の娘になにされてんのに、そんな大声出しちゃって。ドルマンセさん、あんた、あたしの尻をやってちょうだい。これであたしは一時に近親相姦と不義とソドミーを犯してることになるわ。しかも、これが今日処女を失ったばかりの小娘のしたことなのよ……どう？　すごい進歩でしょ、みなさん？　悪徳の道は茨《いばら》だらけだっていうのに、あたし、一気に駆け抜けたわ……これで一人前の堕落した娘よ……あら、お母さん、射精してるんじゃないの？……ドルマンセさん、ちょっとこいつの目を見てちょうだい……ほら、確かに射精してるわ……ああ、好き者め、あたしがあんたを立派なリベルタンに仕込んであげるわ……ほら、売女、ほら、どうよ。（ウージェニー、母親の胸をわしづかみにして、血の気が失せるほどしごく）あぁ！　やって、ドルマンセさん……やってちょうだい。いいわ、あなた……あたし、死にそう。

（ウージェニーは射精しながら、母親の胸と脇を拳で一〇発以上殴る）

**ミスティヴァル夫人**　（気を失いかけながら）お願いですから、もう許して……気持ちが悪い。気が遠くなってきたわ。

（サン・タンジュ夫人が彼女に手を貸そうとするが、ドルマンセが止める）

**ドルマンセ**　だめです！　いけませんよ。失神したままにしておきましょう。気絶した女を眺めることほど乙なことはありませんからね。鞭で打ってやれば気がつきますよ……。こっちに来て、生け贄の上に寝てごらんなさい、ウージェニー……ここが正念場だ。どれほど性根が座っているか、見せてもらうよ。騎士君、君は気絶した母親の上のウージェニーをやってくれ。ウージェニーは私とオーギュスタンのものを片方ずつ手でつかんで、しごくんだ……サン・タンジュ、あなたはなにされているウージェニーをせんずってください。

騎士　だけど、ドルマンセ、君が僕たちにさせようとしているのは実に恐ろしいことだよ。自然と、神と、人類《ユマニテ》〔humanité.「思いやり、他人の不幸に対する感受性」の意もある〕の最も神聖な法のすべてに背《そむ》くんだから。

ドルマンセ　騎士君はいつも突然、美徳の発作に駆られるんだな。実にお笑い草だね。われわれがしていることのどこを探せば、自然と天と人類に対する冒瀆が見つかるっていうんだい？　ねえ、君、悪人に原理を与えるのは自然だぜ。悪人はそれを実行に移してるだけだ。もういやってほど言ったはずだ。自然は平衡の法則を完全に維持するために、ある時は悪徳を、ある時は美徳を必要としていて、その必要に応じて、われわれにどちらかの運動を促すんだ、ってね。その運動がどのようなものであれ、われわれはそれに身を任せるだけさ。だから、悪いことなんてしようがないんだ。それから神についてだが、騎士君、お願いだから、罰が下るなんて怖がるのはやめてくれないか。この宇宙で働いている原動力は、ただ一つしかない。そして、この原動力というのは自然のことだ。奇跡というのは本当は人類の母であるこの自然が物理的に引き起こしたものだが、人間がそれをさまざまな仕方で解釈し、どれもこれも珍妙きわまりない形で神格化して、崇拝してきた。そうした中で、ペテン師や陰謀家たちが同胞の信じやすさにつけ込んで、自分たちの滑稽な夢想を世に広めたわけだが、これこそ騎士君が天と呼び、侮辱しないようにびくびくしている相手だよ……それから、騎士君は人類《ユマニテ》の法とかも言ったね？　われわれがしようとしている些細なことがそれに背く、ってね。君は本当に単純で臆病な人だ。思いやり《ユマニテ》なんてものは恐れとエゴイズムから生じる弱さ以外の何ものでもない。このことをしっかり覚えておくことだ。こんないんちきな美徳に縛られるのは弱者だけだ。克己心《ストイシスム》と勇気と哲学によって自分の性格を培《つちか》った者には無縁なものだよ。だから、行動しろ、騎士君。何憚《はばか》るところなく行動することだ。こんなあま一匹を粉微塵にしたところで、それを犯罪と呼ぶのもおこがましい。そもそも人間には犯罪を起こすことなど不可能なのだ。自然は罪悪を犯したいという抗《あらが》いがたい欲望を人間に吹き込むが、実に用心深く、己が法を乱しかねない行動に人間を近づけようとはしない。それ以外なら、人間にはどんな行動も許されている。自然も馬鹿じゃないから、己の進行を妨げたり乱したりする力だけは人間に与えなかった、ってことだ。いいかい、このことをしっかり覚えておくんだぜ。われわれは自然がわれわれに吹き込むことに盲従する道具にすぎないんだから、自然が全世界を燃やし尽くせ、と命じるなら、それに抗うことが、それだけが罪だということになる。この世に巣食う悪人たちは、みんな気まぐれな自然の代理人にすぎないのさ……。さあ、ウージェニー、位置についてくれ……どうしたんだい？……この子、怖じ気づいてるじゃないか。

ウージェニー　（母親の上に横たわって）怖じ気づいてる、ですって？　神さまの馬鹿野郎！　よくって？　見ててごらんなさい。

（体勢が整う。ミスティヴァル夫人は気を失ったまま。騎士が射精し、みな持ち場を離れる）

ドルマンセ　なんだい、このあま、まだ目を覚まさないぞ。鞭だ、鞭をもってこい。オーギュスタン、急いで庭に行って、茨《いばら》をひと握り摘《つ》んでくるんだ。（待ちながら、ドルマンセは夫人に平手打ちを加えたり、丸めた紙の先に火をつけ、鼻に煙を吹きかけたりする）ああ、どうしよう。死んだんじゃないだろうな？　何をやってもだめだ。

ウージェニー　（忌々しそうに）死んじゃった！　死んじゃったわ！　あたし困るわ！　めちゃくちゃかわいいドレス、いくつも作らせたのに。今年の夏はずっと喪服を着なくちゃいけないじゃない。

サン・タンジュ夫人　（吹き出して）もう、かわいい怪物さんだこと。

ドルマンセ　（戻ったオーギュスタンから茨を受け取り）さあ、最後の荒療治がどう出るか、一つやってみよう。ウージェニー、お母さんを取り戻してあげられるように、ひと働きするあいだ、陰茎を吸っててておくれ。オーギュスタンには鞭打ちを頼む。このあまを打ったぶんだけ、俺を打ってくれ。騎士君、姉君の尻をものするなら、それでもかまわんよ。でも、そうしているあいだ、君の尻にキスできるような位置についていてくれたまえ。

騎士　みなさん、言うとおりにしましょう。われわれにさせようとしているのがおぞましいことだとこの悪党に分からせる手立てがないんじゃ、しょうがないですからね。

（情景が整う。ミスティヴァル夫人は、鞭打たれているうちに息を吹き返す）

ドルマンセ　どうです、私の荒療治の効きめは？　言ったとおり、てきめんですよ。

ミスティヴァル夫人　（目を開けながら）ああ、神さま！　なぜ私を死の淵から甦らせたのですか？　なぜ人生の惨劇に私を引き戻されたのですか？

ドルマンセ　（鞭打ち続けながら）それはだな、まだすべてが言い尽くされてないからさ。自分の判決を聞かにゃならんでしょう？　刑も執行しなきゃならんでしょうが？……さあ、みんな犠牲者のまわりに集まって。犠牲者は輪の真ん中に跪《ひざまず》き、自分に下される判決を聞いていればいい。震えながらな。では、まずサン・タンジュ夫人からどうぞ。

（行為者たちはみな動きの手を休めずに、以下の宣告を下す）

サン・タンジュ夫人　あたしはこの女を絞首刑に処したいわ。

騎士　中国人がやるように、二万四〇〇〇の部分に切り刻むんだ。

オーギュスタン　ええと、おいらはいきたままくるまざきにするだけで、かんべんしてあげます。

ウージェニー　お母さんの身体に硫黄のついたランプの芯をいくつも突き立てて、一つ一つ火をつける役をしてみたいわ。

（ここで体勢が崩れる）

ドルマンセ　（平然として）分かりました。みなさん、私はあなたがた全員の教師として、判決に恩情をかけてやろうと思います。ただし、私の下す判決は、あなたがたのとは趣きが異なる。というのも、みなさんはご自分の残酷な空想に惑わされて、そんな現実味のない判決を下してますがね、私のは実際に執行できるものです。私は下に下僕を連れてきていますが、この男の一物ときたら、おそらく自然界でも類を見ない素晴らしいものです。しかし、残念ながら絶えず毒液をしたたらせ、今まで誰も見たこともないほど恐ろしい梅毒に冒されているのです。そこで、この男をここに上がらせて、この愛すべきご婦人に自然がこしらえた二つの入り口から毒液を注ぎ込ませる、という寸法です。そうすれば、この残酷な病気の影響が残るかぎり、娘がなにされるのを邪魔してはならないということを忘れないでしょうからね。

(みな拍手し、くだんの下僕を上がらせる)

ドルマンセ　(下僕に)ラピエール、この女とやるんだ。こいつ、とびきり健康だぞ。楽しんでみろ。そうしたら、おまえの病気も治るかもしれん。ちゃんと前例のある治療法だ。

ラピエール　みなさんの前でですかい、旦那さま?

ドルマンセ　おまえ、陰茎を見せるのが恥ずかしいのかい?

ラピエール　いえ、滅相もございません。なんせ、わしのは立派な物でございますから……それでは、奥さま、どうかおとなしくしていてくだせい。

ミスティヴァル夫人　ひどい、神さま!　こんな恐ろしい判決、あったもんじゃない。

ウージェニー　死ぬよりはよくってよ、ママ。それに、夏にあたしがきれいなドレスを着れることだけは確かだわ。

ドルマンセ　ラピエールがやっているあいだ、われわれも楽しもうじゃないか。みんなで互いを鞭打つ、というのはどうです?　サン・タンジュ夫人はラピエールを攻めて、やつがしっかりミスティヴァル夫人をなにできるようにしてやってください。私はサン・タンジュ夫人を攻めて、オーギュスタンは私を打つ。ウージェニーはオーギュスタンをやりながら、騎士から激しく鞭打たれる。（一同、位置につく。ラピエールは女陰をし終わると、主人から尻をやれと命じられ、そうする。すべて終わる）よろしい、もう行っていいぞ、ラピエール。ほら、一〇ルイくれてやる……どうだ、これでいい。種痘の完成だ。トロンシャン〔テオドール・トロンシャン。一七五六年、ジュネーヴから天然痘予防のための人痘接種を行いにフランスに来た医師〕だってやらずに死んじまった種痘だぞ。

**サン・タンジュ夫人**　さしあたって大事なのは、奥さんの血管を流れ始めた毒が外に漏れないようにすることじゃないかしら？　そうね、ウージェニーに、あなたの前門と後門をぴたっと縫ってもらいましょう。そうすれば、毒液が濃縮して蒸発しにくくなるから、骨が焼け崩れるのもずっと早くなる、というものよ。

**ウージェニー**　すてきだわ。早く、早く、針と糸をちょうだい。ママ、股を開くのよ。あたしが縫ってさしあげるわ。これでもうあたしに弟も妹も作れなくなるわね。

（サン・タンジュ夫人は、ウージェニーに蠟引きした太くて赤い糸がついた大きな針を手渡す。ウージェニーが縫い始める）

**ミスティヴァル夫人**　ああ、神さま、痛いわ、痛いわ……

**ドルマンセ**（狂ったように大笑いしながら）いや、よくぞ思いつかれましたね。お手柄ですよ。私には及びもつかないことです。

**ウージェニー**（陰唇の内や、時に腹や恥丘を針でつつきながら）こんなの大したことないでしょ、ママ？　ちょっと針の調子を見てるだけよ。
騎士　このすべた、血まみれにする気だな。
ドルマンセ　（サン・タンジュ夫人にせんずられながら、ウージェニーの針仕事を見て）神さまの馬鹿野郎！　こういう非道ぶりを見ると、勃起しちまう。ウージェニー、もっと針の穴を開けておやり。そうしたら私のももっとそそり立つ、ってもんだ。
ウージェニー　やれというなら、いくらでも開けてさしあげますわ……騎士さん、突き刺してるあいだ、あたしのことせんずってくださらない？
騎士　（従って）こんなろくでもない子は見たこともない。
ウージェニー　（火がついたようになって）口にお気をつけなさい、騎士さん。それとも、あたしの針、お受けになりたい？　あなたはね、あたしのをちゃんと愛撫してれば、それでいいの。もう少しお尻のところもお願いよ。ねえ、手は二本あるんでしょ？　目がかすんできちゃった。こうなったら、どこでも刺しちゃうわ。ほら、針が勝手に動いて、こんなところまで……太腿も……乳首もよ……あぁ、くそ、気持ちいいにも程があるわ。
ミスティヴァル夫人　母親をずたずたにする気かい、この悪魔。おまえのような子を産んだ自分が恥ずかしい！
ウージェニー　うるさいわね。静かになさいな。お母さん、これでもうおしまいよ。
ドルマンセ　（勃起したままサン・タンジュ夫人の手から離れ）ウージェニー、尻は譲ってくれ。尻は俺の持ち場なんだから。

サン・タンジュ夫人　そんなにものをいきり立たせて、どれだけ痛めつけるつもり？
ドルマンセ　だとしたら何です？　何してもいい、って一筆もらってるんでしょう？
（ドルマンセ、夫人を腹ばいにさせ、針をとって尻の穴を縫い始める）
ミスティヴァル夫人　（力のかぎり叫び）いやぁ、いやぁ、いやぁ……
ドルマンセ　（肉に深々と針を刺しながら）黙るんだ、このすべた。尻がぐしゃぐしゃになってもいいのか……ウージェニー、しごいてくれないか。
ウージェニー　いいですわ、針をもっと深く突き刺してくださるならね。あなた。ちょっとやさしすぎるわ。そうお思いにならない？
（ウージェニー、ドルマンセを揉みしごく）
サン・タンジュ夫人　ねえ、そいつの大きな尻、もうちょっと痛めつけてちょうだいよ。
ドルマンセ　まあ、お待ちなさい。今に牛の尻肉のように、めった突きにしてやりますから。教えただろ、ウージェニー。忘れたのかい？　陰茎は皮を剥くんだろ？
ウージェニー　この淫売が苦しむのを見てたら、いろんな想像に火がついちゃって、自分が何をしてるんだか分からなくなっちゃったんですもの。
ドルマンセ　聖なる神さまのくそ野郎、頭がぼおっとなってきた。サン・タンジュ、俺の前に来て、オーギュスタンに尻をやらせるんだ。騎士には前をね。とにかく俺にみんなの尻がよく見えるようにしろ。この体勢なら、俺も最後までいけるってもんだ。（自分が命じた体勢ができあがるあいだ、尻を針で刺し続ける）ほら、ママさん、こいつでどうだ？　もう一つどうだ？

（ドルマンセ、二〇箇所以上刺す）

ミスティヴァル夫人　ああ、お許しを。あなた、お許しくださいませ。このままでは死んでしまいます。

ドルマンセ　（快楽で錯乱し）死んでいただこうじゃないか……ずいぶん久しぶりだ、こんなに勃起したのは。信じられん。あんなに射精したあとだっていうのに。

サン・タンジュ夫人　（命じられた姿勢をして）こんなふうでいいかしら、ドルマンセ？

ドルマンセ　オーギュスタン、少し右にずれろ。それじゃ尻がちゃんと見えん。前かがみになれ。穴まで見えるようにな。

ウージェニー　あぁ！　畜生、このあま、血まみれよ。

ドルマンセ　大したことないさ。さあ、用意はいいか、みんな？　俺はすぐにも、こいつのできたての傷口に生命の軟膏を塗り込んでやれるぞ。

サン・タンジュ夫人　えぇ、えぇ、あなた、あたしもいきそう。みんなあなたと一緒に果てますわ。

ドルマンセ　（肛門を縫い終わったあとは、ひたすら犠牲者の尻たぶを突き刺す。射精しながら）あぁ！　神さまの大くそ野郎、俺のスペルマが流れ出ちまう。無駄になる。神さまの馬鹿野郎、ウージェニー、ほら、スペルマをこいつの尻に向けてくれ。俺が痛めつけてる真っ最中のこの尻にな。あぁ！　くそ！　畜生！　これでしまいだ。もうだめだ。なぜなんだか、激しい情欲が治まると、いつも決まってこんなにぐったりなっちまう……

**サン・タンジュ夫人**　やって、やってちょうだい。弟よ、いっちゃうわ。（オーギュスタンに向かって）ちゃんと腰を動かしなさいよ、この役立たずが。分かってんだろ？　あたしがいくときゃ、尻のいちばん奥まで突っ込むんだろうが。あぁ、神さまの阿呆、男二人にされるのって、ほんとにいいわ。

（一団、崩れる）

**ドルマンセ**　これですべてを言いきった。（ミスティヴァル夫人に向かって）おい、すべた、服を着て、いつでも出てってていいぞ。だが、覚えておけよ。ここでのことはすべて、おまえの旦那じきじきにお墨つきをもらった上でのことなんだからな。さっきもそう言ったのに、まだ信じてないようだが、じゃあ証拠だ。これを読んでみろ。（手紙を見せる）いいか、今回の教訓から学んだことを忘れるなよ。おまえの娘はしたいことを何でもできる年齢だってことだ。そうさ、この娘はやるのが好きだ。やるために生まれてきたんだ。自分がやられたくなかったら、勝手にやらせておくのがいちばんなんだぞ。もう行け。騎士さんに送ってもらえ。みんなにあいさつをしてから行けよ、淫売め。おまえの娘の前に跪いて、許しを請え。今まで本当にひどいことばかりしてすみません、ってな……ウージェニー、ご母堂にびんたを二つ食らわせてから、戸口まで連れてって、思いきり尻を蹴って、外に叩き出してやりなさい。（すべて実行される）じゃあ、騎士君、途中で夫人にちょっかいなんか出すんじゃないぞ。あそこは縫われてるし、梅毒女だってことを忘れないようにな。（二人は出ていく）では、われわれはテーブルにつくとしましょうか。それから四人揃ってお床入りといきましょう。実にいい一日でした。こんなふうに日中馬鹿どもが罪悪って呼んでいるもので心おきなく汚れきったあとほど、食欲が湧き、健《すこ》やかに眠れることはありませんよ。

『閨房の哲学』は、予備知識なしに読んでも十分に面白い。演劇形式はとっているものの、会話・議論と実践・乱交が交互に繰り広げられる点では、サドの主な作品と変わらない。ただ、『ジュスティーヌあるいは美徳の不幸』や『ジュリエット物語あるいは悪徳の栄え』とは違って、登場人物のかけ合いはテンポがよく、時にコミカルで、哲学的議論も比較的くどくなく、とりあえず人が死ぬこともないので辟易することもなく、読者も一気に最後まで読みきれるだろう。

だが、サドがどのような歴史的状況のもとでこの作品を書き上げたのかが分かれば、読む楽しみもいかばかりか増すのではないか。そこで、この解説では、本作品の個々の内容について、またそれを書き上げていった、いかにもサドらしい、したがって読者の興味を引くであろう彼の思考の運動について述べることはせず（これについては別に一書を予定している）、この歴史的状況、つまりフランス革命と本作の関係についてだけ――一般の読者には余計なお世話かもしれないが――少し堅い話をさせていただきたい。

その前に、そこにまで至ったサドの人生と革命後のそれを、前者に重点を置いて記しておこう（以下、サドの伝記事項はモーリス・ルヴェの評伝に拠った。Maurice Lever,

*Donatien Alphonse François, Marquis de Sade*, Fayard, 1991)。

## サド小伝

### 生い立ち

サド家は、一二世紀に童謡で有名な「アヴィニョン橋」の建設に貢献したほど古い家柄である。その後、麻布の製造などで財をなし、貴族の称号を得たと言われている。

サドの父親であるサド伯爵ジャン＝バティスト・ジョゼフ・フランソワは、若くしてこのプロヴァンスの領地を離れ、ヴェルサイユの宮廷に出入りした。文芸に秀で——ヴォルテールとも交流があり、書簡が残っているほどである——、伊達男として数々の浮名を流し、外交官としても優秀だった。ブルボン王家に連なるコンデ公の妃のいとこマリー＝エレオノールと愛のない打算の結婚をし、そのお祝いとして夫人は公妃の侍女に任命されて、二人にはパリでも指折りの豪奢なコンデ館に広い居室が与えられた。

本書の著者であるサド侯爵ドナスィアン・アルフォンス・フランソワは、彼らの結婚七年目、一七四〇年六月二日に生を享ける。しかし、父親は仕事柄、不在がちで、母親も息子にあまり関心をもっていなかった（のちには一人で修道院に入ってしまうほどで、サドが示す激しい「母性」憎悪の原因は彼女にあると言われている。本書での「母親」の扱いを参照）。幼いサドは、コンデ家の四歳年上の若殿ルイ・ジョゼフ・ド・ブルボンの遊び相手となる。父のコンデ公亡きあと、この若殿の後見になっていたのは、その叔父であり、本書で「淫楽のために殺人を犯している」（彼はゲーム感覚で屋根の上で作業する職人を狙い撃ちするなどした）としてジル・ド・レとともに名を挙げられることになるシャロレー伯だった。幼いサドは、館を頻繁に訪れるこの稀代の「サディスト」の眼前で人生を始めたわけである。幼いサドは、親の愛情も知らず、ただ使用人たちにかしずかれて、広大な庭園に囲まれた贅の限りを尽くしたお屋敷をわがもののように、しかも人を人とも思わない現役および未来の（若殿ものちには遊び気分で何人も人を撃ち殺す残虐な人物となる）殺人者とともに過ごした。

幼いサドは、若殿にも癇癪を爆発させたらしい。そのためか、四歳のときプロヴァンスの領地に送られるが、そこで今度は祖母たちに溺愛され、その盲目的な愛情によって、かえって傲慢な性格を助長させることになった。それゆえ、教養深くリベルタンである叔父サド神父のもとに送られてしまい、修道院と、のちの『ソドムの一二〇日』のシリング城を思わせるような（その深い地下には光も射さないいくつもの地下牢があり、人をつなぎ殺した鎖が残っていた）ソーマーヌの古城で暮らすようになる。神父の書架には、古今の偉大な書物や神学書は言うに及ばず、ホッブズの『市民論』やロック、『モンテスキュー全集』などの哲学書、さらにはヴォルテール、ルソー、ディドロらの新著が揃えられていた。サドは、この書斎で家庭教師から人文的な教養を学び、どこにどんな本があるか、目をつぶっても分かるほどになった（叔父神父が隠していたポルノ作品の場所も）。この時期、サドのまわりにいた女性はといえば、神父の連れの娼婦たちだけだったという。古城と文学・哲学と娼婦という、のちのサド作品の舞台装置は、この頃できあがっていったのだろう。

## 軍隊と結婚、スキャンダル

父サドは、サドの誕生後まもなく失脚・失寵し、徐々に経済的にも困って、息子に望みを託すようになっていった。そのためだろう、サドは一七五〇年にパリの有名なイエズス会の学校――およそ二〇年後にはロベスピエールも入学する――に、一七五四年には名門貴族用の士官学校に入れられた。一七五七年には将校（最初は少尉、次いで大尉）として七年戦争に従軍し、新聞で取り上げられるほどの戦功をあげたようである。しかし、この頃から彼の賭博狂いと娼婦通いが始まり、父親を死ぬほど心配させるようになる。一七六三年に戦争が終結すると、父親は放蕩息子を何とか落ち着かせようと金持ちの結婚相手を物色し始め、そうして目にとまったのがモントルイユ租税法院名誉長官の長女ルネ・ペラジーだった。貴族になって日の浅いモントルイユ家のほうは古く王家にもつながる家格に魅かれたが、その長官夫人というのが、サドの悪評も結婚を有利に進める上での取引材料と考えるような女傑だった。父サドは、彼らを騙す後ろめたさを感じながらも、これで息子を厄介払いできる、と喜んだという。

しかし、当のサドは、実の母である長官夫人が認めるほど「気品と美しさと教養」に欠けるルネ・ペラジーがいやで逃げまわり、サド家への特別の計らいで実現したルイ一五世じきじきの結婚認可の儀式にも欠席した。式には出て結婚はしたものの、その五ヵ月後には最初のスキャンダル（女工相手の鞭打ちと瀆神《とくしん》）を起こして投獄されてしまう。この時は父サドがフォンテーヌブローに駆けつけて王に慈悲を乞い、二週間ほどの拘禁で済んだ。その後も臣下の放蕩の報告を好んだルイ一五世の命で監視下に置かれたというが（「第五の対話」原注（8）参照）、サドは後悔しているふりをしつつ遊び続ける。この当時、長官夫人は、まだサドを叱咤しながらも彼の味方だった。妻のルネは、当時の女性の典型として、あきらめて従順に夫に仕え、彼の性癖にも従っている。

一七六七年、父サドが負債まみれで死去。同年には長男が誕生したが、翌年四月の復活祭の日曜日、サドは三〇代半ばの物乞い女をパリ郊外のアルクイユに借りた家に連れ込み、鞭打つ（被害者の言い分では、さらに彼女を短刀で切り、傷口に蠟を塗った）という事件を起こす。これを知った長官夫妻は、被害者を買収して、スキャンダルを避けるために裁判なしで身柄を拘束できる王の「封印状」をとり、事件はうやむやになるかに見えた。しかし、宮廷内でのサドの父に対する根強い反撥の残存、パリ高等法院第一議長モオプーのモントルイユ長官に対する私怨、さらには先のコンデ家の跡継ぎのように貴族が罪を犯しても罰されないことに対する「世論」の高まりなど、さまざまな要因が重なって事件は公にされ、裁判が開かれてしまう。当時、娼婦を暴力的に扱うというのはありふれたことだったが、後ろ盾も仲間ももたない孤立したサドは格好の「スケープ・ゴート」として選ばれ、裁かれたらしい。一一月一六日、ラコスト城居留を条件に王命により釈放されるが、当時のメディアはこぞってサドを怪物、殺人鬼、生体解剖者として描き、騒ぎ立てた。

## 二つめの大スキャンダルと監禁

一七六九年に次男が、一七七一年には長女が誕生する。この年、ラコスト城に夫人の妹で、修道院で暮らす純真なアンヌ・プロスペールが訪れ、二人は強く魅かれ合っていく。サドは、城を改築して作ったホールで彼の唯一の慰めだった演劇会を催し、ひととき幸せな時を過ごすが、金銭面でいきづまってしまう。そうして憂さ晴らしに向かったマルセイユで、今度は複数の娼婦を相手に鞭打ちやソドミーを行い、飲ませた催淫剤を毒薬と勘違いされて訴えられ、二つめのスキャンダルを起こしてしまう。今度もまた、身分に左右されない公平な裁きを掲げて高等法院を大改革し始めたモオプーの格好のターゲットにされ、異例の迅速な裁判の結果、ソドミーと毒殺の罪で火炙りの有罪判決を受けたが、本人不在により肖像画を焼かれることになった。

サドと娘アンヌ・プロスペールの関係を知った長官夫人も恐ろしい敵となってサドの監禁を画策し始め、やがて逮捕。サド夫人の助力で脱獄（！）し、しばらくのちにラコスト城に戻ったが、今度は雇った少年・少女たちと夫人も加えて乱痴気騒ぎをしてスキャンダルを起こす。その後また逮捕、脱獄、逮捕と続き、以前の死刑判決は破棄されたものの、封印状によって王の囚人のままだったため、結局一一年ものあいだ獄につながれることになる。そこで呪詛と哀願を繰り返し、半ば正気を失いながらも、サドはいくつもの劇作品や、『ソドムの一二〇日』（未完。生前未発表）、『美徳の不運』（生前未発表）、『アリーヌとヴァルクール』といった小説を書き始め、作家に変貌していった。

## 革命による釈放と作家生活、最後の監禁

一七八九年にフランス革命が勃発すると、翌一七九〇年に釈放。しかし、肥満になって身体中に病気を抱え、暗く落ち込んだ彼には、もうスキャンダルを起こす力も残っていなかった。サド夫人もまた、長きにわたる心身の疲労のために一〇歳も老けて見え、やはり太って歩行も困難だった。あれほどサドに献身的だった夫人だったが、サドに会うことを拒絶し、別居を申請する。彼女は夫の暴力に恐れをなし、何よりも子供たちの将来を心配していた。サドが財産を食いつぶすことは目に見えていたからである（一七九二年九月二〇日、離婚が法制化されたあと離婚）。

一七九一年、小説『ジュスティーヌあるいは美徳の不幸』を匿名で刊行。一七九三年には反革命容疑で逮捕され、死刑判決を受けるも、翌年、恐怖政治の終焉とともに釈放される。翌一七九五年に『アリーヌとヴァルクール』、『閨房の哲学』を出版。（用心のための前日付でなければ）一七九七年には『新ジュスティーヌあるいは美徳の不幸』および『ジュリエット物語あるいは悪徳の栄え』を匿名で出版したが、この頃には慈善病院に入るほど貧窮していた。一八〇〇年に『恋の罪』ほかを出版。翌一八〇一年に『ジュスティーヌ』と『ジュリエット物語』の作者として逮捕されたあとは再び世を見ることなく、一八一四年にシャラン

トンの精神病院で孤独な死を迎えた。最後の監禁中にもいくつもの作品を書いたが、サドらしい作品は遺族によって焼かれてしまい、現在は『ガンジュ侯爵夫人』などの穏当な作品しか残っていない。

## 『閨房の哲学』とフランス革命

「封印状」によって刑期も定められないまま監禁されていた一一年間にも及ぶ獄中生活から、一七九〇年にサドが解放されたことは先に記した。一七九〇年は、王の「封印状」が無効にされた年である。この封印状の廃止、つまり「啓蒙の世紀」が理想とした「人の支配」ではなく「法の支配」――サドは、そのおかげで釈放されたにもかかわらず、本書でも徹底的にこれを批判している――の推進者の一人は、皮肉にも、当時はまだ駆け出しの革命家であったロベスピエールだった。皮肉と言ったのは、ギロチンに象徴される恐怖政治の最中の一七九三年一二月八日、サドを再び監禁生活に送り込んだのが、今度は権力の絶頂にあったロベスピエール当人だったからである。

一七九〇年の釈放後のサドに話を戻せば、政治的には王党派と接触したが、翌一七九一年には王の逃亡を受けて「パリの一市民からフランス人の王への建白書」を発表し、次第に自己の立場を見失う(「私は今、何者なのだろう? 貴族主義者《アリストクラット》なのだろうか、民主主義者《デモクラット》なのだろうか。どうか私に教えてほしい。私にはもうそれがまったく分からないのだ」同年一二月の手紙)。とはいえ、この年は念願の劇作家デビューを果たし、匿名で小説『美徳の不幸』も刊行することができた。しかし、翌一七九二年には、自作の上演をサン・キュロットたちに妨害され、演劇家としてのキャリアは中絶してしまう。

この一七九二年は、フランスが王政を廃止し、共和政体に転換を遂げた年だった。パリには四八の地区があったが、サドもその一つ、王政の廃止によって名を「ヴァンドーム」から「ピック」(「槍」の意)に改められた地区――ロベスピエールも所属していた――で、サン・キュロットとともに革命活動に関わり始め、委員にもなって、いくつもの政治文書を書いている。その絶頂は――そして同時に転落も――、翌一七九三年、恐怖政治が日程にのぼった三ヵ月後の一一月一五日に訪れた。サドは地区の代表として国民公会に招かれ、サン・キュロットのシンボルである「赤いボネ」をかぶって、ロベスピエールの前で自分が起草した「フランス人民の代表者諸兄へのピック地区の請願書」を読み上げたのである。しかし、これが裏目に出る。この文書でサドが繰り広げた宗教批判が、革命の進展とともに暴力化していった反宗教運動に業を煮やしていたロベスピエールの逆鱗に触れ、逮捕されてしまうのである(実際、ロベスピエールは、六日後に「迷信を破壊するという名目で無神論自体を一種の宗教に仕立て上げようとしている者たちがいる。〔…〕無神論は貴族的なものである」(強調は原文)と演説し、翌年には「最高存在の祭典」を催して、国民に彼の「宗教」を押しつけている)。

こうして、サドは国民公会における朗読の一ヵ月後に逮捕され、死刑宣告を受けたが、

「テルミドール九日」のロベスピエール失脚によって、一七九四年一一月には再び世に出ることができた。そして、その翌年である一七九五年、二冊の小説を出版する。一つは『アリーヌとヴァルクール』。二つめが、ここに訳出した『閨房の哲学』であり、これは、「『ジュスティーヌ』の著者の遺稿」として売り出された。その執筆時期について、プレイヤード版の『サド著作集』は、一七八九年または九〇年に起草、一七九三年に加筆、さらに釈放後に最終的な加筆・修正がなされた、と推定している（加筆・脱稿の時期については、「第五の対話」訳注＊13、19、22参照）。

この最後の加筆・修正部分の一つが、今や独り立ちして有名になった観のある政治的パンフレット「フランス人よ、共和主義者になりたいなら、もうひとがんばりだ」である。恐怖政治とは、そしてロベスピエールとは何だったのか、それらをどう始末するのかが盛んに論じられ、革命をどう終結させるかが懸案事項になっていたこの時期、サドもそれに乗じ、ロベスピエールらに対する嫌悪、怨嗟を込めて、このパンフレットを書き加えたと考えられる。

作品中、このパンフレットはドルマンセという稀代のソドミットが舞台となる館に来る途中に「平等宮」で手に入れたものを読み上げる、という体裁になっている。それは彼の生徒ウージェニーの「国家には本当に習俗や品行のよさというものが必要なのか、その作用は国民性というものに何らかの影響を及ぼすか」という質問を受けてのものである。

外に対しては戦争、内においては反革命的反乱や暴動といった危険に直面していたロベスピエールたちは、モンテスキューが言うような共和主義的美徳、すなわち「祖国と法に対する愛」という「公共的な徳」を必要とした（「第五の対話」訳注＊5参照）。さらにはルソーに倣い、「私的な」道徳心をも共和主義的なものとして鼓舞した（「ルソーの独自の貢献は、むしろ彼が徳という言葉を用いることで、古典的な共和国の徳を善良さに結びつけた点にある。〔…〕ルソーにとって、徳はその上、思いやりの心、感受性および私的な品行・良俗を意味している。〔…〕それはおそらく、一八世紀末に徳の共和国の理想が好意で迎えられる際に決定的な役割を演じている。〔…〕私的な品行・良俗と、革命的心性の一部分を特徴づける公共の徳とのあいだの区別の欠如は、確かにルソー主義の一つの産物である」（フランソワ・フュレ＋モナ・オズーフ編『フランス革命事典』6「思想Ⅱ」河野健二・阪上孝・富永茂樹監訳、みすずライブラリー、二〇〇〇年、「ルソー」二四七―二四八頁。一部訳を変更）。「背徳」は、それ自体が「反革命」なものと化す（「反道徳的なもの《インモラル》は反政治的であり、腐敗・堕落させる者は反革命的だ」ロベスピエール）。「背徳は専制の基礎であり、徳は共和国の本質」（同）なのであり、革命とはこうした「悪」を戦慄させ、壊滅する浄化の戦いなのであった。

　サドは、国民公会で読み上げた先の「請願書」で宗教論をぶったあと、今度は共和主義の有能な代弁者として、次のように書いている。

　　親孝行、魂の高潔さ、勇気、平等、善意、祖国愛、慈善が、こうした美徳だけが

〔…〕われわれのオマージュの対象にならなければならない〔…〕。道徳は、われわれの社会の慣習すべての聖なる基礎であり、自然のかけがえのない声・代弁者である。自然は、われわれ一人一人に生命を与えるとき、われわれの心の中にこれを植えつけるのだ。道徳は、どんな契約にも、どんな政体にも必要な絆でありながら、これまでさまざまな迷信に覆い隠されてきた〔…〕が、われわれが最初に果たすべき義務をなし、全体の幸福と共和国の確立に寄与するのである。

「フランス人よ、共和主義者になりたいなら、もうひとがんばりだ」でサドが行ったのは、かつて自分がそれを代弁せざるをえなかった、この「共和主義的美徳」を覆《くつがえ》すことだった。このパンフレットも「請願書」と同じ構成、同じテーマで、最初に宗教批判、次いで共和国における道徳を論じるが、今度はこの後者をも真っ向から否定してみせる。ロベスピエールたちの徳による悪の壊滅の戦いとしての革命は、サドによって反転させられる。サドは「腐敗せざる人」(ロベスピエールの渾名)の「徳の共和国」を根こそぎにして、腐敗しきった「悪徳の共和国」の「戦士」にして「市民」となるべく、「もうひとがんばり」することを説くのである。

ところで、面白いことに、サドの「請願書」は、公会満場の喝采を浴び、「公教育委員会」に報告書として提出された。なぜ「教育」委員会なのか。「請願書」にあるように、共和主義的美徳は旧体制の宗教的・政治的迷信や偏見によって覆い隠され、多くの人民の心も

「腐敗」させられていると考えられていた（「第五の対話」訳注＊42参照）。そこで、その「再生」のために何よりも必要とされたのが「教育」だったのである。サドの国民公会デビューに先立つ一七九三年七月一三日の公会において、ロベスピエールは、この「公教育委員会」の名で、暗殺された同志ルペルティエの「国民教育」案を読み上げている。

人類が旧社会体制の悪徳によっていかに堕落させられているかを考え、私はその完全な再生の必要を、またこう言ってよければ、一つの新しい人民の創造の必要を確信した。人間を育成すること、知識を普及させること、これがわれわれが解決すべき問題の二つの面だ。前者は徳育〔éducation〕であり、後者は知育〔instruction〕である。

ルペルティエは、これまでの教育案が「知育」に傾いていた点を批判し、「国民の徳育」の重要性を説いて、五歳から一二歳（女子は一一歳）までの子供を対象にした具体的な施策を示していた（親元から強制的に引き離した国民学寮での共同生活など）。こうしたことすべてにサドは通暁しており、同年九月二九日にルペルティエと、同じく暗殺されたマラーのためにピック地区で執り行われる祭典のために演説を書いたが、そこではルペルティエの徳と国民教育案を賞賛している（「国民教育についての君の素晴らしい諸原理が続けられていくなら、われわれを嘆き悲しませているこうした大罪がわれわれの歴史を汚すことがなくなる日が来ることだろう」）。また、政治に身を捧げる彼を常に範としてきた、とも書いている。

　こうして、知育に対する徳育の圧倒的優位が打ち立てられ、国民全体が教育の対象とみなされて、日常的な空間すべてが「共和主義の学校」へと変貌させられていく（「共和主義的な美徳と良俗と法の真の学校は、民衆協会、地区集会、旬日祭、国と各地域の祭典、市民の祝宴と劇場などの中にある」（ブーキエ「教育の最終段階についての報告と計画」））。実際、サドも「請願書」で実質的にこうした「教育」に触れている。「旬日〔一〇日〕ごとに一度、その日、民衆に開かれるそうした神殿〔元教会〕の階上席には、その神殿で崇《あが》められる美徳を称える声と、その美徳に最も尽くした市民を称える声が響きわたるようにしてください〔…〕」。

『閨房の哲学』に挿入されたパンフレットに戻れば、ここにも数頁にわたって「国民教育」のあるべき姿が描かれている。しかし、「教育」はそれに限られるものではない。なぜなら、『閨房の哲学』自体が「教育書」だからである。『閨房の哲学』の正式なタイトルは何だったろうか。『閨房の哲学あるいは背徳の教師たち――若い娘たちの教育（éducation）のための対話』である。つまり、この書はウージェニーという若い娘に背徳の哲学と実践を叩き込む教育書、反道徳教育の書なのである（パンフレットも、この教育という枠組みの中で、生徒の質問に対する答えとして読み上げられたものだった）。確かに、サドが革命前に書いていた『ソドムの一二〇日』も「リベルティナージュの学校」という副題をもっていたし、「リベルティナージュと教育」はサドにとって本質的なテーマだったと言える（そもそも、このテーマ自体はこの分野ではありふれたものである）。したがって、『閨房の哲学』も、当初はこの路線上にあったはずである。しかし、まもなく共和主義的「徳」とその「教育」による国民の再生が革命そのものの命運を担うものとして登場するのに併行して、書き足し、改められ、最終的に「パンフレット」が組み込まれるに至って、この若い娘の「教育」全体は否応なく新しい意味を担わされる。『閨房の哲学』の「閨房」という極私的な空間は、単なる「リベルティナージュの学校」であることを越えて、「共和主義的な美徳と良俗と法の真の学校」に真っ向から対立する反革命的な「悪徳と腐敗と自然の法の真の学校」として世に開かれるのである。

悪徳と腐敗と自然の法を論じ、正当化するために、サドはさまざまな「哲学者」の考えを採用している。とはいえ、ほとんど名を挙げないまま、時にはコピーして、著者本人の意志とはまるで違うことを言わせてしまう。中でも主軸になるものを挙げれば、サドのお気に入りである徹底した唯物論的無神論者・百科全書派のドルバックがいる。サドがそのためなら「殉教してもいい」とまで言った『自然の体系』の著者である（ドルバックは危険を避けて名を伏せていたのでサドも知らなかったが、便宜上この名を使う）。また、一七世紀イングランドのホッブズも名なしで登場してくる。彼の言う「自然状態」はサドの道徳の基礎にある「絶対的孤独という原初的事実」（モーリス・ブランショ）の根拠になっており、その法実証的な考え方は、サドが人間の法が自然に根差さない無根拠なものであることを言う時の論拠になっている。ホッブズの人間や国家についての考え方は、一八世紀には「恐ろしい説」（モンテスキュー）、「危険な夢想」（ルソー）、「邪悪な説」（『百科全書』）と呼ばれており、まさにサドの悪逆の哲学者（サドの作品では、悪人たちは「哲学者」と呼ばれている）が採用するにふさわしいものだった。また、サドは革命家たちに忌み嫌われたマキアヴェッリ（「マキアヴェッリ主義がこの王政論を完璧なレヴェルにまで推し進めたのは、まさに英国である」（ロベスピエール））の政治思想を幾度となく採用しており、その共和国観をドルバックの唯物論やホッブズの思想と組み合わせて、殺人（「万人の万人に対する永久の戦い」）と腐敗による終わりなき革命国家の永久運動を論じている。もちろん、彼らの他にも、古代ギリシア・ローマの哲学者たちや、今で言う比較文化的観点を提供して、例えば殺人が名誉であったり、子殺しが当たり前であったりというような、万国普遍と思える善悪の区別を相対化する博物学者や旅行者の「哲学」などが陰に陽に登場してくる（ただし、本訳書ではドルバックや次に見るルソーも含め、サドによる参照すべてを訳注で取り上げることはできなかった）。

他方、こうした哲学者たちを総動員して、やり玉に挙げられるのが、ドルバックらにいじめ抜かれ、ホッブズと思想的に対決したジャン＝ジャック・ルソーである。サドは、他の小説では、例えばジュスティーヌ（日本語にすれば「正子」とか「義子」にあたる名）のような善人にはルソーの思想を、悪人哲学者にはドルバックやホッブズらの思想を託し、衝突させていた（このことについては、すでに拙著『サド――切断と衝突の哲学』（白水社、二〇〇七年）で詳述しているので、興味のあるかたはご参照いただきたい）。ただ、『閨房の哲学』には善人が登場しないため、サドは多少の不自然さには目をつぶって、女主人サン・タンジュ夫人の弟を時々「突然、美徳の発作に駆られる」者にして、まるでルソーが憑依したような言辞を吐かせ、それをよってたかって批判させている（もっとも、サドは一面ではルソーが好きでたまらなかったと思われる。妻と自分をルソーの大恋愛小説『新エロイーズ』の徳篤きヒロインとその夫の唯物論者に重ねている書簡もある）。また、ルソーこそ、あらゆる革命家から担ぎ出された思想家であり、何よりロベスピエールがそのピュアな心の道徳を強調した徒であることを考えれば――サドとロベスピエールは、ルソーの「恐るべき子供たち」である――、サドの批判もヴォルテージを増すというものだろう。

以上、ごく図式的だが、本書が反革命的な背徳の教科書という意味をもつに至った歴史的経緯と、むりやりその教育に参加させられてしまった思想家たちについて見てきた。前者に関しては、ほとんどロベスピエールにしか触れられなかったが、本書には恐怖政治以前・以後の革命状況・思潮ももちろん深く反映しており、多岐にわたるテーマについて議論がなされている。

最後に余談だが、ではサドによるこの背徳の「教育」は現実の効力をもったのだろうか。ロベスピエールの失墜後、いわゆるテルミドールの反動が起こるが、それは政治の領域だけでなく、人々の生活をも呑み込んでいった。それまで息を潜めて生きてきた人々が一気に浮かれ始め、風俗が乱れていく。その原因の一端がサドの小説にあったとは私には思えないが、とにかくその原因として取り沙汰されるようになったのは事実である。批判の的になったのは『閨房の哲学』ではなかったが（もっとも、先に見たように『閨房の哲学』は「『ジュスティーヌ』の著者の遺稿」とされていた）、一七九八年、ある堅物の行政官は時の政府総裁メルラン・ド・ドゥエに次のような報告をしている。

人々の腐敗堕落ぶりには想像を絶するものがあります。〔…〕そこは平等宮と言われていますが、相変わらず王宮《パレ・ロワイヤル》のままで、〔…〕男色家たちが陣取り、夜の一〇時ともなれば、劇場の軒先でおぞましくも破廉恥で忌まわしい行為を公然と繰り広げているのです。〔…〕本部には、男の子が何人か連れてこられました。最年少はまだ六歳になるかならないかの者で、みんな性病の毒に犯されていました。これらの不幸な子供たちは、〔…〕きわめておぞましく恐ろしい放蕩の道具になるべく、実の母親によって〔…〕王宮《パレ・ロワイヤル》に連れてこられたのです。憎むべき小説『ジュスティーヌ』の教え《レッスン》が、前代未聞の大胆さで実行に移されたのです。（一七九八年五月二四日。Lever, op. cit., p. 568）

しかし、ここでも成功は転落の始まりだった。サドを名指しで非難する新聞記事や文書が数多く出まわり始めるのは、このあとのことである。

＊

本書の翻訳に際しては、澁澤龍彥訳（『閨房哲学』、『マルキ・ド・サド選集』第六巻、桃源社、一九六六年。のち、河出文庫、一九九二年）を参照した。実に数十年ぶりに手にとって、初めて全体を原文と突き合わせながら読んだ。教えられるところも多々あったし、日本語の達者さには改めて舌を巻いた。ただ、翻訳に誤訳はつきものとはいえ、ほぼ毎頁に誤訳を見つけるに至って、学生時代に愛読し、人にも勧めてきただけに、正直まいった。

私事になって恐縮だが、訳出にあたってはジャン・エナフさんの協力を得た。彼には、大学院時代のフランス語の添削から始まって、数十年にわたって「宿題」を見てもらっている。友情への感謝に本書を捧げたいところだが、内容を考えて自重しておこう。ありがとうございました。

今回、編集の互盛央さんの勧めで私にとって初めてのサドの翻訳がなった。また、読みやすい日本語にするために、原稿を一字一句検討してくださり、数多くの改善案を出していただいた。感謝してもしきれない。もちろん、本訳書の不備はすべて私に責任がある。読者の率直なご指摘をお待ちする。

また、このような作品を出版してくださった講談社学術図書編集部のみなさんにも、サドに代わって御礼を述べておきたい。

二〇一九年一月　　　秋吉良人

KODANSHA

＊本書は、講談社学術文庫のための新訳です。

マルキ・ド・サド（Marquis de Sade）

1740–1814年。フランスの作家。数々のスキャンダルで生涯の三分の一を獄中で過ごしつつ執筆活動を展開した。

秋吉良人（あきよし　よしと）

1961年生まれ。東京大学大学院人文社会系研究科博士課程修了。専門は，フランス文学・思想，精神分析。著書に，『サドにおける言葉と物』，『サド』，『フロイトの〈夢〉』ほか。

講談社学術文庫

定価はカバーに表示してあります。

閨房《けいぼう》の哲学《てつがく》

マルキ・ド・サド

秋吉良人《あきよしよしと》 訳

2019年4月10日　第1刷発行
2025年4月10日　第2刷発行

発行者　篠木和久
発行所　株式会社講談社
東京都文京区音羽 2-12-21 〒112-8001
電話　編集（03）5395-3512
販売（03）5395-5817
業務（03）5395-3615
装　幀　蟹江征治
印　刷　株式会社新藤慶昌堂
製　本　株式会社国宝社



ISBN978-4-06-515341-3

# 「講談社学術文庫」の刊行に当たって

これは、学術をポケットに入れることをモットーとして生まれた文庫である。学術は少年の心を養い、成年の心を満たす。その学術がポケットにはいる形で、万人のものになることは、生涯教育をうたう現代の理想である。

こうした考え方は、学術を巨大な城のように見る世間の常識に反するかもしれない。また、一部の人たちからは、学術の権威をおとすものと非難されるかもしれない。しかし、それはいずれも学術の新しい在り方を解しないものといわざるをえない。

学術は、まず魔術への挑戦から始まった。やがて、いわゆる常識をつぎつぎに改めていった。学術の権威は、幾百年、幾千年にわたる、苦しい戦いの成果である。こうしてきずきあげられた城が、一見して近づきがたいものにうつるのは、そのためである。しかし、学術の権威を、その形の上だけで判断してはならない。その生成のあとをかえりみれば、その根は常に人々の生活の中にあった。学術が大きな力たりうるのはそのためであって、生活をはなれた学術は、どこにもない。

開かれた社会といわれる現代にとって、これはまったく自明である。生活と学術との間に、もし距離があるとすれば、何をおいてもこれを埋めねばならない。もしこの距離が形の上の迷信からきているとすれば、その迷信をうち破らねばならぬ。

学術文庫は、内外の迷信を打破し、学術のために新しい天地をひらく意図をもって生まれた。文庫という小さい形と、学術という壮大な城とが、完全に両立するためには、なおいくらかの時を必要とするであろう。しかし、学術をポケットにした社会が、人間の生活にとってより豊かな社会であることは、たしかである。そうした社会の実現のために、文庫の世界に新しいジャンルを加えることができれば幸いである。

一九七六年六月

野間省一

## 西洋の古典

2509
**物質と記憶**
アンリ・ベルクソン著／杉山直樹訳
フランスを代表する哲学者の主著――その新訳を第一級の研究者が満を持して送り出す。簡にして要を得た訳者解説を収録した文字どおりの「決定版」である本書は、ベルクソンを読む人の新たな出発点となる。
電 P

2519
**科学者と世界平和**
アルバート・アインシュタイン著／井上　健訳（解説・佐藤優／筒井　泉）
ソビエトの科学者との戦争と平和をめぐる対話「科学者と世界平和」。時空の基本概念から相対性理論の着想、統一場理論への構想まで記した「物理学と実在」。平和と物理学、それぞれに統一理論はあるのか？
電 P

2526
**中世都市**　社会経済史的試論
アンリ・ピレンヌ著／佐々木克巳訳（解説・大月康弘）
「ヨーロッパの生成」を中心テーマに据え、二十世紀を代表する歴史家となったピレンヌ不朽の名著。地中海を囲む古代ローマ世界はゲルマン侵入とイスラーム勢力によっていかなる変容を遂げたのかを活写する。
電 P

2561
**箴言集**
ラ・ロシュフコー著／武藤剛史訳（解説・鹿島　茂）
十七世紀フランスの激動を生き抜いたモラリストが、人間の本性を見事に言い表した「箴言」の数々。鋭敏な人間洞察と強靱な精神、ユーモアに満ちた短文が、自然に読める新訳で、現代の私たちに突き刺さる！
電 P

2562・2563
**国富論**（上）（下）
アダム・スミス著／高　哲男訳
スミスの最重要著作の新訳。「見えざる手」による自由放任を推奨するだけの本ではない。分業、貨幣、利子、貿易、軍備、インフラ整備、税金、公債など、経済の根本問題を問う近代経済学のバイブルである。
電 P

2564
**ペルシア人の手紙**
シャルル＝ルイ・ド・モンテスキュー著／田口卓臣訳
二人のペルシア貴族がヨーロッパを旅してパリに滞在している間、世界各地の知人たちとやり取りした虚構の書簡集。刊行（一七二一年）直後から大反響を巻き起こした異形の書、気鋭の研究者による画期的新訳。
電 P

## 西洋の古典

2566
**全体性と無限**
エマニュエル・レヴィナス著／藤岡俊博訳
特異な哲学者の燦然と輝く主著、気鋭の研究者による渾身の新訳。二種を数える既訳を凌駕するべく、原書のあらゆる版を参照し、訳語も再検討しながら臨む。次代に受け継がれるスタンダードがここにある。
電P

2568
**イマジネール** 想像力の現象学的心理学
ジャン＝ポール・サルトル著／澤田　直・水野浩二訳
「イメージ」と「想像力」をめぐる豊饒なる考察――ブランショ、レヴィナス、ロラン・バルト、ドゥルーズなどの幾多の思想家に刺激を与え続けてきた一九四〇年刊の重要著作を第一級の研究者が渾身の新訳！
電P

2569
**ルイ・ボナパルトのブリュメール18日**
カール・マルクス著／丘沢静也訳
一八四八年の二月革命から三年後のクーデタまでの展開を報告した名著。ジャーナリストとしてのマルクスの舌鋒鋭くもウィットに富んだ筆致を、実力者が達意の日本語にした、これまでになかった新訳。
電P

2570
**レイシズム**
R・ベネディクト著／阿部大樹訳
レイシズムは科学を装った迷信である。人種の優劣や純粋な民族など、存在しない――ナチスが台頭しファシズムが世界に吹き荒れた一九四〇年代、『菊と刀』で知られるアメリカの文化文類学者が鳴らした警鐘。
電P

2596
**イミタチオ・クリスティ** キリストにならいて
トマス・ア・ケンピス著／呉　茂一・永野藤夫訳
十五世紀の修道士が著した本書は、『聖書』についで多くの読者を獲得したと言われる。読み易く的確な論しに満ちた文章が、悩み多き我々に安らぎを与え深い瞑想へと誘う。温かくまた厳しい言葉の数々。
電P

2677
**我と汝**
マルティン・ブーバー著／野口啓祐訳（解説・佐藤貴史）
経験と利用に覆われた世界の軛から解放されるには、全身全霊をかけて相対する〈なんじ〉と出会わねばならない。その時、わたしは初めて真の〈われ〉となるのだ――。「対話の思想家」が遺した普遍的名著！
電P

## 西洋の古典

2700
### 方法叙説
ルネ・デカルト著／小泉義之訳

われわれは、この新訳を待っていた――デカルトから出発した孤高の研究者が満を持してみずからの原点に再び挑む。『方法序説』という従来の邦題を再検討に付すなど、細部に至るまで行き届いた最良の訳が誕生！

電 P

2701
### 永遠の平和のために
イマヌエル・カント著／丘沢静也訳

哲学者は、現実離れした理想を語るのではなく、目の前の事実から出発していかに「永遠の平和」を実現できるのかを考え、そのための設計図を描いた――従来の邦訳が与えるイメージを一新した問答無用の決定版新訳。

電 P

2702
### 国民とは何か
エルネスト・ルナン著／長谷川一年訳

「国民の存在は日々の人民投票である」という言葉で知られる古典を、初めての文庫版で新訳する。逆説的にもグローバリズムの中で存在感を増している国民国家の本質とは？　世界の行く末を考える上で必携の書！

電 P

2703
### 個性という幻想
ハリー・スタック・サリヴァン著／阿部大樹編訳

対人関係が精神疾患を生み出すメカニズムを解明し、いま注目の精神医学の古典。人種差別、徴兵と戦争、プロパガンダ、国際政治などを論じ、社会科学の中に精神医学を位置づける。本邦初訳の論考を中心に新編集。

電 P

2704
### 人間の条件
ハンナ・アレント著／牧野雅彦訳

「労働」「仕事」「行為」の三分類で知られ、その絡み合いの中で「世界からの疎外」がもたらされるさまを描き出した古典。はてしない科学と技術の進歩の中、人間はいかにして「人間」でありうるのか――待望の新訳！

P

2749
### 宗教哲学講義
G・W・F・ヘーゲル著／山﨑　純訳

ドイツ観念論の代表的哲学者ヘーゲル。彼の講義は人気を博し、後世まで語り継がれた。西洋から東洋までの宗教を体系的に講じた一八二七年の講義に、一八三一年の講義の要約を付す。ヘーゲル最晩年の到達点！